民國文化與文學_{研究}文叢

研究文叢

十 編

李 怡 主編

第 **3** 冊

三十年代論爭語境中的魯迅（上）

宋歡迎 著

國家圖書館出版品預行編目資料

三十年代論爭語境中的魯迅（上）／宋歡迎 著 — 初版 — 新
北市：花木蘭文化事業有限公司，2018〔民107〕
序 4+ 目 2+150 面；19×26 公分
（民國文化與文學研究文叢 十編：第 3 冊）
ISBN 978-986-485-520-9（精裝）
1. 周樹人 2. 學術思想 3. 文學評論
820.9   107011801

特邀編委（以姓氏筆畫為序）：

丁　帆	王德威	宋如珊
岩佐昌暲	奚　密	張中良
張堂錡	張福貴	須文蔚
馮　鐵	劉秀美	

ISBN- 978-986-485-520-9

9 789864 855209

民國文化與文學研究文叢
十 編 第 三 冊   ISBN：978-986-485-520-9

三十年代論爭語境中的魯迅（上）

作　　者	宋歡迎
主　　編	李　怡
企　　劃	四川大學中國詩歌研究院
總 編 輯	杜潔祥
副總編輯	楊嘉樂
編　　輯	許郁翎、王　筑　美術編輯　陳逸婷
出　　版	花木蘭文化事業有限公司
社　　長	高小娟
聯絡地址	235 新北市中和區中安街七二號十三樓
	電話：02-2923-1455 ／傳真：02-2923-1452
網　　址	http://www.huamulan.tw 信箱 hml 810518@gmail.com
印　　刷	普羅文化出版廣告事業
初　　版	2018 年 9 月
全書字數	318485 字
定　　價	十編 14 冊（精裝）新台幣 26,000 元

三十年代論爭語境中的魯迅（上）

宋歡迎　著

作者簡介

宋歡迎，女，1981 年 2 月出生，陝西咸陽人，2014 年 7 月畢業於北京大學中國語言文學系，獲文學博士學位，現任教於西安交通大學人文社會科學學院（新聞與新媒體學院）。

提　　要

　　1930 年代，魯迅將自己生命的最後十年獻給了中國左翼文藝運動。作為左翼文藝陣營的主將，為了支持和促進左翼文藝的發展壯大，魯迅既努力糾正左翼文藝陣營內部的不良傾向，又積極應戰左翼陣營內外的各種攻訐。為了闡述這一命題，本文設置以下八章：

　　第一章，魯迅與「革命文學家」的離合。「四・一二」政變帶給魯迅巨大的衝擊，而「革命文學家」又對魯迅展開了攻擊，這一切促使魯迅積極探尋歷史脈動的方向。明晰了社會發展的主潮後，魯迅毅然決然地支持意在進行全般的社會革命和思想革命的無產階級革命和無產階級革命文學運動。

　　第二章，魯迅與「新月派」的對峙。魯迅和「新月派」的筆墨交鋒，最初主要表現在他與梁實秋關於批評的態度、文學的階級性和翻譯等問題的論戰，而較之梁實秋，魯迅和胡適的分歧所關涉的意義更為重大，他們的差異已然超越了單純的文藝紛爭，牽涉到哲學理念、政治方向以及立場定位等諸多方面。

　　第三章，魯迅與國民黨御用文人的鬥爭。國民黨為了維護其專制統治，在推行軍事「圍剿」的同時也實施殘酷的文化統制和「文化剿匪」。魯迅和左翼文藝界同國民黨御用文人展開了堅決的鬥爭，不但攻破了國民黨當局羅織的文網，而且用無產階級革命文藝的實績挫敗了「民族主義文藝」運動。

　　第四章，魯迅與「第三種人」的論辯。魯迅原本希望「第三種人」能夠做左翼文藝陣營的同盟軍，曾對其敞開歡迎的大門，而「第三種人」執意藉「為藝術而藝術」以保持所謂的「中立」。魯迅在學理上並不否認「為藝術的藝術」的價值，但他認為在文學和政治根本無法分離的時代，文學者應當堅決反抗國民黨的黑暗統治，而不應當為求苟安而躲進「象牙之塔」。

　　第五章，魯迅與「文藝大眾化」的討論。「文藝大眾化」是貫穿左翼文藝運動始終的一項主張，魯迅充分肯定「文藝大眾化」的「合理性」和「道義性」，在堅定貫徹為大眾和為將來著想的理念的同時，努力清除種種弊端，促使「文藝大眾化」能夠有效地裨助無產階級革命。

　　第六章，魯迅與「復興文言」思想的交鋒。適值國家危亡之秋，國民黨當局非但不積極抵抗帝國主義的侵略，卻還倡導復古風潮來禁錮人心，而遺老遺少們仍然追求所謂的「古雅」，有意無意祖護國民黨的統治。有鑒於此，魯迅著意清理傳統文化基底，滌新民族精神生態。

　　第七章，魯迅對「歸隱派」的「詛咒」。在國民黨的高壓統治下，林語堂、周作人為求苟安而從「戰士」蛻變為「隱士」，從主張「趨時」而轉向「復古」。雖然先前的「新文學」前驅隨著成熟或老化而歸向傳統令魯迅感到痛惜和苦悶，但他依然像「戰士」樣繼續著自己的戰鬥。

　　第八章，魯迅與「兩個口號」論爭。「國防文學」和「民族革命戰爭的大眾文學」這兩個口號背後關涉著不同的「政治訴求」，魯迅之所以堅持在「國防文學」之外重提「民族革命戰爭的大眾文學」，既是為了承繼和發展左翼文藝傳統，更是為了避免重蹈左翼鬥爭主權被篡奪的悲劇。

在民國史料中重新發現現代文學
——《民國文化與文學研究文叢》第十輯引言

李　怡

　　研究中國現代文學需要有更大的文學的視野，也就是說，能夠成為「文學研究」關注的對象應該更為充分和廣泛，甚至是更多的「文學之外」的色彩斑斕的各種文字現象「大文學」現象需要的是更廣闊的史料，是為「大史料」。如何才能發現「文學」之「大」，進而擴充我們的「史料」範圍呢？這就需要還原現代文學的歷史現場，在客觀的「民國」空間中容納各種現代、非現代的文學現象，這就叫做「在民國史料中重新發現攜帶文學」。

　　但是這樣一個結論卻可能讓人疑竇重重：文獻史料是一切學術工作的基礎，無論什麼時代、無論什麼國度，都理當如此。如果這是一個簡單的常識，那麼，我們這個判斷可能就有點奇怪了：為什麼要如此強調「在民國史料中發現」呢？其實，在這裡我們想強調的是：文獻史料的發掘、整理並不像表面上看去那麼簡單，並不是只需要冷靜、耐性和客觀就能夠獲得，它依然承受了意識形態的種種印記，文獻史料的發掘、運用同時也是一件具有特殊思想意味的工作。

　　對於現代文學學科而言，系統的文獻史料工作開始於 1980 年代以後，即所謂的「新時期」。沒有當時思想領域的撥亂反正，就不會有對大量現代文學現象的重新評價，就不會有對胡適等自由主義作家的「平反」，甚至也不會有對 1930 年代左翼文學的重新認識，中國社科院主持的「文學史史料彙編」工程更不復存在。而且，這樣的文獻史料的發掘整理也依然存在一個逐步展開的過程，其展開的速度、程度都取決於思想開放的速度和程度。例如在一開

始，我們對文學史的思想認識和歷史描述中出現了「主流」說——當然是將左翼文學的發生發展視作不容置疑的「主流」，這樣一來至少比認定文學史只存在一種聲音要好：有「主流」就有「支流」，甚至還可以有「逆流」。這些「主」「次」之分無論多麼簡陋和經不起推敲，也都在事實上為多種文學現象的出場（即便是羞羞答答的出場）打開了通道。

即便如此，在二三十年前，要更充分地、更自由地呈現現代文學的史料也還是阻力重重。因為，更大的歷史認知框架首先規定了那個時代的社會性質：民國不是歷史進程的客觀時段，而是包含著鮮明的意識形態判斷的對象，更常見的稱謂是「舊中國」「舊社會」。在這樣一種認知框架下，百年來的中國文學發展史常常被描繪為一部你死我活的「階級鬥爭史」，是「新中國」戰勝「民國」的歷史，也是「黨的」「人民的」「正義」的力量不斷戰勝「封建的」「反動的」「腐朽的」力量的歷史。

這樣的歷史認知框架產生了 1980 年代的「三流」文學——「主流」「支流」和「逆流」。當然，我們能夠讀到的主要是「主流」的史料，能夠理所當然進入討論話題的也屬於「主流文學現象」——就是在今天，也依然通過對「歷史進步方向」「新文學主潮」的種種認定不斷圈定了文獻史料的發現領域，影響著我們文獻整理的態度和視野。例如因為確立了「五四」新文學的「方向」，一切偏離這一方向的文學走向和文化傾向都飽受質疑，在很長一段時期中難以獲得足夠充分的重視：接近國民黨官方的文學潮流如此，保守主義的文學如此，市民通俗文學如此，舊體詩詞更是如此。甚至對一些文體發展史的描述也遵循這一模式。例如我們的認知框架一旦認定從《嘗試集》到《女神》再到「新月派」「現代派」以及「中國新詩派」就是現代新詩的發展軌跡，那麼，游離於這一線索之外的可能數量更多的新詩文本包括詩人本身就可能遭遇被忽視、被淹沒的命運，無法進入文獻研究的視野，例如稍稍晚於《嘗試集》的葉伯和的《詩歌集》，以及創作數量眾多卻被小說家身份所遮蔽的詩人徐舒。再比如小說史領域，因為我們將魯迅的《狂人日記》判定為「現代第一篇白話小說」，就根本不再顧及四川作家李劼人早在 1918 年之前就發表過白話小說的事實。

同樣的情況也出現在文學思潮的認定框架中。過去的文學史研究是將抗戰文學的中心與主流定位於抗日救亡，這樣，出現在當時的許多豐富而複雜的文學現象就只有備受冷落了。長期以來，我們重視的就僅僅是抗戰歌謠、「歷

史劇」等等，描述的中心也是重慶的「進步作家」。西南聯大位居抗戰「邊緣」的昆明，自然就不受重視。即便是抗戰陪都的重慶，也僅僅以「文協」或接近中國共產黨的作家爲中心。近年來，隨著這些抗戰文學認知的逐步更新，西南聯大的文學活動才引起了相當的關注，而重慶文壇在抗戰歷史劇之外的、處於「邊緣」的如北碚復旦大學等的文學活動也開始成爲碩士甚至博士論文的選題。這無疑得益於學術界在觀念上的重大變化：從「一切爲了抗戰」到「抗戰爲了人」的重大變化。文學作爲關注人類精神生活的重要方式，最有價值的恰恰是它能夠記錄和展示人在不同生存境遇中的心靈變化。

　　在我看來，能夠引起文學史認知框架重要突破的原因就在於我們的現代文學史觀正越來越回到對國家歷史情態的尊重，同時解構過去那種以政黨爲中心的歷史評價體系。而推動這種觀念革新的，就是現代文學研究的「民國視野」的出現。中國現代文學發生於民國，與民國的體制有關，與民國的社會環境有關，與民國的精神氛圍有關，也與民國本身的歷史命運有關。這本來是個簡單的事實，但是對於習慣於二元對立鬥爭邏輯的我們來說，卻意味著一種歷史框架的大解構和大重建——只有當作爲歷史概念的「民國」能夠「袪除」意識形態色彩、成爲歷史描述的時間定位與背景呈現之時，現代歷史（包括文學史）最豐富多彩的景象才眞正凸顯了出來。

　　最近 10 來年，現代文學研究出現了對「民國」的重視，「民國文學史」「民國史視角」「民國機制」「民國性」等研究方法漸次提出，有力地推動了學術的發展。正是在這樣的新的思想方法的啓迪下，我們才眞正突破了新中國／舊中國的對立認知，發現了現代文學的廣闊天地：中國文學的歷史性巨變出現在清末民初，此時的中國開始步入了「現代」，一個全新的歷史空間得以打開。在這個新的歷史空間中，伴隨著文化交融、體制變革以及近代知識分子的艱苦求索，中國文學的樣式、構成和格局都發生了巨大的變化。具體而言，就是在「民國」之中發生著前所未有的嬗變——雖然錢基博說當時的某些前朝遺民不認「民國」，自己在無奈中啓用了文學的「現代」之名，但事實上，視「民國乃敵國」的文化人畢竟稀少——中國的「現代」之路就是因爲有了「民國」的旗幟才光明正大地開闢出來。大多數的「現代」作家還是願意將自己的夢想寄託在這樣一個「人民之國」——民國，並且在如此的「新中國」中積累自己的「現代」經驗。中國的「現代經驗」孕育於「民國」，或者說「民國」開啓了中國人眞正的「現代」經驗「新中國」與「民國」原本

不是對立的意義，自清末以降，如何建構起一個「人民之國」的「新中國」就是幾代民族先賢與新知識階層的強烈願望。可惜的是，在現實的「新中國」建立之後，為了清算歷史的舊賬，在批判民國腐朽政權的同時，我們來不及為曾經光榮的「民國理想」留下一席之地。久而久之「民國」就等同於「民國政府」，「民國」的記憶幾乎完全被北洋軍閥、國民黨反動派所淤塞，恰恰其中最值得珍惜的部分——民國文化被一再排除。殊不知，後者也包含了中國共產黨及許多進步文化力量的努力和奮鬥。當「民國文化」不能獲得必要的尊重，現代中國文學（文化）的遺產實際上也就被大大簡化了。

民國時期的中國文學也是民國文化當然的組成部分，當文化的記憶被簡化甚至刪除，那麼其中的文學的史料與文獻也就屈指可數了。在今天，在今後，現代文學文獻史料的進一步發掘整理，就有必要正視民國歷史的豐富與複雜，在祛除意識形態干擾的前提下將歷史交還給歷史自己。

嚴格說來，我們也是這些民國文獻搜集整理的見證人。民國文獻，是中華民族自古代轉向現代的精神歷程的最重要的記錄。但是，歲月流逝，政治變動，都一再使這些珍貴的文獻面臨散失、淹沒的命運，如何更及時地搜集、整理、出版這些珍貴的財富，越來越顯得刻不容緩！十五年前，我在重慶張天授老先生家讀到大量的民國珍品，張先生是重慶復旦大學的畢業生，收藏多種抗戰時期文學期刊和文學出版物。十五年之後，張老先生已經不在人世，大量珍品不知所終。三年前，我和張堂錡教授一起拜訪了臺灣政治大學的名譽教授尉天聰先生，在他家翻閱整套的《赤光》雜誌。《赤光》是中國共產黨旅法支部的機關刊物，由周恩來與當時的領導人任卓宣負責，鄧小平親自刻印鋼板，這幾位參與者的大名已經足以說明《赤光》的歷史價值了。三年後的今天，激情四溢的尉先生已經因為車禍失去行動能力，再也不能親臨研討現場為大家展示他的珍藏了。作為歷史文物的見證人，更悲哀的可能還在於，我們或許同時也會成為這些歷史即將消失的見證人！如果我們這一代人還不能為這些文獻的保存、出版做出切實的努力，那麼，這段文化歷史的文獻就可能最後消失。為了搜求、保存現代文學文獻，還有許許多多的學人節衣縮食，竭盡所能，將自己原本狹小的蝸居改造成了歷史的檔案館，文獻史料在客廳、臥室甚至過道堆積如山。中國社科院文學所的劉福春教授可謂中國新詩收藏第一人，這「第一人」的位置卻凝聚了他無數的付出，其中充滿了一位歷史保存人的種種辛酸：他每天都不得不在文獻的過道中側身穿行，他的

家人從大人到小孩每一位都被書砸傷劃傷過！民國歷史文獻不僅銘記在我們的思想中，也直接在我們的身體上留下了斑斑印痕！

由此一來，好像更是證明了這些民國文獻的珍貴性，證明了這些文獻收藏的特殊意義。在我們看來，其中所包含的還是一代代文學的創造者、一代代文獻的收藏人的誠摯和理想。在一個理想不斷喪失的時代，我們如果能夠小心地呵護這些歷史記憶，並將這樣的記憶轉化成我們自己的記憶，那就是文學之福音，也是歷史之福音。

民國時期的中國文學是色彩、品種、形態都無比豐富的 「大文學」。「大文學」就理所當然地需要「大史料」——無限廣闊的史料範圍，沒有禁區的文獻收藏，堅持不懈的研究整理。這既需要觀念的更新，也需要來自社會多個階層——學術界、出版界、讀書界、收藏界——的共同的理想和情懷。

2018 年 6 月 28 日於成都

序

商金林

宋歡迎 2007 年考入北京大學中文系攻讀中國現代文學碩士學位，2010 年以優異的成績獲得文學碩士學位後繼續攻讀博士學位，2014 年 7 月畢業並獲得文學博士學位。作爲歡迎碩士和博士的指導老師，我與她在北大相處七年，留下了許多難忘的記憶。歡迎好學不倦，博覽群書，專業基礎紮實，思維敏銳，思辨能力強，長於欣賞，有獨到的藝術感悟力，文筆清新，爲人誠摯，平和謙抑，充滿愛心，是德智雙優、極爲難得的人才。得知歡迎的博士學位論文《三十年代論爭語境中的魯迅》將由臺灣花木蘭文化出版社出版，我眞爲她感到高興。

在中國現代作家的個案研究中，有關魯迅的研究卷帙浩繁、數不勝數，很多問題學界已經有了定論，進一步開拓超越有著相當的難度，但歡迎敢於迎難而上，堅持做魯迅研究。在攻讀碩士學位和博士學位的七年間，她一直沉潛在魯迅著述及相關研究資料的閱讀和搜尋中，盡其所能地觸摸相關聯的線索和支脈，努力追蹤現代中國的歷史文化語境，最終將自己的研究重點聚焦在魯迅後期思想研究這一宏大的學術課題上。在歡迎看來，魯迅後期十年（1927～1936）擁共反蔣、親蘇抗日、扶植青年，將自己的生命全都獻給了中國左翼文藝偉業，爲探索眞理和改造舊中國傾注了全部心血，做出了巨大的貢獻，這份寶貴的精神遺產是不應當被漠視或淡忘的。

論文的寫作從細緻梳理 1930 年代眞實歷史背景入手，重新審視論爭語境中的魯迅，探尋後期魯迅的多重面相和豐富的精神世界，這是一個極具創意性的研究思路。自現代文學「第二個十年」開始，中國左翼文藝界內部矛盾和交鋒就持續不斷，關於「革命文學」、「文藝大眾化」、「文藝自由」、「兩個

「口號」等問題的論爭波瀾頻起。與此同時，左翼文藝界又面臨著來自「外部」的圍堵，抵制「新月派」、「民族主義文學家」、「遺老」「遺少」、「歸隱派」等反對勢力的論戰，刻不容緩。在那個充滿血與火的鬥爭和諸多矛盾交織糾纏的年代，魯迅自覺地擔負起撥開籠罩現實的迷霧煙靄、闡釋正確的思想理念、引領左翼文藝的健康發展等一系列重大的歷史使命。從這個意義上說，「論爭」之於魯迅具有特殊的意義，而從一波未平一波又起、錯綜紛紜的論爭中我們也更真切地窺視到魯迅的思想特質和人格光輝。

在論文寫作的過程中，歡迎反覆認真閱讀魯迅的著作及相關文獻資料，力求在三十年代真實而鮮活的文化政治情境中釐清魯迅的文學活動，及其文藝理論思想發展和演進的軌跡，準確地把握魯迅在左翼陣營內外一系列論爭中的位置、姿態及應戰的方式和鬥爭的策略，用真實的歷史資料和嚴密的理性辨析提升對魯迅思想立場的觀照。依循這一研究思路，歡迎的博士學位論文通過翔實而生動地闡述魯迅與「革命文學家」的離合、與「新月派」的對峙、與國民黨御用文人的鬥爭、與「第三種人」的論辯、與「文藝大眾化」的討論、與「復興文言」的交鋒、與「歸隱派」的衝突、與「兩個口號」的論爭等「八場論爭」，在三十年代紛繁複雜的大背景中深入揣摩和探索魯迅的內心世界和思想視閾，既真切地歸納又形象地揭櫫了魯迅的精神世界和思維特質，全方位地呈現出一個「活的魯迅傳統」，是近年來魯迅研究領域中一個可喜的成果，其對魯迅研究的推進至少表現在以下三個方面：

一是論文詳緻地爬梳了魯迅及其所處時代的諸多史料，努力返歸 1930 年代的歷史語境，生動地勾勒當時文壇的複雜格局，全面而深入地梳理了魯迅與左翼文藝陣營內部及外部的戰鬥和論爭，是魯迅和「論敵」交鋒最真實的記錄；

二是論文對處在 1930 年代那個多元交錯、對峙衝突、異常複雜的意識形態背景下的魯迅進行了全景式的歷史掃描，對身陷「論爭」漩渦中的魯迅「掙扎和戰鬥」的姿態和策略進行了深入的闡釋，對魯迅的內心世界和思想視閾進行了真實而深刻的探索，對魯迅的形象作了最生動的展現；

三是論文對魯迅的思維邏輯和精神特質有較精確的把握，強調魯迅秉持「實用理性」的抉擇邏輯，同時關切政治變革與精神變革，倡導懷持「理想之光」的「革新的破壞」，以及對魯迅具有「複調」的思維特點等一系列概括，都具有新見。

　　也正是因為有這麼許多開拓和新意，歡迎的博士學位論文得到評審專家和答辯委員一致的好評。近年來，歡迎涉獵的研究領域更加寬廣，而《三十年代論爭語境中的魯迅》這篇優秀的博士學位論文就是她跨進學術殿堂的「入場券」。在北大攻讀碩、博七年的歷練，養育了她嚴肅、刻苦、求真的品格，也夯實了她從事學術研究的潛質和實力。作為歡迎的指導老師，我由衷地希望她把《三十年代論爭語境中的魯迅》的出版作為新的起點，在學術研究的征途上百尺竿頭，不止更進一步，而是五步、十步！

2017 年 10 月 22 日於北京大學暢春園寓室

目次

下　冊

引　言

　　經過長久的觀摩和思考，魯迅對中國社會歷史文化問題已經形成了自己獨到的看法，並且在現實的沖刷中不斷予以更新，當他認識到無產階級革命是中國社會發展的必然進程，無產階級革命文學是同此相伴的客觀現象，便毅然決然地支持意在進行全般的社會革命和思想革命的無產階級革命和無產階級革命文學運動。1930 年 3 月 2 日，魯迅出席「左聯」成立大會，並發表題爲《對於左翼作家聯盟的意見》的講演，指出無產階級革命文學的根本問題和迫切任務。而後隨著國內外無產階級革命力量日漸壯大，魯迅更加堅定「中國革命也只能和現存的這些民眾一起甚而借助他們的力量前進」〔註1〕。1931 年春，「左聯」五烈士慘遭殺害。1931 年 4 月 25 日，魯迅在《前哨》(「紀念戰死者專號」) 上發文《中國無產階級革命文學和前驅的血》〔註 2〕，讚頌「智識的青年們意識到自己的前驅的使命」，斥責統治者及其走狗的文人對於勇作「前驅」的「智識的青年們」的殘暴殺戮，進而從現實的社會鬥爭出發，強調無產階級革命文學的「滋長」具有勢不可擋的「合理性」和「道義性」：

　　　　然而我們的這幾個同志已被暗殺了，這自然是無產階級革命文學的若干的損失，我們的很大的悲痛。但無產階級革命文學卻仍然在滋長，因爲這是屬於革命的廣大勞苦群眾的，大眾存在一日，壯

〔註 1〕　〔日〕丸山升著、王俊文譯：《「革命文學論戰」中的魯迅》，《魯迅‧革命‧歷史：丸山升現代中國文學論集》，北京大學出版社，2005 年，第 57 頁。
〔註 2〕　這篇悼念「左聯」五烈士的文章是應馮雪峰的請求而倉促寫就的，題目也爲馮雪峰所添加。參見馮夏熊整理：《馮雪峰談左聯》，《新文學史料》，1980 年第 1 期。

大一日，無產階級革命文學也就滋長一日。我們的同志的血，已經證明了無產階級革命文學和革命的勞苦大眾是在受一樣的壓迫，一樣的殘殺，作一樣的戰鬥，有一樣的運命，是革命的勞苦大眾的文學。〔註3〕

在寫作此文的前後，1931年三四月間，魯迅在受史沫特萊之邀爲美國《新群眾》雜誌寫的《黑暗中國的文藝界的現狀》一文中，申說了相近的看法：

現在，在中國，無產階級的革命的文藝運動，其實就是惟一的文藝運動。因爲這乃是荒野中的萌芽，除此以外，中國已經毫無其他文藝。屬於統治階級的所謂「文藝家」，早已腐爛到連所謂「爲藝術的藝術」以至「頹廢」的作品也不能生產，現在來抵制左翼文藝的，只有誣衊，壓迫，囚禁和殺戮；來和左翼作家對立的，也只有流氓，偵探，走狗，劊子手了。〔註4〕

雖然左翼文藝受到壓制，「但一大部分革命的青年，卻無論如何，仍在非常熱烈地要求，擁護，發展左翼文藝」，因此魯迅認爲「左翼文藝有革命的讀者大眾支持，『將來』正屬於這一面」。而且在魯迅看來，左翼作家遭受的誣衊、壓迫、囚禁和殺戮，「卻在事實上，證明了左翼作家們正和一樣在被壓迫被殺戮的無產者負著同一的運命」。〔註5〕此後，魯迅也多次強調左翼文藝是當時中國唯一的文藝運動，如1936年5月，魯迅接受埃德加·斯諾的訪談，就他設計的一道問題——「活躍在當今文學界的最優秀的作家有誰？他們的地位如何？」〔註6〕魯迅這樣答道：

最優秀的作家，幾乎毫無例外地都是左翼作家。在當今中國，唯有左翼作家才對知識界具有重要影響。就其本質而言，文藝復興和提倡白話文的運動，從一開始就是具有左翼傾向的運動。資產階級文學在中國從來就沒發展起來，在今日中國，也沒有資產階級作家，沒有像劉易斯、加茲爾、喀拜爾、華爾波爾、蕭伯納等歐美那

〔註3〕 L.S.（魯迅）：《中國無產階級革命文學和前驅的血》，《前哨》（「紀念戰死者專號」），1931年4月25日。

〔註4〕 魯迅：《二心集·黑暗中國的文藝界的現狀》，《魯迅全集》（第四卷），人民文學出版社，2005年，第292頁。

〔註5〕 魯迅：《二心集·黑暗中國的文藝界的現狀》，《魯迅全集》（第四卷），人民文學出版社，2005年，第295頁。

〔註6〕 安危譯：《埃德加·斯諾採訪魯迅的問題單》，《新文學史料》，1989年第3期。

樣的資產階級作家。魯迅認爲，這種情況的出現是必然的，因爲革
命一發生，左翼思想立即在知識界佔據了統治地位；在整個革命時
期，唯有左翼思想得到了持續不斷的增長。中國可以經過資產階級
的政治發展階段，卻再也不能經過一個資產階級的文學發展階段。
沒有時間，也沒有別的抉擇了。對今日中國來説，唯一有可能發展
的文化是左翼文化。〔註7〕

此時的魯迅不但仍然強調「左翼文化」爲當時中國「唯一有可能發展的文化」，
而且將「左翼傾向」範圍放大至「五四」文學革命〔註8〕，由此可見，在魯迅
的心目中，「五四」以來的「新文學」運動，具有一條鮮明的主線，就是文學
和革命是融爲一體的。〔註9〕

　　當然，魯迅之所以視無產階級革命文學爲當時「惟一的文藝運動」，根本上
是出於對無產階級革命的認同，因此，要理解這一時期魯迅的思想和態度，就
無法忽略他所身處的那個具體時空的政治與文化。1930 年代無疑具有無可比擬
的特殊意義，當時適值世界恐慌時期，尤其是 1929 年爆發的世界性經濟危機，
充分暴露了資本主義制度的弊端，致使社會契約的正當性岌岌可危〔註10〕，重

〔註7〕　斯諾整理、安危譯：《魯迅同斯諾談話整理稿》，《新文學史料》，1989 年第 3
　　　　期。
〔註8〕　對於魯迅的這種用法，丸山升給予贊同，他說：「魯迅所謂的『左翼傾向』不
　　　　是由創造社、太陽社的主張才出現的，而『五四』文學革命早已具有的。換
　　　　句話説：魯迅的『左翼傾向』的範圍比後來的一般的用法廣一點。」參見〔日〕
　　　　丸山升：《通過魯迅的眼睛回顧 20 世紀的「革命文學」和「社會主義」》，汕
　　　　頭大學文學院新國學研究中心主編：《中國左翼文學國際學術研討會論文
　　　　集》，汕頭大學出版社，2006 年，第 23 頁。
〔註9〕　甚至可以説，「革命」的期求是「五四」以來的「新文學」最突出最重要的特
　　　　性，如王瑤在《中國新文學史稿·重版序》中指出：「五四」文學革命以「反
　　　　對舊文學、提倡新文學」爲特徵，所反對的「舊文學」則由「桐城謬種、選
　　　　學妖孽」逐漸擴至國粹派和鴛鴦蝴蝶派，而「所謂『新文學』一詞中『新』
　　　　字的最準確的解釋，就在於文學與人民革命的緊密聯繫。」雖然王瑤對「新
　　　　文學」的追加闡釋摻雜著政治意識形態的因子，但他所勾勒的「新文學」的
　　　　基本發展徑向依然合乎歷史實際。王瑤：《「五四」新文學前進的道路》，《中
　　　　國現代文學史論集》（重排本），北京大學出版社，2008 年，第 212～213 頁。
〔註10〕在《共產黨宣言》中，馬克思和恩格斯明確地指出，資產階級用契約關係摧
　　　　毀和替代了舊的社會關係：「凡是資產階級已經取得統治的地方，它就把所有
　　　　封建的、宗法的和純樸的關係統統破壞了。它無情地斬斷了那些使人依附於
　　　　『天然的尊長』的形形色色的封建羈絆，它使人和人之間除了赤裸裸的利害
　　　　關係即冷酷無情的『現金交易』之外，再也找不到任何別的聯繫了。它把高

返社會有機體的呼聲日益高漲。然而，在那樣一個大蕭條的年代，蘇聯卻成功實施了第一個五年計劃，結果當資本主義世界哀鴻遍野之際，蘇聯卻一枝獨秀，具有相當的免疫力，即如霍布斯鮑姆所描述的那樣，「當世上其他國家，至少就自由化西方資本主義國家而言，經濟陷入一片停滯現象之時，唯獨蘇聯，在其五年計劃指導下，工業化卻在突飛猛進的發展之中」，「更令人驚奇的是，蘇聯境內毫無失業現象」，隨之「不分意識形態，眾人開始以蘇聯爲師」，探尋「蘇維埃制度有什麼秘訣？」〔註11〕於是，全球性「左」轉成了1930年代的時代主潮，包括中國在內的世界各國的有志之士們均以爲，資本主義社會即將終結，人類的希望屬於社會主義社會。魯迅經過自己的探尋認識到，社會主義是人類社會發展的大勢所趨，所以他也視無產階級專政的蘇聯爲建設中國新社會的理想範式，堅決支持通過無產階級革命來消滅階級、解放全人類。正是懷著這樣的政治祈望，魯迅認同無產階級革命文學，相信它將輔助無產階級革命，消除諸如階級等套在世人身上的枷鎖，使人類得以享有真正的平等與自由、幸福與美好。

在社會主義風起雲湧的時代大潮中，中國無產階級革命也在曲折中行進，爲了使無產階級革命運動不會變質而且有效推進，魯迅在「左聯」成立前就指出，儘管「急進革命論者」實際是「非革命的」，但現實中的革命隊伍只能是有限度的統一，換言之，只能隨著革命運動的推進，來鍛造越來越「純粹」、越來越「精銳」的革命隊伍。〔註12〕此後，魯迅也一直強調，爲了最終達成全面徹底的革命目標，必須投注漸進持久的努力，亦即將革命的終極目標落實到具體的實踐之中，通過有限度的統一來完成有效的革命任務。然而遺憾的是，左翼文藝界一直難以維持有限度的統一，於是魯迅在對外作戰的同時也將「投槍」指向左翼文藝界內部：一則強調不能以單純的階級屬性來

尚激昂的宗教虔誠、義俠的血性、庸人的溫情，一概淹沒在利己主義打算的冷水之中。它把人的個人尊嚴變成了交換價值，它把無數特許的和自力掙得的自由都用一種沒有良心的貿易自由來代替了。總而言之，它用公開的、無恥的、直接的、冷酷的剝削代替了由宗教幻想和政治幻想掩蔽著的剝削。」〔德〕馬克思、恩格斯：《共產黨宣言》，中共中央馬克思恩格斯列寧斯大林著作編譯局譯：《馬克思恩格斯全集》（第四卷），人民出版社，1958年，第468頁。

〔註11〕 參見〔英〕霍布斯鮑姆著、鄭明萱譯：《極端的年代》（上），江蘇人民出版社，1998年，第137～138頁。

〔註12〕 魯迅：《非革命的急進革命論者》，《萌芽月刊》第1卷第3期，1930年3月1日。

作區分革命的友人和敵人的標準，堅決反對「左」傾關門主義；二則批評左翼文藝界內部的周揚派和胡風派的對立以及周揚等人的宗派主義做法；三則指斥周揚等左翼文藝界領導囂張跋扈的做法類同於奴隸總管的鳴鞭主義。在魯迅看來，這些弊端得以產生和滋長的主要原因，便是左翼人士囿於一己或者小集團的私利，沒有明確或者不願致力於為工農大眾著想這個無產階級革命的根本目標。1936 年 8 月，魯迅在答覆徐懋庸的文章中就曾指出：「在左聯結成的前後，有些所謂革命作家，其實是破落戶的漂零子弟。他也有不平，有反抗，有戰鬥，而往往不過是將敗落家族的婦姑勃谿，叔嫂鬥法的手段，移到文壇上。嘁嘁嚓嚓，招是生非，搬弄口舌，決不在大處著眼。這衣缽流傳不絕。」〔註 13〕因為這些原因，魯迅對「左聯」能否有效開展活動持有疑慮，如「左聯」成立不久，魯迅在給章廷謙的信中就表抒了他可能再次遭遇被當作「梯子」的危險。〔註 14〕但魯迅仍然自始至終努力維護以「左聯」為核心的這條左翼文藝戰線，不但給予了正確的理念範導和大量的經濟支持，更以超常的勇氣和卓絕的智慧捍衛和助進無產階級革命這一符合歷史發展大方向的革命運動。

　　左翼陣營不能圍繞「工農大眾」這一總向度而有力地進行戰鬥，左翼陣營之外的很多人士更無視大是大非，或者心甘情願或者變相地做國民黨當局的「幫閒」，儘管國民黨背信棄義，在國共合作的中途屠殺共產黨，而且在掌握政權後推行法西斯專制，對帝國主義的侵略也消極抵抗，致使中國淪入內憂外患交加的境地。魯迅在《奔流》的「編校後記」中曾尖銳地批駁了種種只圖苟安的妥協：

　　　　若在中國，則一派握定政權以後，誰還來明白地嘮叨自己的不滿。眼前的例，就如張勳在時，盛極一時的「遺老」「遺少」氣味，現在表面上已經銷聲匿跡；《醒獅》之流，也只要打倒「共產黨」和「共產黨的走狗」，而遙向首都虔誠地進「忠告」了。至於革命文學指導者成仿吾先生之逍遙於巴黎，「左翼文學家」蔣光 Y 先生之養疴於日本（or 青島？），蓋猶其小焉者耳。〔註 15〕

〔註 13〕馮雪峰擬稿、魯迅補修：《答徐懋庸並關於抗日統一戰線問題》，《作家》月刊第 1 卷第 5 期，1936 年 8 月。

〔註 14〕魯迅：《書信‧300327‧致章廷謙》，《魯迅全集》（第十二卷），人民文學出版社，2005 年，第 226～227 頁。

〔註 15〕魯迅：《〈奔流〉編校後記（十二）》，《奔流》月刊第 2 卷第 5 期，1929 年 12

所以，為了刺破太平的假象，魯迅心甘情願地將自己的心力消耗在無休止的論爭中，甚至於感歎只有在論爭中才覺得自己像活在人間。原因便是，魯迅認識到當時文人所處的是一個何其「可憐」的時代，唯有鬥爭才能求得生存，因而他強調「可憐」的中國也同時處於一個「戰鬥的時代」〔註16〕，意即置身於那樣的境地，「只用得著掙扎和戰鬥」〔註17〕，即使對於文人而言，也應當「不但要以熱烈的憎，向『異己』者進攻，還得以熱烈的憎，向『死的說教者』抗戰」〔註18〕，而魯迅本人就依如其所言，既堅決捍衛共產黨領導的無產階級革命，又用他手中的一支筆清掃國民黨當局及其「幫閒」的打壓排擠。

除了國民黨的文化壓制外，當時中國文化思想界本身也是一個多元交錯、對峙衝突的複雜意識形態世界，並在那個極其「政治化」的年代中彰顯出不同的政治色彩。於是，為了能夠有效地進行鬥爭，魯迅靈活應對，在針對偏離大眾的文藝時，他著意指出文藝的現實功用，而面對推崇政治的文藝，他又特別凸顯文藝的審美性能。一定意義上或許可以說，魯迅所強調的是一種既不同於「政治文學論」也不同於「純粹文學論」的「鬥爭文學論」，它融「變革」和「審美」於一體的，既注重文學的「政治性」，又維護文學的「藝術性」。因為不可否認的事實是，文學藝術中存在著這樣一種悖論：一方面，政治理念需要借助文學藝術來形象、生動地加以表現，但與此同時，「文藝性」又轉而削弱或消解了「政治性」，而且任何具有藝術表現力的作品在觀念和方法上都不是純粹的或單一的，作品本身的豐富性就潛含著種種「顛覆」的力量。因而，在1930年代那樣一個政治意識形態和文化倫理體系已然混為一體的歷史語境中，雖然魯迅的文化辯駁融貫著強烈的政治傾向，但他對文藝與政治的關係問題從未下一個簡單化的結論，即便在《文藝與政治的歧途》中曾有過偏於政治性的闡釋，但也比較概括和抽象。毫無疑問，魯迅知道文藝與政治二者之間的關係問題，無論從實踐上還是從理論上都是難以講清楚

月20日。

〔註16〕魯迅在《論「第三種人」》中曾指出：「生在戰鬥的時代而要離開戰鬥而獨立，……這樣的人，實在也是一個心造的幻影，在現實世界上是沒有的。」魯迅：《論「第三種人」》，《現代》第2卷第1期，1932年11月1日。

〔註17〕魯迅：《小品文的危機》，《現代》第3卷第6期，1933年10月1日。

〔註18〕隼（魯迅）：《七論「文人相輕」——兩傷》，《文學》第5卷第4號，1935年10月。

的，所以他特意申明「無產者文學」所要的是全般，祖「右」護「左」都不是無產文學所應築建的「藝術之宮」。〔註 19〕

　　綜括而言，1927 年以後，魯迅擁共反蔣、親蘇抗日，將自己生命的最後十年（1927～1936）〔註 20〕獻給了中國左翼文藝運動，爲探索中國社會進步眞理和改造中國文化發展道路投注了巨大的努力，付出了巨大的犧牲，也做出了巨大的貢獻，這份寶貴的精神遺產是不應當被漠視或淡忘的。正是本著這一認識，筆者試圖在梳理 1930 年代相關歷史背景的基礎上，重新審視論爭語境中的魯迅，探尋魯迅後期的多重面相和複雜精神。〔註 21〕因爲自從 1920 年代末開始，中國左翼文藝界內部矛盾、衝突不斷，關於「革命文學」、「文藝大眾化」、「文藝自由」、「兩個口號」等問題波瀾頻起；與此同時，左翼文藝界還要抵制種種反對勢力的打壓和排擠，如「新月派」、「民族主義文學家」、「遺老」「遺少」、「歸隱派」等。所以，在一個充斥著諸多矛盾鬥爭的血與火的年代，撥開罩籠現實的迷霧煙靄，闡釋正確的思想理念，引領左翼文藝的健康發展，這無疑是魯迅自覺擔負起來的重大歷史使命。從這個意義上說，

〔註 19〕　參見魯迅：《「硬譯」與「文學的階級性」》，《萌芽月刊》第 1 卷第 3 期，1930
　　　　　年 3 月 1 日。

〔註 20〕　丸山升曾指出：「在中國現代文學史上，論及 1930 年代，指的是自 1928 年的
　　　　　『革命文學論戰』到 1937 年日中全面戰爭（中國稱爲『抗日戰爭』）爆發前
　　　　　夕這段時期。在此期間，經過『革命文學論戰』，創造社、太陽社等團體的青
　　　　　年馬克思主義者和魯迅之間達成新的統一，並於 1930 年 3 月結成『中國左翼
　　　　　作家聯盟』（『左聯』）。之後以『左聯』爲中心開展『無產階級革命文學』運
　　　　　動，進而於 1936 年醞釀形成抗日民族統一戰線的形式下開展了『國防文學論
　　　　　戰』，其『終結』幾乎與魯迅的死在同一時期。」〔日〕丸山升著、王俊文譯：
　　　　　《作爲問題的 1930 年代》，《魯迅‧革命‧歷史：丸山升現代中國文學論集》，
　　　　　北京大學出版社，2005 年，第 185 頁。

〔註 21〕　丸山升先生的一段話使筆者深受感動和啓發，他說：「我希望大家替我們將以
　　　　　我這一輩人的感覺無法感知的問題一個一個弄清楚了。只是那時，有可能的
　　　　　話，我希望大家並不僅僅是因爲某個作家或作品至今一直被忽視才去研究，
　　　　　還要考慮現在爲什麼研究它，或者自己對這種文學是在這一點上受到感動、
　　　　　覺得這個地方不錯，而這些評價並不見於之前的日本或中國的研究。這是我
　　　　　所期望的研究。我並不是說這樣的研究絕對沒有，不過，在迄今爲止形成的
　　　　　中國文學研究的框架中，而且還是遠遠貧瘠、窄小的框架中，僅僅去挖掘以
　　　　　前未被討論的問題，這不是太寂淡冷清了嗎？這也許還是精神遺老的一種杞
　　　　　憂，不過我對此感到擔心。」〔日〕丸山升著、王俊文譯：《戰後五十年》，《魯
　　　　　迅‧革命‧歷史：丸山升現代中國文學論集》，北京大學出版社，2005 年，第
　　　　　396 頁。

論爭之於魯迅也便具有了特殊的意義〔註22〕，而從未平又起且錯綜紛紜的論爭中也更便於窺視魯迅的思想特質和人格光輝，何況這些論爭都與中國現代歷史上的重大事件和重要人物緊密相關，因而，只有盡力搞清楚這些關係重大的歷史關節性問題，我們才能深切認知中國社會歷史文化的昨天、今天，也才能比較理智清醒地走嚮明天。

以往對於魯迅和左翼文藝運動的研究，不同程度地展露了魯迅本體的某些質素，研究範式也逐漸趨向科學化〔註23〕，但存在的問題仍如汪暉所指出的那樣，偏重於從政治意識形態的角度分析魯迅的生活道路和精神歷程，使得以往的「魯迅研究在兩個方面失去了它的意義和價值：一方面由於我們不是通過對魯迅批判精神的認識來達到對自身的批判，不是從魯迅那裡發現當代生活與魯迅所批判否定的生活之間的實際上沒有、也不可能徹底斬斷的聯繫，因而我們也就失去了對魯迅精神的現實性理解；另一方面，由於我們不是從廣泛的世界性聯繫和具體的生活過程中研究魯迅全部精神結構和它的運動過程，研究魯迅複雜的文化心理及其對生活的回應，而僅僅是在政治意識形態指導下研究魯迅對他的直接目標的批判，研究魯迅接受馬克思主義的時限，這樣我們也就失去了活生生的、豐富複雜的研究本體。」〔註24〕鑒於此，為了盡量避免「泛政治意識形態」或「潛政治意識形態」的影響和干擾，在研讀和分析魯迅著作及其相關背景材料（社會的和個人的）的前提下，筆者盡量調整思維模式（即規避單線化的前後順延的思維模式、「非紅即白」的二元對立的思維模式、「散點子立」的多元間離的思維模式），通過對魯迅的著述、編譯以及相關社會活動的綜合考察，來窺探魯迅支持左翼文藝的內在動因；通過呈現魯迅對於左翼文藝的支持和引導，來凸顯魯迅與時俱進的責任擔負；通過梳理魯迅同左右新舊各派之間的矛盾衝突，來考察魯迅不同於時人的深思遠慮。

〔註22〕 有論者曾言：「中國現當代文學研究的真正突破，在很大程度上取決於我們是否對每一個研究對象的獨特性給予了足夠的重視，我們是否真正為每一個研究對象找尋到了最合適的研究角度。」朱曉進：《政治文化與中國二十世紀三十年代文學》，人民出版社，2006年，第347頁。

〔註23〕 張夢陽認為科學形態的魯迅研究，其根本宗旨必須為「魯迅本體的趨近性還原」。參見張夢陽：《中國魯迅學通史・緒論》，廣東教育出版社，2005年，第12頁。

〔註24〕 汪暉：《魯迅研究的歷史批判》，《反抗絕望：魯迅及其文學世界》（增訂版），北京三聯書店，2008年，第412～413頁。

第一章　魯迅與「革命文學家」的離合

　　魯迅爲何認同並全力支持共產黨人領導的無產階級革命文學運動，學界普遍的看法有兩種：一是馬克思主義的文藝觀深深地刺激了魯迅，使他心悅誠服地修正了自己「只相信進化論」的思想偏頗，隨之獲得了新的思想參照，馬克思主義的階級學說和爲勞苦大眾鳴不平的人間情懷也強烈地引起了魯迅的共鳴；二是馬克思主義階級論和「大眾」立場，使魯迅更爲清醒地認識到專制主義統治是社會黑暗和大眾貧弱的根本原因，因而他在對國民黨政府保持高度的警惕同時也給予強烈的反對。在大的面向上，上述看法固然沒錯，但忽略了魯迅思想本體的連貫性和複雜性，因爲魯迅思想的發展不是單向的或者機械的轉變，而是承續與否定同延展與吸納並存，是一種更高意義上的融匯與揚棄。有鑒於此，筆者以爲應當立足於魯迅思想的本體來進行具體的分析，進而探尋魯迅態度轉變的內在經脈。

第一節　「國民革命」逆轉後的「彷徨」

　　在魯迅研究史上，瞿秋白的《〈魯迅雜感選集〉序言》影響重大，該文以「五四」後知識分子的思想演變爲參照，考察魯迅在中國社會激烈變動中的思想發展，指出了魯迅在中國文化史上的意義。其中就魯迅思想的發展變化，瞿秋白認爲「魯迅在『五四』前的思想，進化論和個性主義還是他的基本」，但「五卅」之後魯迅變了，正如「貧民小資產階級和革命的知識階層，終於發見了他們反對剝削制度的朦朧的理想，只有同著新興的社會主義的先進階級前進，才能夠實現，才能夠在偉大的鬥爭的集體之中達到眞正的『個性解

放』」。〔註1〕雖然人的思想通常是漸變的，但不可否認，一些關鍵時刻卻具有高濃度的影響。若說「五卅」是魯迅思想變化的起始點，那麼，「四・一二」反革命政變，尤其是魯迅親歷的廣州的「四・一五」反革命大屠殺，則可謂爲魯迅思想變化的轉捩點。可以說，國民黨的血腥「清黨」扼殺了剛剛閃有亮色的國民革命，帶給魯迅巨大的「刺激」，使他棄絕了曾寄予過厚望的國民黨，否定了「國民革命」，陷入了又一度的「彷徨」。

　　1925 年 4 月 8 日，魯迅在給許廣平的信中指出：「改革最快的還是火與劍，孫中山奔波一世，而中國還是如此者，最大原因還在他沒有黨軍，因此不能不遷就有武力的別人。近幾年他們也覺悟了，開起軍官學校來，惜已太晚。」〔註2〕但是，對孫中山領導的同盟會、國民黨（1919 年改名爲中國國民黨）的歷史貢獻，魯迅給予了充分的肯定。如 1926 年 3 月，孫中山逝世一週年，魯迅發文《中山先生逝世後一週年》，高度稱頌孫中山一生的豐功偉績，尤其是孫中山全般地永續地踐行革命的寶貴精神：「他是一個全體，永遠的革命者。無論所做的那一件，全都是革命。」〔註3〕除此之外，魯迅也肯定國民黨的精神氣象是進步的，如 1926 年 10 月 10 日，時在廈門大學任教的魯迅致信許廣平，表抒「雙十節」當日的欣喜之概，其中提到「此地人民的思想，我看其實是『國民黨的』的，並不老舊」〔註4〕。此外，北伐戰爭的勝利推進、國民革命的日漸壯大很使魯迅受到鼓舞，他不但滿懷熱望，而且還意欲在文化戰線上有所作爲，如 1926 年 11 月 7 日，魯迅在廈門寫信給許廣平，其中曾表示：「想到廣州後，對於研究系加以打擊」和「同創造社連絡，造一條戰線，更向舊社會進攻。」〔註5〕應當說，魯迅此時對國民黨寄予著厚望。

　　需要注意的是，魯迅之所以贊同和支持「國民革命」，一定程度上，他以爲「國民革命」乃國民黨領導的無產階級革命，可供佐證的是，成仿吾、魯

〔註1〕 瞿秋白：《〈魯迅雜感選集〉序言》，《瞿秋白文集・文學編》（第三卷），人民文學出版社，1989 年，第 106、110～111 頁。
〔註2〕 魯迅：《書信・250408・致許廣平》，《魯迅全集》（第十一卷），人民文學出版社，2005 年，第 475 頁。
〔註3〕 魯迅：《中山先生逝世後一週年》，北京《國民新報》「孫中山先生逝世週年紀念特刊」，1926 年 3 月 12 日。
〔註4〕 魯迅：《書信・261010・致許廣平》，《魯迅全集》（第十一卷），人民文學出版社，2005 年，第 571 頁。
〔註5〕 魯迅：《書信・261108・致許廣平》，《魯迅全集》（第十一卷），人民文學出版社，2005 年，第 606～607 頁。

迅、王獨清、何畏等人曾聯名發表過一篇《中國文學家對於英國知識階級及一般民眾宣言》，篇首的按語稱：

> 這個宣言是我們一種忍無可忍時的表示。本文已經譯成英文，直接寄往歐洲了。在這裡簽名的人都是本人對於無產階級革命確有信心的，所以特別鄭重，凡本人在遠處的，都由他底朋友負責代為簽名。我們很希望能得到英國方面的回信，同時更希望國內多有些同志來參加。〔註6〕

因為視「國民革命」為無產階級革命，所以這些人也自稱是「中國無產階級國民革命的文學家」。其實不止魯迅等人持此看法，很多人都這樣認為，以致於汪精衛和蔣介石一度被尊為「中國的列寧和托洛茨基」，廣州也一度被視作莫斯科。〔註7〕如所周知，魯迅認為中國歷史的癥結就在於專制暴戾與國民的奴性，早年就曾指出過：「中國人向來就沒有爭到過『人』的價格，至多不過是奴隸」；中國史之「直捷了當」的說法便是：「一，想做奴隸而不得的時代；二，暫時做穩了奴隸的時代」。〔註8〕因而在一定意義上，裨助無產階級革命，創造人類歷史上的「第三樣時代」，既出於魯迅的「精神實質」〔註9〕，也是魯迅的一種「希望」，如魯迅在《故鄉》的末尾所說：後輩應該享有為前人「所未經生活過的」「新的生活」；「希望是本無所謂有，無所謂無的。這正如地上的路；其實地上本沒有路，走的人多了，也便成了路。」〔註10〕

　　而且，當時共產青年們為創造「第三樣時代」所做的努力，深深地感染了魯迅。魯迅到達廣州不久，劉一聲受當時中共廣州地委的委託，撰文《第三樣時代的創造——我們所應當歡迎的魯迅》，論述魯迅戰鬥生活及其雜文的意義，文章稱：

〔註6〕　成仿吾、魯迅、王獨清、何畏等：《中國文學家對於英國知識階級及一般民眾宣言》，《洪水》半月刊第3卷第30期，1927年4月1日。

〔註7〕　如蔣光慈的書桌上擺放著汪精衛和蔣介石的像匣，曾向郭沫若讚歎說：「這兩位真了不起，簡直是中國的列寧和托洛次基。」參見郭沫若：《創造十年續編》，上海《大晚報·火炬》，1937年4月1日至8月12日。

〔註8〕　魯迅：《燈下漫筆》，《莽原》週刊第2期，1925年5月1日。

〔註9〕　張夢陽認為：「魯迅的精神實質是創造第三種時代，即既沒有奴隸又沒有奴隸主的時代，這是魯迅始終的理想，後來魯迅支持同情共產黨，也是出於這一點，因為當時的共產黨正是處於受壓制的狀態中。」錢理群、王富仁等：《〈讀書〉雜誌討論林賢治〈人間魯迅〉紀要》，謝泳編：《胡適還是魯迅》，北京：中國工人出版社，2003年，第12頁。

〔註10〕　魯迅：《故鄉》，《新青年》第9卷第1號，1921年5月。

他（魯迅）的小說表現的是他對於現在的悲觀，而論文所表現的卻是他對於現在的不滿和對於將來的希望。……除了以推翻整個的舊制度爲專業的共產主義者而外，在中國的思想界中，象魯迅一般的堅決徹底反抗封建文化的理論，是很少的。……魯迅的論文之所以對於革命的文化運動有裨益，有幫助，就在這種對於復古的文化的徹底攻擊，就是他自己說的「思想革命」。……然而魯迅使用的武器，只是短棒，不是機關槍。他所攻打的也不是封建社會的統治者——軍閥，而是軍閥的哈吧狗——章士釗，陳源，楊蔭榆。他的攻擊法是獨戰的，不是群眾的，所以他不高喊衝鋒陷陣的口號，只是冷笑，吶喊。這便是他自己在中大演說中聲明不是戰鬥者的原故吧。雖然如此，魯迅終是向前的。……在這個新時代的巨潮中，他自然是受著震蕩的。所以他不但在消極方面反對舊時代，同時在積極方面希望著一個新時代。〔註11〕

儘管這些提法不盡準確，但毫無疑問的是，中共一方對魯迅持歡迎的態度。刊載該文的《少年先鋒》是中國共產主義青年團廣東區委員會的機關刊物，1926 年 9 月 1 日創刊，最初由共青團廣東區委宣傳部長李求實（李偉森）主編（次年初，李求實往長沙任共青團湖南省委書記，接編者不詳），廣州國光書店發行。該刊以兩廣受壓迫的青年爲主要對象，試圖「喚起這般青年群眾注意自己的問題，引導他們殺出一條血路來」〔註12〕，出於這樣的目的，在具體的編排上，「以一般被壓迫青年的切身的問題爲內容，以淺顯趣味爲形式」，希望凡能讀報的青年都能閱讀，凡被壓迫的青年都能從中多少獲得幫助。〔註13〕《少年先鋒》是魯迅在廣州經常閱讀的期刊之一。在 1927 年 1 月 31 日的日記中，魯迅曾記著：「徐文雅、畢磊、陳輔國來並贈《少年先鋒》十二本。」〔註14〕在 1927 年底發表的《怎麼寫——夜記之一》中又提到，畢磊「還曾將十來本《少年先鋒》送給我，而這刊物裏面則分明是共產青年所作

〔註11〕 一聲（劉一聲）：《第三樣時代的創造——我們所應當歡迎的魯迅》，廣州《少年先鋒》旬刊第 2 卷第 15 期，1927 年 2 月 21 日。

〔註12〕 求實（李偉森）：《寄元暎（代發刊詞）》，《少年先鋒》旬刊第 1 卷第 1 期，1926 年 9 月 1 日。

〔註13〕 參見《卷末瑣語》，《少年先鋒》旬刊第 1 卷第 12 期，1926 年 12 月 21 日。

〔註14〕 魯迅：《日記十六》，《魯迅全集》（第十六卷），人民文學出版社，2005 年，第 5 頁。

的東西。」〔註15〕在 1927 年 4 月 10 日所作的《慶祝滬寧克復的那一邊》中，魯迅引用的那段列寧語錄，便出自《少年先鋒》第 1 卷第 8 期。

　　除了《少年先鋒》外，魯迅在廣州時還收到了中共廣東區委員會領導下的學生運動委員會機關刊物《WHAT TO DO？》（取自列寧著作《做什麼？》）。魯迅在 1927 年 2 月 9 日的日記中曾記著：「徐文雅來並贈《爲什麼》（引者按：實爲《做什麼？》）三本。」〔註16〕在《怎麼寫——夜記之一》中，魯迅也曾提到：「現在還記得《做什麼》出版後，曾經送給我五本。我覺得這團體是共產青年主持的，因爲其中有『堅如』，『三石』等署名，該是畢磊，通信處也是他。」〔註17〕魯迅的猜測是對的，《做什麼？》創刊於 1927 年 2 月 7 日，由學委會副書記畢磊主編，中山大學黨、團總支捐資出版，廣州國光書店發行。該刊注重「提倡社會科學之研究及文藝作品」，同時也注意「青年運動中種種實際問題的解決方法和批評，以及書報介紹等」。〔註18〕魯迅收到的是《做什麼？》創刊號，在該期上刊有陳延年撰寫的《我們應該做什麼？（發刊詞）》，陳用犀利的筆鋒洋溢著時代的激情、訴說著青年的擔負：「一個革命的新時代，同著一九二七年的春光在我們面前展開了。我們不但是『五四』時代以後的青年，並且是『五卅』時代以後的青年。在整個歷史進程的意義上，我們現在不是開始工作，而是繼續奮鬥」；「我們不能用我們祖父和父親的生活方法來生活，也不能用他們的思想方法來思想。一切從古未有的變動，都要在我們面前湧現了，我們有我們的時代。那些成千成萬的，最受侮辱咒罵的奴隸們，已經紛紛的站起來了。聽見了沒有他們喊出來的反抗的呼聲？這呼聲衝進了我們的研究室，衝進了我們的圖書館，衝進了我們的象牙之塔：不但要求我們對於詩，對於藝術，對於科學，要有一種新的考慮，並且指示我們一切學問的出路」；「在我們這個時代，只有他們是進步的，是向前的，代表光明的將來，堅決的與一切黑暗的過去奮鬥。問問他們：我們應該做些什麼？要將他們的痛苦，他們的要求，譯成我們的詩，我們的藝術，我們的科

〔註15〕魯迅：《怎麼寫——夜記之一》，《莽原》半月刊第 18、19 期合刊，1927 年 10 月 10 日。

〔註16〕魯迅：《日記十六》，《魯迅全集》（第十六卷），人民文學出版社，2005 年，第 7 頁。

〔註17〕魯迅：《怎麼寫——夜記之一》，《莽原》半月刊第 18、19 期合刊，1927 年 10 月 10 日。

〔註18〕《我們的話》，《做什麼？》週刊第 1 期，1927 年 2 月 7 日。

學。朋友們，新時代的青年們，這就是我們應該做的」。〔註19〕此外，畢磊寫的《歡迎魯迅以後》一文，號召「廣州『撒哈拉』的文藝駱駝們聯合起來」，「在西南的園地上開發幾朵燦爛的鮮花」。〔註20〕據參與籌辦該刊的徐文雅回憶，刊名及發刊詞均由時任中共廣東區委書記的陳延年擬定，出版過三、四期。畢磊爲之撰寫了多篇文章，此外蕭楚女也曾發文《個人主義漫談》。

這些共產青年們的鬥爭熱情感染了魯迅，1927年3月和4月，魯迅就曾兩次將十元錢捐給中共中山大學總支內部刊物《支部生活》，支持青年戰取新世界，甚至可以說，繼續「五四」未竟的革命事業。1925年5月22日，《莽原》週刊第5期上曾刊載了署名「韻笙」的《五四的象徵》，文中有如下幾句：

> 五四運動的產生，若說在我們中國裏，確實和歐洲的文藝復興有同等的價值。如果用象徵的說法，便該是：
>
> 正如春季亢旱，已是泉涸苗枯了。人心的恐慌，業已達到了極頂……
>
> 時下甘霖既降，這是所望於天的已經滿足了；但是，人的呢？…………〔註21〕

當時《莽原》由魯迅主編，所有稿件都要經他審讀，因此可以說，魯迅也默認「五四運動」具有近乎「歐洲的文藝復興」的價值。值得注意的是，作爲一種精神運動，「五四運動」具有豐富的蘊涵，而「個性解放」是其基本要義。「個性解放」被稱爲「個性主義」，近同於「個人主義」，均以個人價值爲本位，細微的差別只是「個性主義」多用於文化教育的語境，而「個人主義」多用於社會國家的語境，如其時「以平民主義爲標準之個人主義」，要旨就在於「國家社會有戕賊個人者，個人將以推翻而重組之」。〔註22〕可以說，「個性解放」被尊爲「五四」精神的靈魂，成了備受關注的問題。〔註23〕然而，

〔註19〕陳延年：《我們應該做什麼？（發刊詞）》，《做什麼？》週刊第1期，1927年2月7日。

〔註20〕堅如（畢磊）：《歡迎了魯迅以後——廣州青年的同學（尤其是中大的）負起文藝的使命來》，《做什麼？》週刊第1期，1927年2月7日。

〔註21〕韻笙：《五四的象徵》，《莽原》週刊第5期，1925年5月22日。

〔註22〕蔣夢麟：《個性主義與個人主義》，《教育雜誌》第11卷第2期，1919年2月。

〔註23〕韓毓海曾指出：「『五四』新文化運動提出的『科學』、『民主』思想和白話文運動，在很大程度上是對近代思想的繼承和發揚，而『五四』本身的獨創性在於，它把近代的探求經世致用之道的認識方向，轉向探求認識本身之道的方向：把對『中國向何處去』的追問，轉向『人生是什麼』的追問，把對於

在魯迅看來，「五四運動」通過用「人文主義」精神照射「人本位」的世界，要義更在於開啓一個嶄新的時代，如 1925 年 12 月 3 日，魯迅在譯作《出了象牙之塔》的「後記」中曾寫道：「說到中國的改革，第一著自然是掃蕩廢物，以造成一個使新生命得能誕生的機運。五四運動，本也是這機運的開端罷，可惜來摧折它的很不少。那事後的批評，本國人大抵不冷不熱地，或者胡亂地說一通，外國人當初倒頗以爲有意義，然而也有攻擊的，據云是不顧及國民性和歷史，所以無價值。這和中國多數的胡說大致相同，因爲他們自身都不是改革者。」〔註24〕顯然，魯迅不但充分肯定「五四運動」，而且認爲那是「一個使新生命得能誕生的機運」的「開端」。

不可否認，魯迅起初對革命策源地廣州還抱有幻想，對中山大學的同人和青年學子也滿懷期望，在 3 月 1 日的開學典禮上，他曾勉勵中山大學的同人和青年學子，「應該放責任在自己身上，向前走，把革命的偉力擴大！」「對於一切舊制度，宗法社會的舊習慣，封建社會的舊思想」展開進攻。〔註 25〕此後，他也滿懷熱誠地參與中山大學的教學和管理工作。在中山大學任職的短短兩個多月時間裏，除了每周授課十二小時——文藝學三小時、中國文學史（上古至隋）三小時、中國小說史三小時、中國字體變遷史三小時，魯迅還召開了七次教務會議，討論新生招考、新生錄取、優待僑生、課程設置、考勤制度等問題；參加校務委員會下屬的組織委員會，爲五委員之一，負責統率聯絡全校教育組織工作；參加文科教授會議；接待來訪的教師和學生。然而，4 月 15 日緊急會議後，魯迅不再到校工作，4 月 29 日，他正式辭去一切職務，6 月 6 日，他的辭職獲許。關於魯迅堅辭中山大學的一切職務的原因，較有影響的看法有兩種：其一，魯迅設法想與已經異化的國民黨決裂，當此

外在的，客體的追求，轉向關於內在的、本體的追問。所以，在『五四』，做爲個體存在的人的問題才成爲精神活動的核心。」韓毓海：《審美人生——超越啓蒙主義的魯迅》，《魯迅研究月刊》，1990 年第 6 期。汪暉也曾說道：「『五四』人物對傳統的政治秩序和道德秩序的否定和批判，無非是把人作爲人本身這一人本主義命題當作啓蒙思想的基本原則：『人的覺醒』是『五四』『反傳統主義』的眞正本質。」汪暉：《中國現代歷史中的「五四」啓蒙運動》，《汪暉自選集》，廣西師範大學出版社，1997 年，第 319 頁。

〔註24〕魯迅：《譯文序跋集·〈出了象牙之塔〉後記》，《魯迅全集》（第十卷），人民文學出版社，2005 年，第 270 頁。

〔註25〕魯迅：《讀書與革命》，《廣東青年》第 3 期，1927 年 4 月 1 日。

之際，顧頡剛的到來恰好爲其提供了決然辭職的理由。〔註26〕其二，近因以及主要原因是國民黨在上海發動的「四‧一二」反革命政變，尤其是魯迅親歷的廣州的「四‧一五」反革命大屠殺，同時也與遠因──魯迅與顧頡剛的矛盾發展──相關。〔註27〕不難發現，這兩種看法均認爲較之人事糾葛，政治因素在魯迅辭職中佔有至關重要的比重，另外參照許壽裳、許廣平的相關回憶，以及魯迅在1934年所作的《自傳》中稱他「一生從未見過有這麼殺人的」，那麼這種看法基本是穩妥的。但需要補充的是，這只是外因，內因則是魯迅對教育界徹底厭惡了。4月20日，魯迅在給李霽野的信中曾稱，「現代」派之一將來中山大學，他不想受其排擠，故「決計於二三日內辭去一切職務，離開中大」。〔註28〕5月15日，魯迅在給章廷謙的信中亦曾言，自己被傅斯年等人玩弄，「竟做了一個大傀儡」，「教界這東西，我實在有點怕了，並不比政界乾淨」。〔註29〕5月30日，魯迅在給章廷謙的信中又說道：「不過事太湊巧，當紅鼻到粵之時，正清黨發生之際，所以也許有人疑我之滾，和政治有關，實則我之『鼻來我走』（與鼻不兩立，大似梅毒菌，眞是倒楣之至）之宣言，遠在四月初上也。」〔註30〕值得進一步思考的是，魯迅的辭職不僅僅意味著他斷絕了同中山大學的關聯，而且因爲中山大學本屬國民黨所辦，甚至被國民黨稱爲「黨校」，因此更爲重要的是，魯迅對國民黨徹底絕望。

事實上，儘管魯迅不曾加盟國民黨，但多少同其有一定的關聯。1904年11月，以浙東和蘇南爲主要活動地的光復會成立，入會誓詞爲「光復漢族，還我山河，以身許國，功成身退」，蔡元培任會長，陶成章主持重要會務工作，魯迅爲會員。1905年8月，光復會與興中會、華興會在東京聯合成立同盟會，綱領爲「驅除韃虜，恢復中華，建立民國，平均地權」（後來此綱領被概括和發展爲「民族」、「民權」、「民生」的「三民主義」），孫中山任總理，大部分

〔註26〕 參見倪墨炎：《魯迅與中國國民黨》，《魯迅的社會活動》，上海人民出版社，2006年，第121頁。

〔註27〕 參見李偉江：《魯迅與中山大學》，《魯迅粵港時期史實考述》，嶽麓書社，2007年，第21～29頁。

〔註28〕 參見魯迅：《書信‧270420‧致李霽野》，《魯迅全集》（第十二卷），人民文學出版社，2005年，第29～30頁。

〔註29〕 參見魯迅：《書信‧270515‧致章廷謙》，《魯迅全集》（第十二卷），人民文學出版社，2005年，第32～33頁。

〔註30〕 魯迅：《書信‧270530‧致章廷謙》，《魯迅全集》（第十二卷），人民文學出版社，2005年，第34頁。

光復會會員轉入了同盟會，然而魯迅卻未列名其中。1912 年 8 月，同盟會聯合統一共和黨、國民共進會、國民公黨及共和實進會等組織在北京成立國民黨，孫中山任理事長，宋教仁主持實際黨務，多數同盟會盟員亦轉入了國民黨，但魯迅未曾加入國民黨。可以說，不同於大多數思想進步人士（如蔡元培、許壽裳等都加入同盟會、國民黨），魯迅對政黨活動並不熱衷，在謹守了十年的沉默後，他被友人催促著開始爲先驅者「吶喊」，此後一發而不可收，但魯迅其實仍然秉持著自己向來的主張，即用文藝來改造國民性。1925 年 8 月 25 日，國民黨左派在北京創辦了《國民新報》，以「國民救國，宣傳民族自決，打倒帝國主義，鋤除黑暗勢力」爲宗旨，並於 1925 年 12 月 2 日創辦了專門登載文藝稿件的乙種副刊，魯迅受邀與張定璜輪流編輯。在編輯《國民新報副刊》（乙種）時，魯迅注重一面藉文藝推行「革新的破壞」，不但撰寫了《有趣的消息》《反閒話》《公理的把戲》《古書與白話》《送竃日漫筆》《空談》等 17 篇作品，對章士釗及現代評論派的醜惡行徑進行抨擊，還翻譯了《從淺草來》等文章，刊載了高爾基、契訶夫、屠格涅夫等人的譯作，爲文壇輸入新鮮的養料，切實地踐行「破」與「立」，促使文壇在除舊的同時蛻新；一面扶持「革新的破壞者」，「有許多青年寄稿子給他，希望他改正並代爲發表」〔註 31〕，魯迅傾力而爲，爲韋素園、韋叢蕪、臺靜農、向培良、馮至等文學青年提供刊載作品的機會。所以，魯迅雖未加盟國民黨，但還是願意同其合作的。

　　然而，國民黨發動反革命政變，「背信棄義地向著中國共產黨和中國人民來一個突然的襲擊」，致使「生氣蓬勃的中國大革命」被葬送掉了。〔註 32〕與此同時，魯迅本人也遭遇了截然兩樣的對待。魯迅初到廣州時，「有些青年大開其歡迎會」，甚至國民黨右派官僚也封他爲「戰士」、「革命家」，其時「訪問的，研究的，談文學的，偵探思想的，要做序，題簽的，請演說的，鬧得不亦樂乎」；「四・一五」後，情形則完全相反：原先稱他爲「戰士」和「革命家」的國民黨官僚，反將他的「戰鬥」和「革命」稱作「搗亂」，甚至還有人企圖以魯迅曾發文給陳獨秀主編的《新青年》而定他爲共產黨或親共派；

〔註 31〕李霽野：《〈民報副刊〉及其他》，趙家璧等著：《編輯生涯憶魯迅》，河北教育出版社，2000 年，第 146 頁。

〔註 32〕毛澤東：《論聯合政府》，《毛澤東選集》（第三卷），人民出版社，1991 年，第 1036 頁。

原先請他作序的人，也稱故將書取回；原先他在期刊上的題簽，也即刻被撤換掉；某報竭力迴避「魯迅」二字，某報嘲笑他為「雜感家」；有些右派青年化裝成「盤問式的訪問者」，偵察他的思想動向；香港一些報紙，謠傳他已經逃往漢口，暗指他為共產黨。〔註33〕凡此種種使得魯迅消去了初到廣州時所懷抱的樂觀幻想，不但「被從夢境中放逐了」〔註34〕，而且徹底否決了「國民革命」的意義。

1927年2月18日，在香港青年會講演《無聲的中國》時，魯迅呼籲青年要敢於正視中國社會的實際狀況：

> 青年們先可以將中國變成一個有聲的中國。大膽地說話，勇敢地進行，忘掉了一切利害，推開了古人，將自己的真心的話發表出來。——真，自然是不容易的。譬如態度，就不容易真，講演時候就不是我的真態度，因為我對朋友，孩子說話時候的態度是不這樣的。——但總可以說些較真的話，發些較真的聲音。只有真的聲音，才能感動中國的人和世界的人；必須有了真的聲音，才能和世界的人同在世界上生活。〔註35〕

緊接著，在2月19日講演《老調子已經唱完》時，魯迅更明確地站在「民眾」的立場上揭批中國文化的真面目及危害：「以自己為中心的人們，卻決不肯以民眾為主體，而專圖自己的便利，總是三翻四復的唱不完」「個人的老調子」，結果「自己的老調子固然唱不完，而國家卻已被唱完了」。〔註36〕在魯迅看來，「所謂文化之類，和現在的民眾有甚麼關係，甚麼益處呢？」「中國的文化，都是侍奉主子的文化，是用很多的人的痛苦換來的。」「保存舊文化，是要中國人永遠做侍奉主子的材料，苦下去，苦下去。」〔註37〕4月11日，在給臺灣青年所譯《勞動問題》而作的「小引」中，魯迅高度稱讚努力於中國革命

〔註33〕參見魯迅：《通信》，《語絲》週刊第151期，1927年10月1日；參見魯迅：《答有恒先生》，《北新》週刊第1卷第49、50期，1927年10月1日。

〔註34〕魯迅：《在鐘樓上——夜記之二》，上海《語絲》第4卷1期，1927年12月17日。

〔註35〕魯迅：《三閒集·無聲的中國》，《魯迅全集》（第四卷），人民文學出版社，2005年，第15頁。

〔註36〕魯迅：《集外集拾遺·老調子已經唱完》，《魯迅全集》（第七卷），人民文學出版社，2005年，第323頁。

〔註37〕魯迅：《集外集拾遺·老調子已經唱完》，《魯迅全集》（第七卷），人民文學出版社，2005年，第326頁。

和改革的臺灣青年，說《勞動問題》的譯者「爲民眾盡力的努力和誠意」，他是「覺得」的、「感激」的。〔註38〕

　　可見，「四・一二」之前，魯迅認爲有志於推動中國社會進步的人士應當爲「民眾」的利益著想，進而進行多方面、多層次的革命。不過，當時魯迅意念中革命的對象還是籠統的「舊勢力」，即在魯迅眼中，中國社會前進的主要阻礙力量，一是軍閥分權割據的封建統治，一是社會意識形態的封建主義。但在總體上，魯迅當時對「國民革命」還抱持著希望。3月1日，在中山大學開學典禮上的「致語」中，雖然魯迅言下感歎，曾爲「革命策源地」的廣州，革命精神已漸趨淡薄，但他對正在進展的「國民革命」是支持的，最後還希望身處平靜空氣中的人們「雖然坐著工作而永遠記得前線」。〔註39〕3月24日，在《黃花節的雜感》一文中，魯迅也認可「中國經了許多戰士的精神和血肉的培養」，「的確長出了一點先前所沒有的幸福的花果來，也還有逐漸生長的希望」。〔註40〕4月10日，在《慶祝滬寧克復的那一邊》中，魯迅在欣喜於「滬寧的克復」的同時，也告誡國人勿要陶醉於既有的勝利，對此他引用了列寧持續進擊的革命原則，並重申了痛打「落水狗」的革命主張。另外，魯迅也提醒「慶祝」、「謳歌」、「陶醉」有時會使得「革命精神轉成浮滑」，而且投機革命者也會多起來，關於此，他例舉了《現代評論》論調的轉變。〔註41〕但急劇逆轉的革命形勢讓魯迅發覺，所謂的「國民革命」不過是「革命官僚」同「軍閥官僚」的爭權奪勢，權力關係雖然發生了變化，權力性質卻一仍其舊。於是在4月26日所作的《〈野草〉題辭》中，魯迅在筆端驅遣著強烈的憤懣：「我自愛我的野草，但我憎惡這以野草作裝飾的地面」；「地火在地下運行，奔突；熔岩一旦噴出，將燒盡一切野草，以及喬木，於是並且無可朽腐」。〔註42〕加之，在國內階級關係的大動蕩、大分化、大改組的關頭，「現代評論派」的陳源等別離了「研究系」的章士釗，也到「青天白日旗」下革命了，〔註43〕

〔註38〕 參見魯迅：《而已集・寫在〈勞動問題〉之前》，《魯迅全集》（第三卷），人民文學出版社，2005年，第444～445頁。

〔註39〕 魯迅：《中山大學開學致語》，《國立中山大學開學紀念冊》，1927年3月。

〔註40〕 魯迅：《黃花節的雜感》，中山大學政治訓育部編《政治訓育》第7期「黃花節特號」，1927年3月29日。

〔註41〕 魯迅：《慶祝滬寧克復的那一邊》，《國民新聞・新出路》第11號，1927年5月5日。

〔註42〕 魯迅：《〈野草〉題辭》，《語絲》週刊第138期，1927年7月2日。

〔註43〕 魯迅：《答有恒先生》，《北新》週刊第1卷第49、50期，1927年10月1日。

而這正好表明國民黨右派和「現代評論派」在骨子裏是近同的。對此，魯迅嘲諷道：「世間大抵只知道指揮刀所以指揮武士，而不想到也可以指揮文人」，「曾經闊氣的要復古，正在闊氣的要保持現狀，未曾闊氣的要革新」，「大抵如是。大抵！」〔註44〕

「國民革命」的逆轉讓魯迅感到極其無奈，陷入又一度的「彷徨」〔註45〕。如5月1日，在《〈朝花夕拾〉小引》中，魯迅慨歎：「目前是這麼離奇，心裏是這麼蕪雜」，「中國的做文章有軌範，世事也仍然是螺旋」。〔註46〕四個多月之後，魯迅依然被陰暗和悲憤籠罩著，9月4日，他在《答有恒先生》中寫道：「血的遊戲已經開頭，而角色又是青年，並且有得意之色，我現在已經看不見這齣戲的收場。」〔註47〕9月19日，魯迅在給翟永坤的信中曾言：「我漂流了兩省，幻夢醒了不少，現在是胡胡塗塗。」〔註48〕9月25日，魯迅在給臺靜農的信仍舊感歎：「我眼前所見的依然黑暗，有些疲倦，有些頹唐，此後能否創作，尚在不可知之數。」〔註49〕11月20日，魯迅在給江紹原的信中還是感歎：「然則不得已，只好弄弄文學書。待收得板稅時，本也緩不濟急，不過除此以外，另外也沒有好辦法。現在是專要人的性命的時候，倘想平平穩穩地吃一口飯，真是困難極了。我想用功，而終於不能，忙得很，而這忙，是於自己很沒有益處的。」〔註50〕總體上，魯迅感覺到中國社會將要進向

〔註44〕魯迅：《小雜感》，《語絲》週刊第4卷第1期，1927年12月17日。

〔註45〕竹內好認爲：「從廈門到廣東，再從廣東到上海這一年多的漂泊期間，在魯迅的傳記中特別突出。無論在生活上還是在思想上，『彷徨』這個詞都很恰當。他心理上的不安在《兩地書》上時有顯現。幾乎每天心情都有變化，思想上也有迷惘。他違背訂了兩年的契約，甘願放棄自己文學史研究的夙願，從廈門大學轉到中山大學，這當然是由於學校當局缺少誠意（把魯迅邀到廈門大學的林語堂，不久也想盡各種辦法，想要魯迅進武漢政府），而中山大學則考慮了他的要求。但這些僅僅是外因，他的內心，依然在逃離中掙扎。那證據，就是不久他也離開了中山大學，並且與外界隔絕，過了一段隱居的日子，然後離開廣州，逃到了上海。」〔日〕竹內好著、靳叢林編譯：《魯迅入門》，《從「絕望」開始》，北京三聯書店，2013年，第50頁。

〔註46〕魯迅：《〈朝花夕拾〉小引》，《莽原》半月刊第2卷第10期，1927年5月25日。

〔註47〕魯迅：《答有恒先生》，《北新》週刊第1卷第49、50期，1927年10月1日。

〔註48〕魯迅：《書信・270919・致翟永坤》，《魯迅全集》（第十二卷），人民文學出版社，2005年，第68頁。

〔註49〕魯迅：《書信・270925・致臺靜農》，《魯迅全集》（第十二卷），人民文學出版社，2005年，第74頁。

〔註50〕魯迅：《書信・271120・致江紹原》，《魯迅全集》（第十二卷），人民文學出版

一個大時代，但前途究竟怎樣，魯迅當時還捉摸不定，即如其 1927 年 12 月 7 日在《〈塵影〉序言》中所寫：「在我自己，覺得中國現在是一個進向大時代的時代。但這所謂大，並不一定指可以由此得生，而也可以由此得死。」〔註51〕

此種無奈的境地極大地衝擊了魯迅原先所持的理念和態度，迫使他反思和剖解自己。其一，反省「進化論」思想。「四‧一二」之前，魯迅雖然遭逢了種種「革命」的挫敗，但他認為「凡活的而且在生長者，總有著希望的前途」〔註52〕，也相信「歷史雖說如同螺旋，卻究竟並非印板，所以今之與昔，也還是小有不同」。〔註53〕因此，面對「破壞了又修補的疲乏傷殘可憐」的「中國的文明」，〔註54〕魯迅認為只要進行有理想有信念的「革新式的破壞」，那麼中國社會的狀況總會趨向光明：

> 我們總是中國人，我們總要遇見中國事，但我們不是中國式的破壞者，所以我們是過著受破壞了又修補，受破壞了又修補的生活。我們的許多壽命是白費了。我們所可以自慰的，想來想去，也還是所謂對於未來的希望。希望是附麗於存在的，有存在，便有希望，有希望，便是光明。如果歷史家的話不是誑話，則世界上的事物可還沒有因為黑暗而長存的先例。黑暗只能附麗於漸就滅亡的事物，一滅亡，黑暗也就一同滅亡了，它不永久。然而將來是永遠要有的，並且總要光明起來；只要不做黑暗的附著物，為光明而滅亡，則我們一定有悠久的將來，而且一定是光明的將來。〔註55〕

在魯迅看來，為了能夠擁有「光明的將來」，要務之一就是立「人」，而魯迅本人也試圖通過創作、編刊、教學等多種方式來引導和培育新式的青年。譬如在中山大學執教時，魯迅在開學典禮上曾講道：「青年人原來尤應該是革命的，但後來變做不革命了，這是反乎本性的墮落，倘用了宗教家的話來說，就是：受了魔鬼的誘惑！因此，要回復他的本性，便又另要教育，訓練，學習的工夫了。」接著，魯迅明確表抒了他的期望：「中山大學不但要把不革命

社，2005 年，第 91 頁。

〔註51〕魯迅：《〈塵影〉序言》，《塵影》，上海開明書店，1927 年 12 月。

〔註52〕魯迅：《我觀北大》，《北大學生會週刊》創刊號，1925 年 12 月 17 日。

〔註53〕魯迅：《記「發薪」》，《莽原》半月刊第 15 期，1926 年 8 月 10 日。

〔註54〕魯迅：《記談話》，《語絲》週刊第 94 期，1926 年 8 月 28 日。

〔註55〕魯迅：《記談話》，《語絲》週刊第 94 期，1926 年 8 月 28 日。

反革命的脾氣去掉，還要想法子，引導人回復本性，向前進行到革命的地方。」
〔註56〕但是，「四·一二」反革命政變，尤其是魯迅親歷的「四·一五」反革命大屠殺，使他的妄想破滅了，在《答有恒先生》中，魯迅寫道：

> 我的一種妄想破滅了。我至今爲止，時時有一種樂觀，以爲壓迫，殺戮青年的，大概是老人。這種老人漸漸死去，中國總可以比較地有生氣。現在我知道不然，殺戮青年的，似乎倒大概是青年，而且對於別個的不能再造的生命和青春更無顧惜。〔註57〕

青年殺戮青年，毫不顧惜「別個的不能再造的生命和青春」，這令魯迅感到了人性的殘忍和卑劣，使他信賴的「進化論」思想遭到強烈的衝擊。對此魯迅慨歎道：「現在倘再發那些四平八穩的『救救孩子』似的議論，連我自己聽去，也覺得空空洞洞了。」〔註58〕不止於此，後來魯迅還多次提及這番思想震動，如1932年4月24日，在爲《三閒集》作「序言」時，魯迅再度述及此事：

> 其實呢，我自己省察，無論在小說中，在短評中，並無主張將青年來「殺，殺，殺」的痕跡，也沒有懷著這樣的心思。我一向是相信進化論的，總以爲將來必勝於過去，青年必勝於老人，對於青年，我敬重之不暇，往往給我十刀，我只還他一箭。然而後來我明白我倒是錯了。這並非唯物史觀的理論或革命文藝的作品蠱惑我的，我在廣東，就目睹了同是青年，而分成兩大陣營，或則投書告密，或則助官捕人的事實！我的思路因此轟毀，後來便時常用了懷疑的眼光去看青年，不再無條件的敬畏了。然而此後也還爲初初上陣的青年們吶喊幾聲，不過也沒有什麼大幫助。〔註59〕

可以說，那場空前殘酷的階級大搏鬥，帶給魯迅巨大的思想衝擊，迫使他毫不留情地「解剖自己」，反思自己向來堅持的信念。

其二，批判空洞的「革命文學」〔註60〕。1927年4月8日，在黃埔軍校

〔註56〕 魯迅：《讀書與革命》，《廣東青年》第3期，1927年4月1日。
〔註57〕 魯迅：《答有恒先生》，《北新》週刊第1卷第49、50期，1927年10月1日。
〔註58〕 魯迅：《答有恒先生》，《北新》週刊第1卷第49、50期，1927年10月1日。
〔註59〕 魯迅：《三閒集·序言》，《魯迅全集》（第四卷），人民文學出版社，2005年，第5頁。
〔註60〕 關於此時的「革命文學」，丸山升曾指出：「提倡『爲革命』的文學，即使在『四·一二』政變之前，也不只是立足馬克思主義的文學，還包括國民黨系統的文學。」因而，魯迅當時的「宣傳文學」觀，「與其說是就馬克思主義文學論，不如說是關於國民黨系統的文學，或者至少說是在『爲革命』、『爲宣

講演《革命時代的文學》時，魯迅闡述了一種交融著「進化論」的廣義的、樸素的「革命觀」：「其實『革命』是並不稀奇的，惟其有了它，社會才會改革，人類才會進步，能從原蟲到人類，從野蠻到文明，就因爲一刻不在革命」〔註61〕。可見，魯迅意念中的「革命」，既融匯著廣泛的道義感，又貫徹著強烈的主體性，廣義上的合乎天道公理之演進邏輯的一切人事都與它相關。基於這種「革命觀」，魯迅分三個階段——「大革命之前」、「大革命的時代」、「大革命成功後」——闡說文學和革命的關係。並且，魯迅所談的「三階段」適用於任何革命，而且在革命的「三階段」中並無孕生「革命文學」的現實必要。〔註62〕另外，魯迅本有眞切的創作體驗，明白藝術創作的基本方式，因此在他看來，「革命文學」僅停留於一個架空的概念，不但無關下層社會的勞苦大眾，文章本身也是「無力的」，因爲「好的文藝作品，向來多是不受別人命令，不顧利害，自然而然地從心中流露的東西；如果先掛起一個題目，做起文章來，那又何異於八股，在文學中並無價值，更不說能否感動人了」。於是魯迅指出：「現在中國底小說和詩實在比不上別國，無可奈何，只好稱之日文學；談不到革命時代的文學，更談不到平民文學。現在的文學家都是讀書

傳』的文學廣泛地超越了馬克思主義的框架、已十分普遍的狀況下形成的思考方法」。參見〔日〕丸山升著、王俊文譯：《「革命文學論戰」中的魯迅》，《魯迅・革命・歷史：丸山升現代中國文學論集》，北京大學出版社，2005年，第45頁；王宏志也認爲，魯迅此時批判的「革命文學」，確切地應當稱爲「國民革命文學」，因爲「在廣州時期，特別是在國民黨發動『清黨』以前，魯迅心目中的『革命』，並不是由共產黨領導和支持的無產階級革命，恰恰相反，他心目中的『革命』主要是指由國民黨所領導的北伐活動。」王宏志：《革命陣營的內部論爭？——分析1928年革命文學論爭魯迅成爲攻擊目標的原因》，《魯迅與「左聯」》，新星出版社，2006年，第6頁；另外，邱煥星也指出：「魯迅在1927年批判的並非是『無產階級革命文學』，而是未分化狀態的『國民革命文學』。清黨之前的批判，魯迅重在指出『文學』之於『革命』的無力，以及廣州的『革命精神已經浮滑』，以此給那些身在革命後方卻以爲是中心的狂熱者降溫。清黨之後，魯迅將矛頭直指以革命文學社和吳稚暉代表的擁護清黨的『革命文學』和『革命文學家』，批判他們蛻變成了『革』人之『命』的殺人工具，進而徹底否定了『革命文學』特別是『國民革命』的合法性。顯然，魯迅的『國民革命文學』否定論並非著眼於文藝問題，而是他對國民革命狀況及自己在革命時代位置的思考。」邱煥星：《魯迅1927年的「國民革命文學」否定論》，《中國現代文學研究叢刊》，2012年第2期。

〔註61〕魯迅：《革命時代的文學》，《黃埔生活》週刊第4期，1927年6月12日。

〔註62〕參見王宏志：《革命陣營的內部論爭？——分析1928年革命文學論爭魯迅成爲攻擊目標的原因》，《魯迅與「左聯」》，新星出版社，2006年，第6頁。

人，如果工人農民不解放，工人農民的思想，仍然是讀書人的思想，必待工人農民得到眞正的解放，然後才有眞正的平民文學。有些人說：『中國已有平民文學』，其實這是不對的。」在他看來，中國當時的社會情狀，「止有實地的革命戰爭，一首詩嚇不走孫傳芳，一炮就把孫傳芳轟走了」，「文學總是一種餘裕的產物，可以表示一民族的文化，倒是眞的。」因此，魯迅明言：「爲革命起見，要有『革命人』，『革命文學』倒無須急急，革命人做出東西來，才是革命文學。」〔註63〕1927 年 10 月，在《革命文學》中，魯迅進一步闡述了他的觀點：「我以爲根本問題是在作者可是一個『革命人』，倘是的，則無論寫的是什麼事件，用的是什麼材料，即都是『革命文學』。從噴泉裏出來的都是水，從血管裏出來的都是血。」〔註64〕表面上，魯迅的文藝主張發生了近乎對位的反轉，即從「文藝是國民精神所發的火光，同時也是引導國民精神的前途的燈火」〔註65〕反轉到「文學總是一種餘裕的產物」〔註66〕。但是，魯迅並非徹底否定了文學，只是他清醒地認識到，無論筆端多麼義憤激昂，但幾頁薄紙終究無力於「實地的革命戰爭」，當然，魯迅此時所講的「革命」其實是狹義的「武裝鬥爭」或者政治運動，而論及廣義的、多方面的、多層次的「革命」，他並未否定文學的價值和意義。1927 年 12 月 21 日，魯迅在暨南大學講演時，卻說道：「所謂革命，那不安於現在，不滿意於現狀的都是。文藝催促舊的漸漸消滅的也是革命（舊的消滅，新的才能產生）」。〔註67〕值得注意的是，魯迅對於「革命」有著相對眞切的個人體驗，加之他不但知悉中國社會的眞實情狀，而且也了然文學的「正常性狀」，因而認爲「革命」有「廣義」和「狹義」之分，即在廣義上是一種進化革新，在狹義上是一種政治運動。〔註68〕其實，這也是魯迅等「五四」一代知識分子的普遍看法。如

〔註63〕 魯迅：《革命時代的文學》，《黃埔生活》週刊第 4 期，1927 年 6 月 12 日。

〔註64〕 魯迅：《革命文學》，《民眾旬刊》第 5 期，1927 年 10 月 21 日。

〔註65〕 魯迅：《論睜了眼看》，《語絲》週刊第 38 期，1925 年 8 月 3 日。

〔註66〕 魯迅：《革命時代的文學》，《黃埔生活》週刊第 4 期，1927 年 6 月 12 日。

〔註67〕 魯迅：《文藝與政治的歧途》，《新聞報·學海》第 182、183 期，1928 年 1 月 29 日、30 日。

〔註68〕 眾所周知，「革命」是 20 世紀中國社會的一個重要政治術語，陳建華研究指出，『『革命』在現代文本中有兩種基本含義，即所謂『狹義』和『廣義』。這兩個基本含義，正是在本世紀初開始形成，也是由於中西思想交匯的結果。狹義的，是中國原有的詞彙，語出《周易正義·革卦》：『湯、武革命，順乎天而應乎人』，專指政治上的激烈變革，且含有爲促使政權更迭的暴力手段法定化的傾向。廣義的，是一個外來的概念，從英語『revolution』而來，最初

關於「革命文學」這種稱謂，葉聖陶在 1924 年 7 月 5 日作的《革命文學》一文中曾發表過異議。當時有人為了打壓泛濫文壇的以戀愛為題材的作品，於是將「要得的而且現在極需要的揭示出來」的作品稱為「革命文學」。對此葉聖陶認為：「『革命』這個詞兒含著極廣泛的意義。一切人物和行為，用『革命』這個詞兒來形容這一部分，又用『反革命』這個詞兒來形容另一部分，那就包括淨盡了」，然而，「這種廣義的革命，不論是哪一派哪個主義的文學。都應該蘊蓄在骨髓裏邊，否則就是反革命的，就是墮落的遊戲，惡趣的技巧，也不成其為文學了」，因此，「需要革命文學」與「需要文學」實際並無多少差異，「因為凡是文學，總含著廣義的革命的意味」。〔註 69〕可以說，在葉聖陶看來，「文學」之得以堪謂「文學」，就在於「文學」理固其然地蘊涵著「革命」的精神向度。〔註 70〕此外，葉聖陶也一針見血地指出，「革命文學」是否堪稱其謂，關鍵在於創作主體是否是「真正的革命者」，如其所言：

　　如果說所謂革命文學的革命二字，是對於現在的社會制度和政治實況而言，並不是什麼廣義的革命。這樣的用心，我們是非常同情的。現在的社會制度和政治實況難道還不該革命麼！可是略有一點兒疑問，革命文學是否必須以從事社會和政治的革命為題材呢，

由康有為、梁啓超等人流亡日本後接觸並接受這日人所譯『革命』一詞，而後介紹到中土的。英文本義有周而復始、更新之義，泛指一切事物的變革，如『宗教革命』、『工業革命』、『詩界革命』等」。陳建華：《「革命」的現代性：中國革命話語考論》，上海古籍出版社，2000 年，第 217 頁。

〔註 69〕葉聖陶：《革命文學》，《葉聖陶集》（第九卷），江蘇教育出版社，1990 年，第103、104 頁。

〔註 70〕其實，葉聖陶本人的創作就踐行著他的這種理念，如趙園所說：「由革命的角度觀察人、研究性格，早在大革命前就已經開始了。葉紹鈞對於反抗型的知識者（《城中》、《抗爭》等）和市儈型知識者（《潘先生在難中》等）的發現，是突出的例子。這裡的確沒有對於直接革命運動的描寫，但是『革命』已經以特殊形態進入了小說，影響著、潛在地支配著小說家觀察知識分子性格、命運的眼光與角度。」趙園：《艱難的選擇》，上海文藝出版社，2001 年，第46 頁。當然，「革命」的期求是「五四」以來的「新文學」最突出最重要的特性，如王瑤在《中國新文學史稿・重版序》中指出：「五四」文學革命以「反對舊文學、提倡新文學」為特徵，所反對的「舊文學」則由「桐城謬種、選學妖孽」逐漸擴至國粹派和鴛鴦蝴蝶派，而「所謂『新文學』一詞中『新』字的最準確的解釋，就在於文學與人民革命的緊密聯繫。」雖然王瑤對「新文學」的追加闡釋摻雜著政治意識形態的因子，但他所勾勒的「新文學」的基本發展徑向依然合乎歷史實際。王瑤：《「五四」新文學前進的道路》，《中國現代文學史論集》（重排本），北京大學出版社，2008 年，第 212～213 頁。

還是專事鼓吹革命呢？我想不論前者或者後者，都不能算現在最需要的，現在最需要的是革命者。我們如果能心知革命的必要，力行革命的事為，才是真正的革命者。成了真正的革命者，或者特意為文，或者乘興為文，哪有不含著廣義的革命的意味的？含著廣義的革命意味，正是文學的正常性狀，也就不必冠以「革命」二字，徑稱為「文學」就是了。

唯其能自己鍛鍊成真正的革命者，不論以什麼東西為題材作成文篇，力量由內發射，一定感人極深。我們不是知道有好些文學家，他們自身是真正的革命者嗎？他們的作品曾震撼一個時代的人心，指導許多人的行動嗎？〔註71〕

事實上，這也是「五四」後的進步文藝界普遍認同的觀念，如當時惲代英等也曾發文《文學與革命》，主張應當先有「革命感情」然後才會產生「革命文學」，並指出志在做革命文學家的青年首先應當投身革命事業、培養革命感情。〔註72〕

其三，思考知識階級能否存在、如何作為，以及知識階級和民眾之間的關係等問題。早先，魯迅認為知識分子是領導社會種種改革的先驅力量，曾說「一切新思想，多從他們出來，政治上宗教上道德上的改革，也從他們發端」〔註73〕。相形之下，民眾當時在魯迅的心目中是落後的，因此曾主張從知識分子「一面先行設法，民眾俟將來再談」〔註74〕。然而，1927 年 10 月 25 日，在上海勞動大學講演時，魯迅對知識分子的看法明顯發生了變化：一是，認為知識階級倘若「不同情於平民，或許還要壓迫平民，以致變成了平民的敵人」，那麼這樣的知識階級是根本無法立足的。二是，質疑知識階級能否存在，在魯迅看來，「在革命時代是注重實行的，動的；思想還在其次，直白地說：或者倒有害」。原因在於，「知識和強有力是衝突的，不能並立的；強有力不許人民有自由思想，因為這能使能力分散」。三是，知識階級將如何作為，對此魯迅闡述了他意念中的「真的知識階級」：「然而知識階級將什麼樣呢？還是在指揮刀下聽令行動，還是發表傾向民眾的思想呢？要是發表意

〔註71〕 葉聖陶：《革命文學》，《葉聖陶集》（第九卷），江蘇教育出版社，1990 年，第 104～105 頁。
〔註72〕 惲代英：《文學與革命》，《中國青年》第 31 期，1924 年 5 月 17 日。
〔註73〕 迅（魯迅）：《隨感錄三十八》，《新青年》第 5 卷第 5 號，1918 年 11 月 15 日。
〔註74〕 魯迅：《通訊（二）》，《猛進》週刊第 5 期，1925 年 4 月 3 日。

見，就要想到什麼就說什麼。眞的知識階級是不顧利害的，如想到種種利害，就是假的，冒充的知識階級；只是假知識階級的壽命倒比較長一點。像今天發表這個主張，明天發表那個意見的人，思想似乎天天在進步；只是眞的知識階級的進步，決不能如此快的。不過他們對於社會永不會滿意的，所感受的永遠是痛苦，所看到的永遠是缺點，他們預備著將來的犧牲，社會也因為有了他們而熱鬧，不過他的本身——心身方面總是苦痛的；因為這也是舊式社會傳下來的遺物」。四是，駁斥了「為藝術而藝術」住在「象牙之塔」裏的「知識階級」，並告誡青年們切勿再爬進「象牙之塔」和「知識階級」裏去。〔註75〕此外，1927 年 12 月，魯迅翻譯了日本青野季吉《關於知識階級》，文中青野季吉援引巴比塞關於「知識階級」的論斷，強調「知識階級」不是「知趣者」、「吹牛者」、「拍馬者」、「精神的利用者」，而是「思想的人們」，亦即「混沌的生命中所存在」的「觀念」（「眞理」）的「翻譯者」。〔註76〕

　　如前所述，通過比照魯迅在「四‧一二」前後的言論，如對「進化論」、「革命文學」以及知識階級等問題的思考，不難發現，「四‧一二」政變以後的混亂局勢使得魯迅的思想遭遇到了巨大的震動，精神世界又一度陷入了「彷徨」。

第二節　文學家的革命和實際的革命

　　當魯迅在「彷徨」中，反思中國社會應當何去何從、知識分子到底有何作為、文學藝術究竟意義何在等問題時，創造社、太陽社的左傾激進青年對他展開了攻擊，並由此引發了一場關於「革命文學」的論爭。〔註77〕其實，在同創造社交戰之前，魯迅不但肯定創造社，而且意欲同其聯合。1926 年 11 月 7 日，魯迅在廈門寫信給許廣平，其中曾表示：「其實我也還有一點野心，

〔註75〕魯迅：《關於知識階級》，上海《國立勞動大學週刊》第 5 期，1927 年 11 月 13 日。

〔註76〕〔日〕青野季吉著、魯迅譯：《關於知識階級》，《語絲》週刊第 4 卷第 4 期，1928 年 1 月 7 日。

〔註77〕關於魯迅與「革命文學」倡導者論戰性質的判定，比較穩妥的看法是衛公的見解，即「這固然是新文學者與新文學者之間的論爭，但從思想路線上看應是唯物主義思想與『左傾』教條思想之爭，實際上也是漸臻成熟的現實主義著作家與相當幼稚的馬克思主義理論派之爭。」衛公：《魯迅與創造社關於「革命文學」論爭始末》，《魯迅研究月刊》，2000 年第 2 期。

也想到廣州後，對於研究系加以打擊，至多無非我不能到北京去，並不在意；第二是同創造社連絡，造一條戰線，更向舊社會進攻，我再勉力做一點文章，也不在意。但不知怎的，看見伏園回來吞吞吐吐之後，就很心灰意懶了。但這也不過是這一兩天如此，究竟如何，還當看後來的情形。」〔註78〕但魯迅到廣州後，創造社成員大都星散，聯合一事終於未果。但對於創造社，魯迅是肯定的，1927 年 9 月 25 日，魯迅在給李霽野的信中曾寫道：「創造社和我們，現在感情似乎很好。他們在南方頗受迫壓了，可歎。看現在文藝方面用力的，仍只有創造，未名，沉鐘三社，別的沒有，這三社若沉默，中國全國眞成了沙漠了。南方沒有希望。」〔註79〕而且，不單魯迅有同創造社聯合的意願，創造社也有過同魯迅聯合的打算。

　　大革命失敗後，上海成了眾多作家的彙集之地。10 月 3 日，魯迅從廣州到達上海。在此前後，創造社的成員也翩然而至，「四・一五」後，鄭伯奇、王獨清就從廣州轉至上海；7 月 30 日，成仿吾從廣州抵達上海；10 月上旬，成仿吾赴日邀馮乃超、朱鏡我、李初梨、彭康、李鐵聲回國，10 月下旬和 11 月上旬，這五位分作兩批回到上海，成仿吾則暫時留日繼續作些發動工作；11 月上旬，郭沫若也從香港秘密抵達上海；與此同時，蔣光慈、錢杏邨、孟超、楊邨人等從武漢來到上海組織太陽社，洪靈菲、戴平萬、林伯修（杜國庠）、柯伯年（李春蕃）從國外回到上海組織我們社。到了上海後，創造社主動提出同魯迅聯合，魯迅欣然應允。1927 年 11 月 9 日，魯迅日記載：「鄭伯奇、蔣光慈、段可情來。」〔註80〕11 月 19 日，魯迅日記又載：「下午鄭、段二君來。」〔註81〕日記中的兩次記載即指創造社代表兩次訪問魯迅，談聯合作戰之事，商議共同恢復《創造週報》，提倡革命文學，繼續發揮它在革命青年中的作用，並且聯合發表了恢復《創造週報》的啓事，其一爲《〈創造週報〉優待定戶》（1927 年 12 月 3 日上海《時事新報》），其二爲《〈創造週報〉復活了》（1928 年 1 月 1 日上海《創造月刊》第 1 卷第 8 期）。此時創造社既尊重魯迅，

〔註78〕魯迅：《書信・261108・致許廣平》，《魯迅全集》（第十一卷），人民文學出版社，2005 年，第 606～607 頁。

〔註79〕魯迅：《書信・270925・致李霽野》，《魯迅全集》（第十二卷），人民文學出版社，2005 年，第 76 頁。

〔註80〕魯迅：《日記十六》，《魯迅全集》（第十六卷），人民文學出版社，2005 年，第 46 頁。

〔註81〕魯迅：《日記十六》，《魯迅全集》（第十六卷），人民文學出版社，2005 年，第 47 頁。

也誠心與其合作，如在《〈創造週報〉優待定戶》的「復刊廣告」中，魯迅被列在「特約撰述員」的首位。然而，從日本回來的創造社後期成員，卻一致認為中國大革命失敗後，當務之急是宣傳馬克思主義理論，提倡無產階級革命文學，並擬另外創辦一個理論批判刊物。〔註82〕隨後，即如鄭伯奇所說：「他們主張另起爐竈，完全站在新的立場，發刊一個純粹理論批判的雜誌。這新計劃我首先贊成；可是我自己的提議，我又不願放棄。『雙管齊下』罷，那時我們的人力財力都做不到。問題就這樣擱起來。」〔註83〕亦即郭沫若所說：「兩個計劃彼此不接頭，日本的火碰到了上海的水，在短短的初期，呈出了一個相持的局面。」面對僵持的局面，郭沫若發電報催成仿吾回國商議，而成仿吾「堅決反對《創造週報》的復活，認為《週報》的使命已經過去了；支持回國朋友們的建議，要出版戰鬥性的月刊，名叫《抗流》（後來這個名字沒有用，是改為了《文化批判》）。對於和魯迅合作的事情，大家都很冷淡」。為了防止創造社分裂，郭沫若做出讓步，同意成仿吾按照他所樂意的計劃進行。〔註84〕於是鄭伯奇也不再堅持己見，結果聯合魯迅的計劃就有始無終地被棄置了。

　　1928 年 1 月 15 日，《文化批判》月刊創刊，該刊從哲學、政治、社會、

〔註82〕雖然一般的看法是這樣，但創造社何以變換方針的具體原因仍是現代文學史上的一個謎。竹內實曾指出：「此次創造社的方針變更即轉換，按一般的說法，是由從日本回來的幾個留學生提出的。其中大約有成仿吾、馮乃超、彭康、朱磐、李鐵聲、朱鏡我、李初梨等人（即刊登在《創造月刊》1 卷 10 期上《文化批判》創刊號目錄中的那些作者的名字）。至於他們各自的立場有什麼不同，一般尚沒有論及。即使是後來的周恩來，也是如此。」1941 年，為了慶祝郭沫若 25 年創作生涯及 50 歲生日，周恩來曾寫過一篇祝賀文章，就魯迅與創造社的對立問題，周恩來說：「郭先生曾邀請魯迅先生參加創辦刊物，列名發表宣言，不幸因新從日本歸來的分子的反對聯合，遂致合而復分，引起了後來數年兩種傾向論爭的發展。」（周恩來：《我要說的話》，《新文學史料》第 2 輯，1979 年 2 月。）然而，「馮乃超在郭沫若的晚年想證實『杜荃』的署名，是要說明，自己雖然也寫過批判魯迅的文章，但與魯迅聯合的約定，以及放棄這一約定，與自己並沒有什麼關係。作為馮乃超來說，他知道『杜荃』就是郭沫若。但他可能又擔心，這件事由自己說出來，會讓人覺得他像是在逃避責任。」參見〔日〕竹內實著、程麻校譯：《中國現代文學史之謎——〈與魯迅論戰的郭沫若‧再論〉譯者序言》，《立命館國際研究》第 6 卷第 3 號，1993 年 12 月 19 日。

〔註83〕鄭伯奇：《不滅的印象》，上海《作家》月刊第 2 卷第 2 期，1936 年 11 月 15 日。

〔註84〕參見郭沫若：《跨著東海》，《郭沫若全集‧文學編》（第十三卷），人民文學出版社，1992 年，第 309 頁。

經濟、文藝、科學諸領域宣傳馬克思主義學說，後期創造社由此肇始。在創刊號上，馮乃超發文《藝術與社會生活》，引起了軒然大波。此稿完成於 1927 年 12 月 18 日，核心論題為「現在中國的藝術與社會的關係應該是怎麼樣」，亦即「在轉換期的中國怎樣建設革命藝術的理論」，圍繞著這一核心議題，馮乃超稱其文所擔負的任務是「只就中國渾沌的藝術界的現象作全面的批判」，因此在該文的第二小節，馮文擇取葉聖陶、魯迅、郁達夫、郭沫若、張資平五位為文學革命後中國文壇的代表作家，認為此五人代表當時中國「五種類的有教養的知識階級的人士」，除了郭沫若「實有反抗精神」，其餘四人均傾向保守和沒落，如其這樣批評魯迅：

> 魯迅這位老生——若許我用文學的表現——是常從幽暗的酒家的樓頭，醉眼陶然地眺望窗外的人生，世人稱許他的好處，只是圓熟的手法一點，然而，他不常追懷過去的昔日，追悼沒落的封建情緒，結局他反映的只是社會變革期中的落伍者的悲哀，無聊賴地跟他弟弟說幾句人道主義的美麗的說話。隱遁主義！好在他不效 L.Tolstoy 變作卑污的說教人。〔註85〕

另外，在該文的第四小節，馮文著意批判了藝術史上的兩種對立觀點，即「藝術的藝術」和「人生的藝術」。在批判「藝術的藝術」時，馮乃超引用的是 G.Plechanow（普列漢諾夫）的見解：「藝術家及對於藝術的創作有直接興味的人們，他們底『藝術的藝術』的傾向發生於他們和周遭社會的環境之間絕望地不調和的上面。」〔註86〕而對於「人生的藝術」，馮乃超認為只要指謫出「L.Tolstoy 的藝術論的階級的性質」，那麼就可以批判「人生的藝術」這種主張，為此他曾引用了列寧在《列甫・托爾斯泰是俄國革命的鏡子》中的一段話：

> 托爾斯泰一方面毫無忌憚地批判資本主義的榨取，剝去政府的暴力，裁判與行政的喜劇的假面，暴露著國富的增大，文化的結果與貧困的增大，勞動大眾的痛苦間的矛盾；他方面很愚蠢地勸人不要以暴力反抗罪惡。一方面站在最覺悟的現實主義上，剝去一切的假面；他方面卻靦顏做世界最卑污的事——宗教的說教人。〔註87〕

〔註85〕 馮乃超：《藝術與社會生活》，《文化批判》創刊號，1928 年 1 月 15 日。
〔註86〕 參見馮乃超：《藝術與社會生活》，《文化批判》創刊號，1928 年 1 月 15 日。
〔註87〕 轉引自馮乃超：《藝術與社會生活》，《文化批判》創刊號，1928 年 1 月 15 日。

這裡馮乃超意欲借用普列漢諾夫和列寧的言論來增強批判的權威性，但同時也暴露出他同具體的批判對象相當隔膜。隨後在《文化批判》第 2 號上，李初梨發文《怎樣地建設革命文學》〔註88〕，文中批駁甘人爲魯迅所作的辯護〔註89〕。不久，太陽社也踴躍參戰，在 1928 年 3 月 1 日出版的《太陽月刊》3 月號上，錢杏邨發文《死去了的阿 Q 時代》，更將魯迅當作核心的靶子，攻擊道：

> 無論從那一國的文學去看，眞正的時代的作家，他的著作沒有不顧及時代的，沒有不代表時代的。超越時代的這一點精神就是時代作家的惟一生命！然而，魯迅的著作何如呢？自然，他沒有超越時代；不但不曾超越時代，而且沒有抓住時代；不但沒有抓住時代，而且不曾追隨時代。〔註90〕

其實，錢杏邨只是爲了追隨「時代」而倡導所謂的「時代文藝」。但對於錢杏邨的批評文章，此刊編者在《編後》中卻給予高度的贊評：「是值得注意的一篇估定所謂現代大作家魯迅的眞價的文章。很多人總以爲魯迅是時代的表現者，其實他根本沒有認清十年來中國新生命的原素，盡在自己狹窄的周遭中彷徨吶喊；利用中國人的病態的性格，把陰險刻毒的精神和俏皮的語句，來淆亂青年的耳目；這篇論文，實足澄清一般的混亂的魯迅論，是新時代的青年第一次給他的回音。」〔註91〕對於錢杏邨的《死去了的阿 Q 時代》，胡秋原曾發文反駁：「近來有人說『死去了的阿 Q 時代』，以爲中國的農民都進步了，都不復『再是阿 Q』了，果然如此，自然是一件很可慶幸的事。不過這恐怕是要面子的話，阿 Q 的時代不獨還沒有『過去』，就是最近的將來還不會『過去』，除非我們四萬萬人都能一旦發大願心，把自己的『阿 Q 相』的靈魂，一齊鑿死。」〔註92〕

顯而易見，受蘇俄革命和蘇俄文藝以及轉譯過程中日本無產階級文藝的影響〔註93〕，左翼激進文人將階級對抗視作壓倒一切的時代大潮，隨之賦予

〔註88〕 李初梨：《怎樣地建設革命文學》，《文化批判》第 2 號，1928 年 2 月 15 日。
〔註89〕 甘人（鮑文蔚）：《中國新文藝的將來與其自己的認識》，《北新》第 2 卷第 1 期，1927 年 11 月 1 日。
〔註90〕 錢杏邨：《死去了的阿 Q 時代》，《太陽月刊》3 月號，1928 年 3 月 1 日。
〔註91〕 《編後》，《太陽月刊》3 月號，1928 年 3 月 1 日。
〔註92〕 冰禪（胡秋原）：《革命文學問題——對於革命文學的一點商榷》，《北新》半月刊第 2 卷第 12 期，1928 年 4 月 16 日。
〔註93〕 如創造社後期新成員思想理論主張的重要來源之一就是日共領袖福本和夫的思想（福本主義），就福本主義的基本特徵，艾曉明曾作過如下概括：一、爲

「無產階級」及「無產階級文學」無與倫比的歷史正當性，並將「無產階級文學」推重爲一種鬥爭武器，如在 1927 年 3 月出版的《洪水》第 3 卷第 28 期上，成仿吾發文《文藝戰的認識》，其中就曾提到蘇俄的「藝術政策」，稱「他們認定了文藝爲第三戰線（外交、經濟是第一、第二戰線）的主力」。〔註 94〕大革命的失敗反倒更加劇了他們的這種狂熱，以爲若要適應革命鬥爭的新形勢，就應當號召作家「當一個留聲機器——這是文藝青年們的最好的信條」〔註 95〕，「努力獲得階級意識」並「克服自己的小資產階級的根性」〔註 96〕，以此來尋覓「一條改造社會的新路徑」〔註 97〕，故而宣稱「革命文學」「應當而且必然地是無產階級文學」，因此「爲完成它主體階級的歷史的使命」，作品應當實現由「藝術的武器到武器的藝術」的轉變。〔註 98〕隨之，他們一面熱烈昂揚地趕赴理想中的時代潮流，一面憤激焦灼地排斥打壓異質分子（語絲派、新月派）〔註 99〕。

了克服異化，福本將無產階級自我意識、階級自覺的重要性提到了突出的位置；二、福本強調通過階級鬥爭來獲得自覺的階級意識，並認爲階級意識和階級鬥爭的關係是辨證的，即不具備充分的無產階級意識，就不可能進行充分的階級鬥爭，反之，不進行充分的階級鬥爭，就不可能具備充分的階級意識；三、福本提出通過「分離結合」來展開意識鬥爭，即爲了一個具有純粹階級意識的政黨的產生，必須先實行內部陣營的分裂。參見艾曉明：《中國左翼文學思潮探源》，湖南文藝出版社，1991 年，第 92～93 頁。

〔註 94〕 仿吾（成仿吾）：《文藝戰的認識》，《洪水》第 3 卷第 28 期，1927 年 3 月 1 日。

〔註 95〕 麥克昂（郭沫若）：《英雄樹》，《創造月刊》第 1 卷第 8 期，1928 年 1 月 1 日。

〔註 96〕 成仿吾：《從文學革命到革命文學》，《創造月刊》第 1 卷第 9 期，1928 年 2 月 1 日。

〔註 97〕 蔣光慈：《關於革命文學》，《太陽月刊》2 月號，1928 年 2 月 1 日。

〔註 98〕 李初梨：《怎樣地建設革命文學》，《文化批判》第 2 號，1928 年 2 月 15 日。

〔註 99〕 韓毓海曾稱：「那些具有超前意識的現代知識者，當他們與相對滯後的中國現實需要發生矛盾齟齬的時候，他們自身必然會發生人格的分裂，這種人格分裂導致的一般結果是知識者自覺地犧牲自身的個性意識，將自己納入整個現實的具體需求之中。現代知識者習慣於將精神與現實的存在分裂爲截然對立的兩大塊（A／B，啓蒙／救亡，自由／責任，個體／群體，近代人道主義／傳統人道主義）並將其理解爲一個『壓倒』另一個，一個爲另一個『犧牲』的模式。不難看出，這種人格分裂的心理結構模式，其實是一種自我壓抑的心理結構模式。」進而，「在這種二元分裂、對立的心理結構模式之上，形成了中國現代啓蒙主義的經典話語形式，它在邏輯選擇上，必定是於兩項對立之中堅定地高揚、擇取其中一項，而在情感取向上，也同樣是愛憎清晰，等差分明」，即所謂「兩項對立的等級模式」。韓毓海：《鎖鏈上的花環——啓蒙主義文學在中國》，時代文藝出版社，1993 年，第 3、4 頁。

　　然而，「革命文學」倡導者雖然依恃新興文藝理論，但不瞭解中國社會的實情，錯誤地分析了當時的革命形勢，以爲高掛「革命」的招牌便可以雄踞文壇，加之對「革命」與「文學」間的關係又模糊不清，因而，他們對老一代作家的撻伐基本都偏離了文學批評的理路。茅盾就曾批評說，創造社、太陽社「有一個共同的錯誤」，即是「忽略了對於封建文學（那時在勞苦大眾中很有勢力，到現在也還有）的攻擊，並且他們的作品也不是工農群眾所能懂；他們雖然標榜著『普羅文學』，可是他們影響所能及的，實在只限於小部分的有革命情緒的青年學生」；「還有一個共同的錯誤」，便是「不能吸引一些對於現狀不滿的既成的中間作家到左翼革命文學陣營，卻反而取了敵視的態度」。〔註100〕王富仁更一針見血地指出，創造社、太陽社的成員不過是「對中國社會現實自身的發展失去了強烈感受而僅僅慕『外』崇『新』的知識分子，所熱衷的僅僅是『理論』自身，而不是這種理論對實踐的指導和推動作用。與此相應，他們所謀取的必然也僅僅是『理論』自身的勝利，而不是理論推動下的實踐的勝利。在這種情況下，他們直接的敵人便不是最反動的政治勢力和思想勢力，而是此前最進步的思想潮流和最有影響的先進人物，因爲只有首先清除了他們在進步思想界的影響，他們才能被視爲最先進的分子，革命的、先進的人士才會投到他們的麾下而宣告自己在理論上的勝利。而在他們戰取『理論』的勝利的時候，其標準必然也不是人們在鬥爭實踐中體現出來的思想，而是以對他所握持的『理論』自身的態度，是人們公開表示出來的或擁護或不擁護的態度，這裡同時也表現爲對他們自身的態度，因爲他們自認爲便是這種理論的體現和代表。擁護他們，便是擁護這種理論，便是擁護革命，反之，便是反對這種理論，便是反對革命。」〔註101〕

　　對於創造社、太陽社的攻擊，魯迅並未立刻給予回擊〔註102〕，直到1928年3月23日，他在《「醉眼」中的朦朧》一文中，首次揭批「革命文學」倡導者，枉用全力於「偉大或尊嚴的名目」，以致「不惜將內容壓殺」，然而「筆

〔註100〕茅盾：《關於「左聯」》，中國社會科學院文學研究所《左聯回憶錄》編輯組編：《左聯回憶錄》（上），中國社會科學出版社，1982年，第150頁。

〔註101〕王富仁、楊占升：《馮雪峰與中國無產階級文學運動》，《馮雪峰與中國現代文學》，人民文學出版社，1988年，第9～10頁。

〔註102〕1928年3月6日，魯迅在給章廷謙的信中稱，「有幾種刊物（如創造社出版的東西），近來大肆攻擊了」，但他「倒覺得有趣起來」，並想試試自己「究竟能夠挨得多少刀箭」。魯迅：《書信·280306·致章廷謙》，《魯迅全集》（第十二卷），人民文學出版社，2005年，第106～107頁。

下即使雄糾糾，對大家顯英雄」，但同時又畏懼官僚和軍閥的指揮刀，因此不同於「知道得很清楚」、「敢於明言」的「革命者」，中國的「革命文學」倡導者總「留著一點朦朧」，於是不敢「剝去」國民黨政府偽善的假面，也缺乏「抗爭」白色恐怖的勇氣：

> 惟有中國特別，知道跟著人稱托爾斯泰為「卑污的說教人」了，而對於中國「目前的情狀」，卻只覺得在「事實上，社會各方面亦正受著烏雲密佈的勢力的支配」，連他的「剝去政府的暴力，裁判行政的喜劇的假面」的勇氣的幾分之一也沒有；知道人道主義不徹底了，但當「殺人如草不聞聲」的時候，連人道主義的抗爭也沒有。剝去和抗爭，也不過是「咬文嚼字」，並非「直接行動」。我並不希望做文章的人去直接行動，我知道做文章的人是大概只能做文章的。〔註103〕

在魯迅看來，「革命文學」倡導者不過是趨向階級對立的時代風向標，故而陡轉為無產階級的立場，目的只是為了「將自己從沒落救出」。〔註104〕

但不可否認的是，「革命文學家」的主張也並非全屬謬誤，因此在回擊的同時，魯迅也留意考察各種新興文藝觀念，並逐漸修正了他先前的一些看法。1928 年 4 月 4 日，魯迅在《文藝與革命》（給冬芬的回信）中，首先，從樸素的唯物決定論的角度表達了他對文學藝術、革命文學、民眾文學等問題的看法，如其所言：文學藝術「不過是一種社會現象，是時代的人生記錄，人類如果進步，則無論他所寫的是外表，是內心，總要陳舊，以至滅亡的」；「各種主義的名稱的勃興，也是必然的現象。世界上時時有革命，自然會有革命文學」；「世界上的民眾很有些覺醒了，雖然有許多在受難，但也有多少佔權，那自然也會有民眾文學——說得徹底一點，則第四階級文學」。不難發現，魯迅此時對「革命文學」、「民眾文學」已經給予了認同。然後，就「革命文學家」所宣稱的「鬥爭」和「超時代」，魯迅仍用樸素的唯物決定論批駁道：「超時代其實就是逃避，倘自己沒有正視現實的勇氣，又要掛革命的招牌，便自覺地或不自覺地必然地要走入那一條路的。身在現世，怎麼離去？這是和說自己用手提著耳朵，就可以離開地球者一樣地欺人。社會停滯著，文藝決不能獨自飛躍，若在這停滯的社會裏居然滋長了，那倒是為這社會所容，已經

〔註103〕魯迅：《「醉眼」中的朦朧》，《語絲》週刊第 4 卷第 11 期，1928 年 3 月 12 日。
〔註104〕魯迅：《「醉眼」中的朦朧》，《語絲》週刊第 4 卷第 11 期，1928 年 3 月 12 日。

離開革命，其結果，不過多賣幾本刊物，或在大商店的刊物上掙得揭載稿子的機會罷了。」接著，對於「革命文學家」倡導的「鬥爭」，魯迅表示：「鬥爭呢，我倒以爲是對的。人被壓迫了，爲什麼不鬥爭？」不過，在「文藝」的「鬥爭」效用上，魯迅認爲文藝並未有「旋轉乾坤的力量」，但可應用於「宣傳」等事宜。而且，魯迅對創造社、太陽社成員所標舉的辛克萊〔註105〕的「一切文藝是宣傳」的觀點表示贊同，即認爲文藝可以作爲助進革命的一種宣傳工具，但同時強調「當先求內容的充實和技巧的上達，不必忙於掛招牌」，因爲「一切文藝固是宣傳，而一切宣傳卻並非全是文藝」，而「革命之所以於口號，標語，佈告，電報，教科書……之外，要用文藝者，就因爲它是文藝」。〔註106〕鑒於此，魯迅認爲應當清醒地認知文藝本身所具有的有限的力量，然後以充實的內容和上達的技巧來宣傳和助進實際的革命。

隨後在 4 月 9 日寫給李秉中的信中，魯迅指出創造社、太陽社脫開中國革命實際，照搬或歪曲地引用蘇聯和日本的左翼文藝理論，「拾『彼間』牙慧，大講『革命文學』，令人發笑。專掛招牌，不講貨色，中國大抵如斯」。〔註107〕緊接著，在 4 月 10 日寫的《扁》《路》《太平歌訣》《鏟共大觀》四篇文章中，魯迅對「革命文學家」的脫開中國實際高掛虛名的弊病進行了揭批：在《扁》中，魯迅藉鄉間近視眼看空扁比眼力的笑話，揭示「中國文藝界上可怕的現象」——「是在盡先輸入名詞，而並不紹介這名詞的函義」，結果「各各以意爲之」；〔註108〕在《路》中，魯迅批評「革命文學家」高掛「無產階級文學」的招牌，意欲藉以打倒一切「非無產」、「非革命」、「反革命」的文學，實則不過是空口叫囂；〔註109〕在《太平歌訣》中，魯迅通過市民間流傳的歌訣揭示出，市民對於革命政府以及革命者其實是極爲隔膜的，進而指斥「革命文學家」「特別畏懼黑暗，掩藏黑暗」，而當「小巧的機靈」同「厚重的麻木」相撞，於是「便使革命文學家不敢正視社會現象，變成婆婆媽媽，歡迎喜鵲，

〔註105〕其實，1927 年 11 月 20 日，魯迅在致江紹原的信中曾詢問過辛克萊：「但聞有一個 U.Sinclaire（不知錯否），他的文學論極新，極大膽。先生知之否？」魯迅：《書信·271120·致江紹原》，《魯迅全集》（第十二卷），人民文學出版社，2005 年，第 91 頁。

〔註106〕參見魯迅：《文藝與革命》，《語絲》週刊第 4 卷第 16 期，1928 年 4 月 16 日。

〔註107〕魯迅：《書信·280409·致李秉中》，《魯迅全集》（第十二卷），人民文學出版社，2005 年，第 114 頁。

〔註108〕魯迅：《扁》，《語絲》週刊第 4 卷第 17 期，1928 年 4 月 23 日。

〔註109〕魯迅：《路》，《語絲》週刊第 4 卷第 17 期，1928 年 4 月 23 日。

憎厭梟鳴，只檢一點吉祥之兆來陶醉自己，於是就算超出了時代」；〔註 110〕在《鏟共大觀》中，魯迅指出無論何種主義的革命，它的完結「大概只由於投機者的潛入」，而不敢正視現實黑暗的投機者，其之所以「雄赳赳地去革命」，是因為「前面貼著『光明』和『出路』的包票」，但中國的現實是黑暗的，麻木的民眾對於革命極為隔膜——「我們中國現在（現在！不是超時代的）的民眾，其實還不很管什麼黨，只要看『頭』和『女屍』」。〔註 111〕

綜上可見，魯迅認為「革命文學家」的弊病在於：一則倡導姿態的「超時代」，不敢正視實存的黑暗；二則脫開中國社會實際，盲目套用無產階級文藝理論主張；三則所作的「革命文學」作品，內容虛浮、技巧拙劣。可以說，此時魯迅已經完全認清了「革命文學家」的真面目，即徒有革命的豪情、但無戰鬥的膽力〔註 112〕，因此，在 1928 年 5 月 30 日致章廷謙的信中，魯迅毫不客氣地批駁道：「革命文學家的言論行動，我近來覺得不足道了。一切伎倆，都已用出，不過是政客和商人的雜種法術，將『口號』『標語』之類，貼上了雜誌而已。」〔註 113〕隨後在 6 月 6 日致章廷謙的信中，魯迅又寫道：「革命文

〔註 110〕魯迅：《太平歌訣》，《語絲》週刊第 4 卷第 18 期，1928 年 4 月 30 日。

〔註 111〕魯迅：《鏟共大觀》，《語絲》週刊第 4 卷第 18 期，1928 年 4 月 30 日。

〔註 112〕關於此，郁達夫的一些話語可資參證。郁達夫在談及同創造社分裂的實情時曾說，他因為看不過當時的軍閥官僚，所以在《洪水》上發表了《廣州事情》、《在方向轉換的途中》等文章，當時創造社同人都在國民黨政府下任職，認為他不該做誹謗朝廷的文章。後來，郁達夫又為日本「文藝戰線」社的記者寫了篇更明顯的「訴諸日本無產階級」的文章，創造社的老友都以為他說得太過火，而因此還招致司令部暗探到創造社出版部去拿人拘辦。待事情平息後，成仿吾告誡郁達夫：「這都是你的不是。因為你做了那種文章，致使創造社受了這樣的驚慌和損失！那些紙上的空文，有什麼用處呢？以後還是不做的好！」於是，為了避免牽累創造社，郁達夫在 1927 年 8 月 15 日的《申報》和《民國日報》上登載了完全脫離創造社的啟事。因為上述幾件事情，郁達夫感歎道：「由此看來，也盡足以證明創造社諸公的如何穩健持重，如何的是現在革命政府的忠實同志了。而最可笑者，卻有最近的一個名《青年戰線》的刊物上，還在大大的登載，說他們是共產黨的機關，說他們是在替第三國際宣傳主義，致弄得他們搬地方律師，亂得一榻糊塗。他們想獲得青年的崇拜，想在文壇上作一個墨索利尼，作一個專賣機關的事情是有的，至於說他們是共產黨徒，那我就可以為他們出來證明，證明他們決沒有這樣的膽量。」參見郁達夫：《對於社會的態度》，《北新》半月刊第 2 卷第 19 期，1928 年 8 月 16 日。

〔註 113〕魯迅：《書信·280530·致章廷謙》，《魯迅全集》（第十二卷），人民文學出版社，2005 年，第 118 頁。

學現在不知怎地，又彷彿不十分旺盛了。他們的文字，和他們一一辯駁是不值得的，因爲他們都是胡說。最好是他們罵他們的，我們罵我們的。」〔註114〕於是，此後魯迅在批駁諸種社會痼疾的同時，也順帶著繼續揭破左翼激進文人妄圖借名號宣傳來掌控革命話語權的假面。如在 1928 年 8 月 10 日所作的《通信・其一》（覆徐匀信）中，針對左翼激進文人將「革命文學」改換爲「無產階級文學」〔註115〕這一做法，魯迅揭批道：一面機械套用俄國、日本文藝風潮，將「革命文學」的招牌更換爲「無產階級文學」，叫嚷打倒資產階級；一面卻又「根據了資產社會的法律，請律師大登其廣告，來嚇唬別人了」。在魯迅看來，他們改換稱謂不過是爲了更爲鮮明地標示階級色彩：

> 含混地只講「革命文學」，當然不能徹底，所以今年在上海所掛出來的招牌卻確是無產階級文學，至於是否以唯物史觀爲根據，則因爲我是外行，不得而知。但一講無產階級文學，便不免歸結到鬥爭文學，一講鬥爭，便只能說是最高的政治鬥爭的一翼。這在俄國，是正當的，因爲正是勞農專政；在日本也還不打緊，因爲究竟還有一點微微的出版自由，居然也還說可以組織勞動政黨。中國則不然，所以兩月前就變了相，不但改名「新文藝」，並且根據了資產社會的法律，請律師大登其廣告，來嚇唬別人了。〔註116〕

由魯迅批駁左翼激進文人照搬俄國、日本「無產階級文學」可以推知，在魯迅看來，當時中國社會尚未進展到無產階級激烈對抗資產階級的時代。此前魯迅在《「醉眼」中的朦朧》中也曾表述過他的這一判斷，他說：「現在則已是大時代，動搖的時代，轉換的時代，中國以外，階級的對立大抵已經十分

〔註114〕魯迅：《書信・280606・致章廷謙》，《魯迅全集》（第十二卷），人民文學出版社，2005 年，第 120 頁。

〔註115〕關於「革命文學」、「無產階級文學」、「普羅文學」的演變狀況，有研究者曾作過大致的追述：「革命文學，連同它所概括的革命情緒，在創造社後期文學的建設中，顯然是很不穩定的形態，是一個發展中的概念……『革命文學』就其內容而言，當是表現革命情緒的文學，當創造社作家進一步要求表現鮮明的無產階級鬥爭情緒時，『無產階級文學』的旗幟出現了；有時，『無產階級文學』被異名爲『普羅列塔利亞文學』，又簡稱『普羅文學』，逐漸，『普羅文學』便成爲一個流行的名詞概念，取代了『無產階級文學』，也取代了『革命文學』。」朱壽桐：《情緒：創造社的詩學宇宙》，上海文藝出版社，1991 年，第 354 頁。

〔註116〕魯迅：《通信・其一》，《語絲》週刊第 4 卷第 34 期，1928 年 8 月 20 日。

銳利化，農工大眾日日顯得著重」。〔註117〕因此，魯迅認為這種脫開中國社會實際、徒以招牌唬人的做法，純屬革命投機行為：

> 向「革命的智識階級」叫打倒舊東西，又拉舊東西來保護自己，要有革命者的名聲，卻不肯吃一點革命者往往難免的辛苦，於是不但笑啼俱偽，並且左右不同，連葉靈鳳所抄襲來的「陰陽臉」，也還不足以淋漓盡致地為他們自己寫照，我以為這是很可惜，也覺得頗寂寞的。

> 但這是就大局而言，倘說個人，卻也有已經得到好結果的。
> 〔註118〕

另如在 1929 年 3 月 3 日所作的《哈謨生的幾句話》中，魯迅在文章開篇提出疑問：哈謨生的作品包含不少貴族的成分，而他何以被視為「左翼的作家」？對此魯迅轉引了兩大段哈謨生對於托爾斯泰和伊孛生（易卜生）的批評，概要說來，即批托爾斯泰是「宣教者」，卻不是「思想家」，「是買賣現成的貨色的，是弘佈原有的思想的，是給人民廉價採辦思想的」；批伊孛生（易卜生）不應該是「能做文章的一個小畸人」，而應該是「名曰人生這一個熱鬧場裏的活動底人物」。就前一批評，魯迅感歎道：「說也奇怪，這簡直好像是在中國的一切革命底和遵命底的批評家的暗瘡上開刀。」就後一批評，魯迅評價說：「這於革命文學和革命，革命文學家和革命家之別，說得很露骨，至於遵命文學，那就不在話下了。也許因為這一點，所以他倒是左翼底罷，並不全在他曾經做過各種的苦工。」〔註119〕由此可見，魯迅認為哈謨生的批評表明了「左翼」的一個基本態度，即是否堪謂「革命文學」或者「革命文學家」，不在於口頭喧嚷名號，而在於是否參與革命實踐。

再如 1929 年 5 月 22 日，在燕京大學國文會講演時，魯迅從唯物辨證法的角度論述「文藝」、「革命文學者」、「革命文學」都孕生於一定的社會環境：

> 各種文學，都是應環境而產生的，推崇文藝的人，雖喜歡說文藝足以煽起風波來，但在事實上，卻是政治先行，文藝後變。倘以為文藝可以改變環境，那是「唯心」之談，事實的出現，並不如文學家所豫想。所以巨大的革命，以前的所謂革命文學者還須滅亡，

〔註117〕魯迅：《「醉眼」中的朦朧》，《語絲》週刊第 4 卷第 11 期，1928 年 3 月 12 日。
〔註118〕魯迅：《通信·其一》，《語絲》週刊第 4 卷第 34 期，1928 年 8 月 20 日。
〔註119〕參見魯迅：《哈謨生的幾句話》，《朝花》週刊第 11 期，1929 年 3 月 14 日。

待到革命略有結果，略有喘息的餘裕，這才產生新的革命文學者。
為什麼呢，因為舊社會將近崩壞之際，是常常會有近似帶革命性的
文學作品出現的，然而其實並非真的革命文學。例如：或者憎惡舊
社會，而只是憎惡，更沒有對於將來的理想；或者也大呼改造社會，
而問他要怎樣的社會，卻是不能實現的烏托邦；或者自己活得無聊
了，便空泛地希望一大轉變，來作刺戟，正如飽於飲食的人，想吃
些辣椒爽口；更下的是原是舊式人物，但在社會裏失敗了，卻想另
掛新招牌，靠新興勢力獲得更好的地位。〔註120〕

可見，魯迅認為廣泛意義上帶有「革命性」或者「反抗性」的文學其實並非
真正的「革命文學」，因此，依唯物辨證法的邏輯亦可推斷中國社會並未發生
真正的革命和進步：「中國，據說，自然是已經革了命，——政治上也許如此
罷，但在文藝上，卻並沒有改變。有人說，『小資產階級文學之抬頭』了，其
實是，小資產階級文學在那裡呢，連『頭』也沒有，那裡說得到『抬』。這照
我上面所講的推論起來，就是文學並不變化和興旺，所反映的便是並無革命
和進步，——雖然革命家聽了也許不大喜歡。」〔註121〕要而言之，在魯迅看
來，「文藝」內蘊著「革命」的向度，但受限於一定的社會時代；同時，文藝
是特定歷史時代的表徵，社會的或停滯或飛躍會影響到文藝的或飢饉或豐
收，反之，文藝的或飢饉或豐收也反映著社會的或停滯或飛躍。

　　然而，「革命文學家」卻以為當時中國將迎來一個無產階級革命的時代，
故而郭沫若等更強調革命作家應當拋卻先前的意識，密切關注時代，做反映
客觀現實的「留聲機器」：「『留聲機器』……這裡所含的意義用在現在就是『辨
證法的唯物論』。……留聲機器所發的聲音是從客觀來的，……這種反映在人
的方面便是意識，就是客觀規定意識，不是意識規定客觀。……留聲機器就
是真理的象徵。當一個留聲機器便是追求真理。」〔註122〕傅克興也說：「現代
的普羅列塔利亞的文學，其主要的任務，就是在用來為普羅列塔利亞的鬥爭
的工具，……是在發揮革命的意識為一種鬥爭的工具，不是以描寫普羅列塔

〔註120〕魯迅：《現今的新文學的概觀》，《未名》半月刊第 2 卷第 8 期，1929 年 5 月
　　　　25 日。

〔註121〕魯迅：《現今的新文學的概觀》，《未名》半月刊第 2 卷第 8 期，1929 年 5 月
　　　　25 日。

〔註122〕麥克昂（郭沫若）：《留聲機器的回音》，《文化批判》第 3 號，1928 年 3 月 15
　　　　日。

利亞的樂園和天國為其重要的任務，不是予普羅列塔利亞以藝術生活的兌現。」〔註123〕可見，「革命文學家」普遍贊同文藝在廣義上都是煽動和宣傳，有意的無意的都是宣傳，文藝也永遠是到處是政治的「留聲機」，無產階級文藝就是要做無產階級的「留聲機」。

太陽社的蔣光慈寫過不少普羅文學作品，曾一度擁有眾多的讀者，被錢杏邨譽為「中國普羅列塔利亞的最初的代言人」〔註124〕。雖然蔣的作品在流行之時也伴隨著「圍罵」式的批評，但在錢杏邨等人卻給予了相當的認同：

> 一般創作家與批評家有一種極大的錯誤，就是沒有看清階級與技巧的關係，也可以說是技巧與題材的關係。用極優美的句子來寫極粗暴的生活這是可能的麼？用極香豔的詞藻來寫大革命的狂飆這是可能的事麼？用花喲愛喲來寫勞工生活這是可能的事麼？達夫筆下的青年決不是光慈筆下的青年，沫若筆下的哭 Linen（列寧）也決不是光慈筆下的哭 Linen（列寧），魯迅筆下的阿Q也不是光慈眼中的農民，各人有各人的題材，各人有各人適宜於他的題材的技巧。乞兒的口氣決不是小癟三嘴裏的方言，文士的談吐是比誰個都文雅能懂得技巧與階級與題材的關係，那我們敢說，光慈的表現的技巧，到現在雖然還沒有成功，但每一本都是在進步著。〔註125〕

但事實上如茅盾所批評的那樣，蔣光慈不過是「臉譜式」地機械描寫革命者與反革命者：「革命者只是一個面目」，「反革命者也只是一個面目」；作品中人物的轉變，「每每好像睡在床上翻一個身，又好像是憑空掉下一個『革命』來到人物的身上」；作品的結構大都由「反革命者與革命者的對比」構成。總之，蔣光慈的作品不是來源於「革命生活實感」，而是出於「想像」。〔註126〕郁達夫也指出：「我總覺得光慈的作品，還不是真正的普羅文學，他的那些空想的無產階級的描寫，是不能使一般要求寫實的新文學的讀者滿意的。」〔註127〕要之，革命作家並非是「留聲機器」或者「鬥爭的工具」，作品中的人物也不

〔註123〕克興（傅克興）：《評駁甘人的〈拉雜一篇〉》，《創造月刊》第2卷第2期，1928年9月10日。

〔註124〕錢杏邨：《中國新興文學論》，《文藝講座》（第1冊），上海神州國光出版社，1930年4月。

〔註125〕錢杏邨：《蔣光慈與革命文學》，《現代中國文學作家》，上海泰東書局，1928年7月。

〔註126〕朱璟（茅盾）：《關於創作》，《北斗》創刊號，1931年9月20日。

〔註127〕郁達夫：《光慈的晚年》，《現代》第4卷第4、5期合刊，1933年5月1日。

是某種「臉譜」；革命作家不應當壓抑個人的主體意識，止於被動地反映時代，而應書寫具有眞切哀樂的「人性」諸相。結果即如林伯修在《1929 年急待解決的幾個關於文藝的問題》中所批評的那樣：「28 年的文學作品很少有使我們滿意的……有些是由於過去的浪漫主義色彩的殘留，有些是由於沒有完全擺脫舊式小說的窠臼，有些是由於沒有深入群眾，不能瞭解他們日常的生活而只爲輪廓的描寫，結局，遂不免限於公式地概念地描寫的缺點。」〔註 128〕

　　如前所述，魯迅發現中國的「革命文學家」之於所謂的「革命文學」，「招牌是掛了，卻只在吹噓同夥的文章，而對於目前的暴力和黑暗不敢正視」；「作品雖然也有些發表了，但往往是拙劣到連報章記事都不如」。〔註 129〕事實上，對於脫開中國實際而「一切照搬西方」時髦思潮的做法，魯迅在《文化偏至論》的開篇就提出了尖銳的批評，在他看來，「近世之人，稍稍耳新學之語，則亦引以爲愧，翻然思變，言非同西方之理弗道，事非合西方之術弗行，掊擊舊物，惟恐不力，日將以革前繆而圖富強也」，實則「近不知中國之情，遠復不察歐美之實，以所拾塵芥，羅列人前」，而他以爲這絕非救國之道，針鋒相對地提出了自己的主張：「明哲之士，必洞達世界之大勢，權衡較量，去其偏頗，得其神明，施之國中，翕合無間。外之既不後於世界之思潮，內之仍弗失固有之血脈，取今復古，別立新宗，人生意義，致之深邃，則國人之自覺至，個性張，沙聚之邦，由是轉爲人國。」〔註 130〕數十年後，魯迅在致宋崇義的信中又感歎說：「提倡者思想不徹底，言行不一致，故每每發生流弊，而新思潮之本身，固不任其咎也。」〔註 131〕受到「革命文學家」的攻擊後，魯迅自己也閱讀了大量的馬克思主義論著，發現所謂的「革命文學家」依然蹈襲舊轍〔註 132〕，如翻譯了片上伸的《新時代的預感》後，魯迅在《譯者附

〔註 128〕林伯修（杜國庠）：《1929 年急待解決的幾個關於文藝問題》，《海風週報》第12 號，1929 年 3 月 23 日。

〔註 129〕參見魯迅：《文藝與革命》，《語絲》第 4 卷第 16 期，1928 年 4 月 16 日。

〔註 130〕迅行（魯迅）：《文化偏至論》，《河南》第 7 號，1908 年 8 月。

〔註 131〕魯迅：《書信・200504・致宋崇義》，《魯迅全集》（第十一卷），人民文學出版社，2005 年，第 382 頁。

〔註 132〕這正如有研究者所指出的那樣，「魯迅從對中國近代、現代知識分子的思想演變史的觀察分析中認識到，覺醒的知識分子是首先接受新思潮的，但他們的思想觀念主要不是從中國社會現實的自身變化中獲得的，而是較多地從外國先進思想學說中直接接受過來的。由於接受者自身的弱點，主要是對中國現實缺乏深入瞭解的弱點，因而在倡導、宣傳新思潮時常常發生偏差。」王湛：《魯迅和茅盾在「革命文學」論爭中反「左」的歷史功績》，江蘇省魯迅研究

記》中明確指出，創造社等唯新思潮而動的做法是「永遠看不見現實而本身又並無理想的空嚷嚷」：

> 這一篇，還是一九二四年一月裏做的，後來收在《文學評論》中。原不過很簡單淺近的文章，我譯了出來的意思，是只在文中所舉的三個作家——巴理蒙德、梭羅古勃、戈理基——中國都比較地知道，現在就藉此來看看他們的時代的背景，和他們各個的差異的——據作者說，則也是共通的——精神。又可以藉此知道超現實底的唯美主義，在俄國的文壇上根柢原是如此之深，所以革命底的批評家如盧那卡爾斯基等，委實也不得不竭力加以排擊。又可以藉此知道中國的創造社之流先前鼓吹「為藝術而藝術」而現在大談革命文學，是怎樣的永遠看不見現實而本身又並無理想的空嚷嚷。
>
> 其實，超現實底的文藝家，雖然迴避現實，或也憎惡現實，甚至於反抗現實，但和革命底的文學者，我以為是大不相同的。〔註133〕

而在魯迅看來，重要的是實際的創作，而非空口叫囂各種主義，如在《〈奔流〉編校後記》中，魯迅曾寫道：「Lunacharski 說過，文藝上的各種古怪主義，是發生於樓頂房上的文藝家，而旺盛於販賣商人和好奇的富翁的。那些創作者，說得好，是自信很強的不遇的才人，說得壞，是騙子。但此說嵌在中國，卻只能合得一半，因為我們能聽到某人在提倡某主義——如成仿吾之大談表現主義，高長虹之以未來派自居之類——而從未見某主義的一篇作品，大吹大擂地掛起招牌來，孿生了開張和倒閉，所以歐洲的文藝史潮，在中國毫未開演，而又像已經一一演過了。」〔註134〕後來在反駁梁實秋時，魯迅更加明確地指出「革命文學家」的「病根」：「中國的有口號而無隨同的實證者，我想，那病根並不在『以文藝為階級鬥爭的武器』，而在『借階級鬥爭為文藝的武器』，……請文學坐在『階級鬥爭』的掩護之下，於是文學自己倒不必著力，因而於文學和鬥爭兩方面都少關係了。」〔註135〕茅盾對「革命文學家」的弊

學會編：《魯迅與中外文化》，江蘇教育出版社，1988年，第282～283頁。

〔註133〕魯迅：《〈新時代的預感〉譯後附記》，《春潮》月刊第1卷第6期，1929年5月。

〔註134〕魯迅：《〈奔流〉編校後記（十一）》，《奔流》月刊第2卷第4期，1929年8月20日。

〔註135〕魯迅：《「硬譯」與「文學的階級性」》，《萌芽月刊》第1卷第3期，1930年3月1日。

病也有清醒的認識，在《從牯嶺到東京》中曾提出批評：「幾乎全國十分之六，是屬於小資產階級的中國，然而它的文壇上沒有表現小資產階級的作品，這不能不說是怪現象罷！這彷彿證明了我們的作家一向只忙於追逐世界文藝的新潮，幾乎成為東施效顰，而對於自己家內有什麼主要材料這問題，好像是從未有過一度的考量。」〔註 136〕另外，在茅盾看來，郭沫若等人倡導的「革命文學」不過是「賣膏藥式的十八句江湖口訣那樣的標語口號式或做廣告式的無產文學」，與此相對，茅盾強調：「『五卅』時代以後，或是『第四期的前夜』的新文學」，而要有燦爛的成績，必然地須先求內容與外形——即思想與技巧，兩方面之均衡的發展與成熟。作家們應該覺悟到一點點耳食來的社會科學常識是不夠的，也應該覺悟到僅僅用群眾大會時煽動的熱情的口吻來做小說是不行的。準備獻身於新文藝的人須先準備好一個有組織力，判斷力，能夠觀察分析的頭腦，而不是僅僅準備好一個被動的傳聲的喇叭；他須先的確能夠自己去分析群眾的噪音，靜聆地下泉的滴響，然後組織成小說中人物的意識；他應該刻苦地磨練他的技術，應該揀自己最熟悉的事來描寫。」〔註 137〕

　　不同於「革命文學家」的判斷，魯迅當時認為的「優秀之作」是李守章的《跋涉的人們》、臺靜農的《地之子》、葉永蓁的《小小十年》前半部、柔石的《二月》及《舊時代之死》、魏金枝的《七封信的自傳》、劉一夢的《失業以後》。〔註 138〕值得注意的是，這些作品都並非所謂的「革命文學」或者「無產階級文學」，但是作者本身都和實際生活相接觸，而且具有某些「革命的」傾向，而這正是魯迅讚譽的根本原因所在。如 1929 年 7 月 28 日，魯迅給葉永蓁的自傳體長篇小說《小小十年》作了一篇類似於「序」的「小引」，文中魯迅對作者脫開現實機械演繹某些觀念意識的表現手法進行了含蓄的批評，其中有這樣兩段：

　　　　一個革命者，將——而且實在也已經（！）——為大眾的幸福鬥爭，然而獨獨寬恕首先壓迫自己的親人，將槍口移向四面是敵，但又四不見敵的舊社會；一個革命者，將為人我爭解放，然而當失去愛人的時候，卻希望她自己負責，並且為了革命之故，不願自己

〔註 136〕茅盾：《從牯嶺到東京》，《小說月報》第 19 卷第 10 期，1928 年 10 月 10 日。
〔註 137〕茅盾：《讀〈倪煥之〉》，《文學週報》第 8 卷第 20 期，1929 年 5 月 12 日。
〔註 138〕參見魯迅：《我們要批評家》，《萌芽月刊》第 1 卷第 4 期，1930 年 4 月 1 日。

有一個情敵，——志願愈大，希望愈高，可以致力之處就愈少，可以自解之處也愈多。——終於，則甚至閃出了惟本身目前的剎那間爲惟一的現實一流的陰影。在這裡，是屹然站著一個個人主義者，遙望著集團主義的大纛，但在「重上征途」之前，我沒有發見其間的橋梁。

　　　釋迦牟尼出世以後，割肉喂鷹，投身飼虎的是小乘，渺渺茫茫地說教的倒算是大乘，總是發達起來，我想，那機微就在此。〔註139〕

魯迅一直注重正視現實、執著現實以及植根於現實地進行「即物式思考」〔註140〕，雖然主張作家應當關注一己之外的現實社會問題，但同時強調這種關注應當建基在個人對社會政治問題的真切理解上，所以在他看來，葉永蓁表現主人公（革命者）身份轉換的手法過於突兀，「從舊家庭所希望的『上進』而渡到革命，從交通不大方便的小縣而渡到『革命策源地』的廣州，從本身的婚姻不自由而渡到偉大的社會改革」，以及「屹然站著一個個人主義者，遙望著集團主義的大纛」，而這些變遷的中間欠缺過渡的「橋梁」，亦即戀愛和革命、個人和革命的具體融合存有問題。〔註141〕除此之外，更爲意味深長的是，借這種表現手法的裂隙，魯迅巧妙地揭出了知識分子常常懷持的投機思想，即刻意追逐可用作欺世盜名幌子的宏大觀念，而鄙棄瑣屑具體的實際行動。

　　不過，魯迅在總體上給予了《小小十年》高度的肯定，稱讚作者「描出了背著傳統，又爲世界思潮所激蕩的一部分的青年的心，逐漸寫來，並無遮瞞，也不裝點，雖然間或有若干辯解，而這些辯解，卻又正是脫去了自己的衣裳。至少，將爲現在作一面明鏡，爲將來留一種記錄，是無疑的罷。」乍看起來，魯迅讚揚的是作者的表現手法，其實不然，他更強調作者的思想態

〔註139〕魯迅：《葉永蓁作〈小小十年〉小引》，上海《春潮月刊》第 1 卷第 8 期，1929年 8 月 15 日。

〔註140〕丸山升提出「即物式思考」，意指對「當時發生的現象照原樣解體，正面歸正面、負面歸負面」的思維方式。〔日〕丸山升著、王俊文譯：《「革命文學論戰」中的魯迅》，《魯迅·革命·歷史：丸山升現代中國文學論集》，北京大學出版社，2005 年，第 53 頁。

〔註141〕這也是當時文學作品普遍存在的弊病，如瞿秋白批評茅盾的《三人行》，將「許」的性格「截然分做兩段」，而「這兩段中間差不多看不出什麼轉變的過程」，「惠」也是如此，而「雲」的「革命性」也是「突然出現的」。易嘉（瞿秋白）：《談談〈三人行〉》，《現代》第 1 卷第 1 期，1932 年 5 月 1 日。

度，即是其所謂的「眞」的問題。因此，借《小小十年》這個創作「實績」，魯迅順帶對左翼激進文人的蹈空做法提出了批評：

> 多少偉大的招牌，去年以來，在文攤上都掛過了，但不到一年，便以變相和無物，自己告發了全盤的欺騙，中國如果還會有文藝，當然先要以這樣直說自己所本有的內容的著作，來打退騙局以後的空虛。因爲文藝家至少是須有直抒己見的誠心和勇氣的，倘不肯吐露本心，就更談不到什麼意識。〔註142〕

可以說，在魯迅看來，文藝只有切實發揮傳遞文化和倫理秩序的功效，促使大眾從外在觀感獲得內在體悟，文學才會眞正實現啓發和動員大眾的設想。換言之，雖然以小資產階級的立場「代言」大眾的種種苦辛，但又能達到依如大眾自己「發言」的效果，關鍵就在「文藝」本身，再進一步推究，那麼文藝最終依然歸決於本根性的因素——創作者個人的素養，這雖是老生常談但又是顛撲不破的道理。於是，推及可否堪謂「革命文學」，關鍵就在於作者本身是否爲「革命人」。因而，對於當時流行的「革命文學」稱謂，魯迅一再強調關鍵在於作者是否爲「革命者」，亦同此理，魯迅認爲「無產階級文學」得以孕育壯大的根基在於作者本身是否爲眞正的「無產階級」。因此，葉永蓁本身曾切實地參加革命鬥爭，這即是魯迅肯定《小小十年》的根本原因：

> 這部書的成就，是由於曾經革命而沒有死的青年。我想，活著，而又在看小說的人們，當有許多人發生同感。
>
> 技術，是未曾矯揉造作的。因爲事情是按年敘述的，所以文章也傾瀉而下，至使作者在《後記》裏，不願稱之爲小說，但也自然是小說。……還有好像缺點而其實是優長之處，是語彙的不豐，新文學興起以來，未忘積習而常用成語如我的和故意作怪而亂用誰也不懂的生語如創造社一流的文字，都使文藝和大眾隔離，這部書卻加以掃蕩了，使讀者可以更易於瞭解，然而從中作梗的還有許多新名詞。〔註143〕

因爲在急劇變動的大革命時代，世人心中普遍而又突出的感應便是「矛盾」

〔註142〕魯迅：《葉永蓁作〈小小十年〉小引》，上海《春潮月刊》第1卷第8期，1929年8月15日。

〔註143〕魯迅：《葉永蓁作〈小小十年〉小引》，上海《春潮月刊》第1卷第8期，1929年8月15日。

〔註 144〕，1927 年 9 月 24 日，魯迅在《小雜感》中曾述及革命時代的種種「矛盾」：

革命，反革命，不革命。

革命的被殺於反革命的。反革命的被殺於革命的。不革命的或當作革命的而被殺於反革命的，或當作反革命的而被殺於革命的，或並不當作什麼而被殺於革命的或反革命的。

革命，革革命，革革革命，革革⋯⋯。〔註 145〕

可見，大革命後的中國社會就是一個生死相對的「矛盾」時代，「可以由此得生，而也可以由此得死」〔註 146〕，而葉永蓁的《小小十年》展現出了作品中人物以及作者本身的「矛盾」，正是在這個意義上，魯迅對《小小十年》的價值給予了高度肯定。當然，魯迅的筆端也表露著他對於青年作家的衛護、批評與希望〔註 147〕，即如他自己最後寫道：「我極欣幸能紹介這真實的作品於中國，還渴望看見『重上征途』以後之作的新吐的光芒。」〔註 148〕後來，魯迅還曾表白說他之所以認為《小小十年》已經「為社會盡了些力量」，乃是因為「書中的主角，究竟上過前線，當過哨兵（雖然連放槍的方法也未曾被教），比起單是抱膝哀歌，握筆憤歎的文豪們來，實在也切實得遠了。倘若要現在的戰士都是意識正確，而且堅於鋼鐵之戰士，不但是烏托邦的空想，也是出於情理之外的苛求」。〔註 149〕

〔註 144〕例如，茅盾（原作「矛盾」）曾談到自己筆名的由來：「為什麼我取『矛盾』二字為筆名？好像是隨手拈來，然而也不盡然。『五四』以後，我接觸的人和事一天一天多而且複雜，同時也逐漸理解到那時漸成為流行語的『矛盾』一詞的實際；1927 年上半年我在武漢又經歷了較前更深更廣的生活，不但看到了更多的革命與反革命的矛盾，也看到了革命陣營內部的矛盾，尤其清楚地認識到小資產階級知識分子在這大變動時代的矛盾，而且，自然也不會不看到我自己生活上、思想中也有很大的矛盾。」茅盾：《寫在〈蝕〉的新版的後面》，《茅盾文集》（第一卷），人民文學出版社，1963 年，第 432 頁。在此前後，巴金也感到他的生活以及作品布滿了「愛與憎的衝突，思想和行為的衝突，理智和感情的衝突，理想和現實的衝突，⋯⋯」而且這些矛盾「織成了一個網」，籠罩住了自己的「全部生活」和「全部作品」。參見巴金：《靈魂的呼號》，《大陸雜誌》第 1 卷第 5 期，1932 年 11 月 1 日。

〔註 145〕魯迅：《小雜感》，《語絲》週刊第 4 卷第 1 期，1927 年 12 月 17 日。

〔註 146〕魯迅：《〈塵影〉序言》，《塵影》，上海開明書店，1927 年 12 月。

〔註 147〕與魯迅的態度不同，夏衍對葉永蓁的《小小十年》基本完全予以否定。參見沈端先（夏衍）：《葉永榛（蓁）的「小小十年」》，《拓荒者》第 1 卷第 1 期，1930 年 1 月 10 日。

〔註 148〕魯迅：《葉永蓁作〈小小十年〉小引》，上海《春潮月刊》第 1 卷第 8 期，1929 年 8 月 15 日。

〔註 149〕魯迅：《非革命的急進革命論者》，《萌芽月刊》第 1 卷第 3 期，1930 年 3 月 1 日。

第三節 從「竊火」到「自己的東西」

　　同「革命文學家」交戰後，魯迅發現中國的「革命文學家」其實並不進步，但同時魯迅也注意到「無產階級文學」具有一定的新進性，鑒於此，他隨後投注大量精力用於探尋「革命文學」究竟何謂，以及革命時代文學究竟何為等問題。〔註150〕從 1928 年始，魯迅購買和閱讀了大量有關唯物論、辨證法、階級鬥爭、無產階級文學的書籍，如 1928 年 7 月 22 日，魯迅在給韋素園的信中稱：「以史底惟物論批評文藝的書，我也曾看了一點，以為那是極直捷爽快的，有許多曖昧難解的問題，都可說明。但近來創造社一派，卻主張一切都非依這史觀來著作不可，自己又不懂，弄得一榻胡塗，但他們近來忽然都又不響了，膽小而要革命。」〔註151〕另如就「唯物史觀」以及「階級性」問題，1928 年 8 月 10 日，魯迅在《通信・其二》（覆愷良信）中表示：「在我自己，是以為若據性格感情等，都受『支配於經濟』（也可以說根據於經濟組織或依存於經濟組織）之說，則這些就一定都帶著階級性。但是『都帶』，而非『只有』。所以不相信有一切超乎階級，文章如日月的永久的大文豪，也不相信住洋房，喝咖啡，卻道「唯我把握住了無產階級意識，所以我是真的無產者」的革命文學者。」隨後魯迅指出：「有馬克斯學識的人來為唯物史觀打仗，在此刻，我是不贊成的。我只希望有切實的人，肯譯幾部世界上已有定評的關於唯物史觀的書——至少，是一部簡單淺顯的，兩部精密的——還要一兩本反對的著作。那麼，論爭起來，可以省說許多話。」〔註152〕1929 年 4 月 20 日，魯迅在給李霽野的信中稱：「上海的出版界糟極了，許多人大嚷革命文學，而無一好作，大家仍舊印弔膀子小說騙錢，這樣下去，文藝只有墮落，所以紹介些別國的好著作，實是最要緊的事。」〔註153〕1929 年 5 月 22

〔註150〕如就「革命文學」問題，李何林曾談到「魯迅的態度」：「魯迅在當時雖然是所謂『語絲派』的『主將』，但他對這次革命文學或無產階級文學運動的『態度』，卻和在《語絲》、《北新》等刊物上發表關於這一個問題的文章的人的意見不同。『他至多嘲笑了革命文學的運動（他也並沒有嘲笑革命文學的本身），嘲笑了追隨者中的個人的言動』」。李何林：《近二十年中國文藝思潮論》，《李何林全集》（第三卷），河北教育出版社，2003 年，第 140 頁。

〔註151〕魯迅：《書信・280722・致韋素園》，《魯迅全集》（第十二卷），人民文學出版社，2005 年，第 125 頁。

〔註152〕魯迅：《通信・其二》，《語絲》第 4 卷第 34 期，1928 年 8 月 20 日。

〔註153〕魯迅：《書信・290420・致李霽野》，《魯迅全集》（第十二卷），人民文學出版社，2005 年，第 161～162 頁。

日，在燕京大學國文會講演時，魯迅又批評道：「至於創造社所提倡的，更徹底的革命文學——無產階級文學，自然更不過是一個題目」。於是針對當時中國文藝界的實際狀況，魯迅一如既往主張「多看外國書」來打破「包圍的圈子」：「多看些別國的理論和作品之後，再來估量中國的新文藝，便可以清楚得多了。更好是紹介到中國來；翻譯並不比隨便的創作容易，然而於新文學的發展卻更有功，於大家更有益。」〔註154〕而鑒於可供參考的無產階級革命文藝理論和作品少之又少，魯迅頂著鄭伯奇「不甘沒落」的嘲笑、梁實秋「硬譯」的譏評以及某小報「投降」的諷刺，堅持「從別國竊得火來」，藉以剖解自己，也讓「革命文學家」避免繼續糊塗下去：「我的譯書，就也要獻給這些速斷的無產文學批評家，因為他們是有不貪『爽快』，耐苦來研究這些理論的義務的」；〔註155〕「但我自信並無故意的曲譯，打著我所不佩服的批評家的傷處了的時候我就一笑，打著我的傷處了的時候我就忍疼，卻決不肯有所增減，這也是始終『硬譯』的一個原因。」〔註156〕

實際上，魯迅很早就接觸過馬克思主義〔註157〕，也給予贊同，但同它向且保持著一定的距離。如 1933 年 5 月，魯迅在《〈守常全集〉題記》中回顧「五四」時期他與李大釗的關係時說：「在《新青年》時代，我雖以他為站在同一戰線的夥伴，卻並未留心他的文章。」〔註158〕眾所周知，李大釗是在中國傳播馬克思主義的第一人，他在《新青年》上刊發的文章大多屬於此類，況且魯迅和李大釗當時一同參與《新青年》編輯事務，而魯迅稱「並未留心他的文章」，追溯其因，主要在於魯迅當時並不怎麼相信馬克思主義。另外可以佐證的是，1934 年，魯迅在答蘇聯《國際文學》雜誌編輯部的提問時，曾憶及早先他對十月革命的「冷淡」態度：「先前，舊社會的腐敗，我是覺到了

〔註154〕 參見魯迅：《現今的新文學的概觀》，《未名》半月刊第 2 卷第 8 期，1929 年 5 月 25 日。

〔註155〕 參見魯迅：《「硬譯」與「文學的階級性」》，《萌芽月刊》第 1 卷第 3 期，1930 年 3 月 1 日。

〔註156〕 魯迅：《〈三閒集〉序言》，《魯迅全集》（第四卷），人民文學出版社，2005 年版，第 6 頁。

〔註157〕 據周作人回憶，魯迅 1906 年冬在日本就接觸過日本社會主義者堺枯川（利彥）等，購買過他們編辦的雜誌《社會主義研究》（其中一冊為《共產黨宣言》的譯本）。周作人：《魯迅與日本社會主義者》，周作人、周建人：《書裏人生：兄弟憶魯迅（二）》，河北教育出版社，2000 年，第 250～251 頁。

〔註158〕 魯迅：《〈守常全集〉題記》，《濤聲》第 2 卷第 31 期，1933 年 8 月 19 日。

的，我希望著新的社會起來，但不知道這『新的』該是什麼；而且也不知道『新的』起來以後，是否一定就好。待到十月革命後，我才知道這『新的』社會的創造者是無產階級，但因爲資本主義各國的反宣傳，對於十月革命還有些冷淡，並且懷疑。」〔註159〕然而，外在革命形勢的變化和「革命文學家」的攻擊，刺激魯迅應當對馬克思主義一探究竟，因而，即如魯迅本人所言：「我有一件事要感謝創造社的，是他們『擠』我看了幾種科學底文藝論，明白了先前的文學史家們說了一大堆，還是糾纏不清的疑問，並且因此譯了一本蒲力汗諾夫的《藝術論》，以救正我——還因我而及於別人——的只信進化論的偏頗。」〔註160〕其實這一時期，除了蒲力汗諾夫的《藝術論》外，魯迅還翻譯《近代美術史潮論》和《壁下譯叢》中的大部分論文，重點譯介了蘇俄文藝理論著作和文藝論戰材料，其中包括片上伸的《現代新興文學的諸問題》，藏原惟人、外村史郎輯譯的《文藝政策》，盧那卡爾斯基的《藝術論》、《文藝與批評》。

除此之外，魯迅還同郁達夫合編了側重譯介外國革命文藝作品和文學理論的《奔流》月刊，該刊 1928 年 6 月 20 日創刊，1929 年 12 月 20 日停刊，共出了 15 期。關於合編《奔流》，郁達夫曾說：「至於我個人與魯迅的交誼呢，一則因係同鄉，二則因所處的時代，所看的書，和所與交遊的友人，都是同一類屬的緣故，始終沒有和他發生過衝突。……後來，創造社因被王獨清挑撥離間，分成了派別，我因一時感情作用，和創造社脫離了關係，在當時，一批幼稚病的創造社同志，都受了王獨清等的煽動，與太陽社聯合起來攻擊魯迅，但我卻始終以爲他們的行動是越出了常軌，所以才和他計劃出了《奔流》這一個雜誌。」郁達夫在退出創造社之後備感用雜誌發言的迫切，而魯迅從郁達夫的「臉上也看不出那麼一種創造氣」，於是，「同一類屬」的心理認同感促使這兩位遭受攻擊的「五四」新文學作家，不但質疑時興的「革命文學」，而且致力於譯介眞正先進的文藝論著，糾正文壇的偏蔽，即如郁達夫所言：「《奔流》的出版，並不是想和他們對抗，用意是在想介紹些眞正的革命文藝的理論和作品，把那些犯幼稚病的左傾青年，稍稍糾正一點過來。」〔註161〕

〔註159〕魯迅：《且介亭雜文·答國際文學社問》，《魯迅全集》（第六卷），人民文學出版社，2005 年，第 19 頁。
〔註160〕魯迅《〈三閒集〉序言》，《魯迅全集》（第四卷），人民文學出版社，2005 年版，第 6 頁。
〔註161〕參見郁達夫：《回憶魯迅》，上海《宇宙風乙刊》，1939 年 3 月至 8 月。

因此，在 1928 年激烈的「革命文學」論戰氛圍中，若說《語絲》是魯迅回擊的前沿陣地〔註162〕，那麼《奔流》則是魯迅墾殖的後花園。在編辦《奔流》前，魯迅曾預告章廷謙：「現在頗有人攻擊他（郁達夫），對我的更多。五月間，我們也許要再出一種期刊玩一下子。」〔註163〕然而事實上，魯迅在《奔流》上投注了相當的心力〔註164〕，努力將其辦成純厚的文學刊物，譯介先進的文藝理論，為中國文壇輸入新鮮的精神食糧。概要說來，《奔流》具有如下幾個突出特點：一是注重翻譯，重點譯介俄蘇文藝理論和文學作品；二是將文藝論文和文學創作等同視之；三是刊載樸實真摯的創作，提攜文藝新人。後來，在選編《草鞋腳》時，魯迅、茅盾曾寫了一份關於中國左翼文藝期刊的簡介材料──《中國左翼文藝定期刊編目》，其中關於《奔流》（月刊）有如下的介紹：

> 奔流（月刊）1928 年間出版，約出了一年。魯迅主編。這個刊物並不標榜什麼普羅文學，可是左傾的立場。柔石等人的作品都曾在這刊物上發表。魯迅翻譯的《蘇聯文藝政策決議案》全部在這刊物上登過。〔註165〕

即如所言，《奔流》「並不標榜什麼普羅文學」，但持「左傾的立場」，由此可知，魯迅通過這一時段的親自探尋，對於無產階級革命文學，他逐漸從質疑轉向了認同。對於魯迅此期間的努力探尋，郁達夫給予了高度的評價：「當編《奔流》的這一段時期，我以為是魯迅的一生之中，對中國文藝影響最大的一個轉變時期。在這一年當中，魯迅的介紹左翼文藝的正確理論的一步工作，才開始立下了系統。而他的後半生的工作的綱領，差不多全是在這一個時期

〔註162〕郭沫若曾稱：「與其說『圍攻』，寧可說是激戰，因為魯迅先生守著『語絲』的城壘是在努力應戰的」。郭沫若：《「眼中釘」》，《郭沫若全集》（第十六卷），人民文學出版社，1989 年，第 119 頁。

〔註163〕魯迅：《書信·280314·致章廷謙》，《魯迅全集》（第十二卷），人民文學出版社，2005 年，第 109 頁。

〔註164〕如郁達夫回憶說：「我又不得不想起我們合編的那一個雜誌《奔流》──名義上，雖則是我和他合編的刊物，但關於校對、集稿、算發稿費等瑣碎的事務，完全是魯迅一個人效的勞。」郁達夫：《回憶魯迅》，上海《宇宙風乙刊》，1939 年 3 月至 8 月；另如魯迅在給章廷謙的信中寫道：「因為《奔流》，終日奔得很忙，可謂自討苦吃」。魯迅：《書信·280815·致章廷謙》，《魯迅全集》（第十二卷），人民文學出版社，2005 年，第 129 頁。

〔註165〕魯迅、茅盾：《中國左翼文藝定期刊編目》，宋原放主編：《中國出版史料（現代部分）》（第一卷）（下），山東教育出版社，2001 年，第 344 頁。

裏定下來的。」〔註 166〕由魯迅在這一時期的翻譯介紹活動可見，魯迅不但信奉著而且不斷完善著特定的進化論思想模式〔註 167〕。鑒於此，論及魯迅思想發展的輪廓，較爲妥帖的說法應當是「多元吸納」和「一元凝聚」。〔註 168〕

　　綜觀魯迅翻譯的馬列主義文藝論著，可以推知，他大致在如下兩個方面拓寬或者深化了自己的認知視閾〔註 169〕：一是「馬克思主義」（「科學底社會主義」）。1929 年 1 月 20 日，魯迅翻譯完了蘇聯盧那卡爾斯基的《托爾斯泰之死與少年歐羅巴》，並作了一篇《譯後記》。在文中，盧那卡爾斯基指出「科學底社會主義」排斥著「個人主義」：「科學底社會主義，將個人主義看作置基礎於私有財產之上的社會底無政府狀態的一種」；「社會主義豫言著集團主義，同志底感情，廣泛的，英雄底的世界觀，對於狹小的小店商人底的那些，將獲勝利，而排斥著個人主義」。但是他認爲，儘管托爾斯泰一生也在同「個人主義」爭鬥，儘管也同「科學底社會主義」一樣，「將國家看作分離著的利己主義者們和階級底矛盾的社會的自然的組織」，但兩者還是存有根本的差異，即「科學底社會主義，是現實底」：

　　　　科學底社會主義，將個人主義，私有財產，資本等，看作在人
　　類文化發達上的不可避的局面。因爲要從這苦楚的局面脫出，社會
　　主義則惟屬望於現在的內底的力量的發展；或則客觀底地，將這些
　　的相互關係剖明；或則竭力盡瘁於將以未來的理想的負擔者而出現

〔註166〕郁達夫：《回憶魯迅》，上海《宇宙風乙刊》，1939 年 3 月至 8 月。

〔註167〕如史書美指出，1920 年代之前，「一個基本的進化論思想模式在很大程度上奠定了魯迅思想和文學實踐的基礎，同時，如果透過進化論的鏡片來觀察，我們就會發現在魯迅複雜的思想結構之中實際存在著出人意料的一致性。也許有人會說，馬克思主義本身就是以目的論意義上的歷史觀念爲前提的，但就魯迅轉向馬克思主義來說，他卻從未過遠地偏離過自身特定的進化論思想模式」。參見〔美〕史書美著、何恬譯：《現代的誘惑：書寫半殖民地中國的現代主義（1917～1937）》，江蘇人民出版社，2007 年，第 84 頁。

〔註168〕郜元寶：《反抗「被描寫」——現代中國的自我表述》，《魯迅六講》（增訂本），北京大學出版社，2007 年，第 146 頁。

〔註169〕王宏志曾指出：「在評價魯迅翻譯左翼文藝理論及作品時，我們不應該只是平面地說出他介紹過什麼作品和理論，這並不能算是說明了魯迅翻譯的貢獻。更有意義的做法是把課題聯繫到當時整個左翼文藝以至政治運動的面貌、魯迅在這運動裏的位置和貢獻、魯迅這樣的位置和貢獻跟他的翻譯活動的關係、左翼政治和文學運動及其參與者怎樣響應魯迅的翻譯、一般讀者怎樣響應魯迅的翻譯等，才能展示魯迅翻譯的真正價值。」王宏志：《魯迅翻譯研究的理念思考》，《魯迅與「左聯」》，新星出版社，2006 年，第 357 頁。

的階級的自覺。科學底社會主義是主張從人類進到現在了的道上，更加前進的；是主張一面助成著舊世界的破壞，新世界的成熟，而積極底地，參加於文化生活的一切方面的。

然而，「作爲社會哲學者的托爾斯泰——卻是清水似的理想主義者」：

他（托爾斯泰——引者注）的教義，是積極底的。然而是觀念底地，積極底的。托爾斯泰將言語的力量看得很大，至於以爲可以靠不斷的言語的說教，先將無智的人類的醉亂的行列阻止，然後使這行列，和讚美歌一同，跟在進向和與愛的王國去的整齊的行列的後面。

鑒於此，盧那卡爾斯基認爲「科學底社會主義者」和托爾斯泰隨之選擇了迥然不同的戰鬥路徑：

和個人主義戰鬥，馬克斯是用社會底道程，即社會構成的改造的，但托爾斯泰卻用個人主義底道程。在他，是只要個性將自己本身犧牲，在自己的身中，在自己的懷中，將自己的個人主義，燒以愛之火，作爲那結果，全社會便變了形狀了。

在《譯訖附記》中，魯迅評價盧那卡爾斯基作爲一個「科學底社會主義者」，他的論說「已經很夠明白，痛快了」。〔註170〕在此前後，魯迅還著手翻譯了盧那卡爾斯基的《托爾斯泰與馬克斯》。在該文開篇，盧那卡爾斯基解釋他以《托爾斯泰與馬克斯》爲題，並非出於偶然，而是因爲「在決定人類的分野的根本底諸觀念之中，馬克斯主義和托爾斯泰主義，是被表現在對跖的地位上」，繼而在文中，盧那卡爾斯基批駁托爾斯泰「以爲能夠從平和底宣傳，得到平和的烏托邦的信仰，在事實上，是全然不能信的」，並且，他進一步指出，「只要世界存在，社會底不合理也存在，說教者是不絕地接踵而生，重複說些鯽魚的話，但世間對於這，不是置若罔聞，便是將它『吞掉』，於是只有梭子魚的王國，屹然地繼續著它的存在了」。〔註171〕

基於上述譯文，「托爾斯泰主義」和「馬克思主義」（「科學底社會主義」）的差異可概括爲以下幾個方面：一是「觀念底」和「現實底」；二是「個人改

〔註170〕參見〔蘇〕盧那卡爾斯基著、魯迅譯：《托爾斯泰之死與少年歐羅巴》，以及魯迅：《〈托爾斯泰之死與少年歐羅巴〉譯後記》，《春潮》月刊第1卷第3期，1929年2月15日。

〔註171〕參見〔蘇〕盧那卡爾斯基著、魯迅譯：《托爾斯泰與馬克斯》，《奔流》月刊第1卷第7期、第8期，1928年12月30日、1929年1月30日。

造」和「社會運動」；三是「平和底宣傳」和「實際的鬥爭」。雖然魯迅在《〈文藝與批評〉譯者附記》中指出，盧那察爾斯基對托爾斯泰的批評一篇同另一篇差異很大，還感慨道：「藉此（按：盧那察爾斯基評托爾斯泰）可以知道時局不同，立論便往往不免於轉變，豫知的事，是非常之難的。」〔註172〕但盧那察爾斯基的批評或多或少促使魯迅慎思馬克思主義的科學性，這從魯迅對托爾斯泰評價的微妙改變可以略窺一二。早先魯迅認為托爾斯泰是「偶像破壞者」，他曾指出：「不論中外，誠然都有偶像。但外國是破壞偶像的人多；那影響所及，便成功了宗教改革，法國革命。舊像愈摧破，人類便愈進步；所以現在才有比利時的義戰，與人道的光明。那達爾文易卜生托爾斯泰尼采諸人，便都是近來偶像破壞的大人物。」〔註173〕不止於此，魯迅還視托爾斯泰為「軌道破壞者」，如其寫道：「盧梭，斯諦納爾，尼采，托爾斯泰，伊孛生等輩，若用勃蘭兌斯的話來說，乃是『軌道破壞者』。其實他們不單是破壞，而且是掃除，是大呼猛進，將礙腳的舊軌道不論整條或碎片，一掃而空。」〔註174〕顯然，對托爾斯泰等否定傳統權威和蕩除既定秩序的革命氣魄，魯迅是極為讚賞的。所以在 1926 年 11 月 14 日寫作的《〈爭自由的波浪〉小引》中，針對沙皇的血腥統治，魯迅依然感歎：「如但兼珂的慷慨，托爾斯泰的慈悲，是多麼柔和的心。」〔註175〕1927 年 12 月 21 日，魯迅在上海暨南大學講演時，雖然批評了托爾斯泰的無抵抗主義於戰爭是無力的，但並未否定托爾斯泰的革命性，所以他稱像托爾斯泰「這種文學家出來，對於社會現狀不滿意，這樣批評，那樣批評，弄得社會上各個都自己覺到，都不安起來，自然非殺頭不可」〔註176〕。然而，1930 年 3 月，在《「硬譯」與「文學的階級性」》一文中，魯迅批駁梁實秋所謂的作者的階級歸屬同作品無關論時，說道：「托爾斯泰正因為出身貴族，舊性蕩滌不盡，所以只同情於貧民而不主張階級鬥爭。」〔註177〕若除開論爭的因素，不難發現，魯迅此時對托爾斯泰的評價已然取用

〔註172〕魯迅：《譯文序跋集·〈文藝與批評〉譯者附記》，《魯迅全集》（第十卷），人民文學出版社，2005 年，第 329 頁。

〔註173〕魯迅：《隨感錄四十六》，《新青年》第 6 卷第 2 號，1919 年 2 月 15 日。

〔註174〕魯迅：《再論雷峰塔的倒掉》，《語絲》週刊第 15 期，1925 年 2 月 23 日。

〔註175〕魯迅：《〈爭自由的波浪〉小引》，《語絲》週刊第 112 期，1927 年 1 月 1 日。

〔註176〕魯迅：《文藝與政治的歧途》，《新聞報·學海》第 182、183 期，1928 年 1 月 29 日、30 日。

〔註177〕魯迅：《「硬譯」與「文學的階級性」》，《萌芽月刊》第 1 卷第 3 期，1930 年 3 月 1 日。

了馬克思主義的立場。

二是現代文藝思潮的脈動和「無產階級文學」〔註178〕的勃興。1929 年 4 月，魯迅所譯的片上伸的《現代新興文學的諸問題》由上海大江書鋪出版。在該書中，片上伸通過論述瑪易斯基對托羅茲基、瓦浪斯基的反駁，闡說了無產階級文學產生的必然性、無產階級文學的特性以及無產階級文學的發展狀況。關於翻譯此書的意圖，魯迅在 2 月 14 日寫作的《〈現代新興文學的諸問題〉小引》中解釋說：

> 至於翻譯這篇的意思，是極簡單的。新潮之進中國，往往只有幾個名詞，主張者以爲可以咒死敵人，敵對者也以爲將被咒死，喧嚷一年半載，終於火滅煙消。如什麼羅曼主義，自然主義，表現主義，未來主義……彷彿都已過去了，其實又何嘗出現。現在借這一篇，看看理論和事實，知道勢所必至，平平常常，空嚷力禁，兩皆無用，必先使外國的新興文學在中國脫離「符咒」氣味，而跟著的中國文學才有新興的希望——如此而已。〔註179〕

由上可見，此時對於「無產階級文學」，魯迅既反對創造社等的誇大喧嚷，也反對國民黨政府及新月派作家的打壓和排擠，認爲應當客觀地進行認識和瞭解。

約略與此同時，1929 年 4 月，魯迅將此前三四年間所譯關於文藝論說的文章二十五篇雜集爲《壁下譯叢》，交由上海北新書局出版。在 4 月 20 日所作的《〈壁下譯叢〉小引》中，魯迅介紹《壁下譯叢》翻譯編輯情況：

〔註178〕其實，在遭受「革命文學家」的攻擊之前，魯迅已曾接觸過「無產階級的革命文學」。1925 年 8 月，任國楨編輯的《蘇俄文藝論戰》被列爲「未名叢刊」的第二種出版，此書選譯了三篇文章，一是「列夫派」褚沙克的《文學與藝術》，二是「崗位派」阿衛巴赫的《文學與藝術》，三是沃隆斯基的《認識生活的藝術與今代》，另外還附有瓦勒夫松的《蒲力汗諾夫與藝術問題》。4 月 12 日，魯迅給此書作了一篇《前記》，稱讚道：「使我們藉此稍稍知道他們文壇上論辯的大概，實在是最爲有益的事，——至少是對於留心世界文藝的人們。」另外，魯迅略述了「烈夫」（「左翼未來派」）的緣起，此派的機關雜誌「列夫」（Levy Front Iskustva）的涵義就是「藝術的左翼戰線」，主張「推倒舊來的傳統，毀棄那欺騙國民的耽美派和古典派已死的資產階級的藝術，而建設起現今的新的活的藝術來」，所以他們「自稱爲藝術即生活的創造者，誕生日就是十月，在這日宣言自由的藝術，名之曰無產階級的革命藝術」。參見魯迅：《集外集拾遺·〈蘇俄文藝論戰〉前記》，《魯迅全集》（第七卷），人民文學出版社，2005 年，第 277～278 頁。

〔註179〕魯迅：《譯文序跋集·〈現代新興文學的諸問題〉小引》，《魯迅全集》（第十卷），人民文學出版社，2005 年，第 321～322 頁。

　　就排列而言，上面的三分之二——紹介西洋文藝思潮的文字不
在內——凡主張的文章都依照著較舊的論據，連《新時代與文藝》
這一個新題目，也還是屬於這一流。近一年來中國應著「革命文學」
的呼聲而起的許多論文，就還未能啄破這一層老殼，甚至於踏了「文
學是宣傳」的梯子而爬進唯心的城堡裏去了。看這些篇，是很可以
借鏡的。

　　後面的三分之一總算和新興文藝有關。〔註180〕

在此魯迅順筆點破了附和「革命文學」者貌似進步的假面，在他看來，「應著
『革命文學』的呼聲而起的許多論文」只是妄圖追逐一時之風潮，骨子裏其
實是極為落後的。隨後，魯迅明言《壁下譯叢》就是「革命文學家」曾「宣
傳」的他所要譯介的論文集，其實不限於此，魯迅更意欲藉《壁下譯叢》所
集的「並非各時代的各名作」來為文藝界提供一種參照。

　　《壁下譯叢》共收文二十五篇，其中 1924 年一篇，1925 年五篇，1926
年六篇，1927 年三篇，1928 年兩篇，而魯迅所謂同新興文藝有關的三分之一，
即是指 1929 年所譯的下列八篇：

作者	篇名	出處
片山孤村	《表現主義》	《現代的德國文化及文藝》
有島武郎	《關於藝術的感想》	《藝術與生活》（1921）
有島武郎	《宣言一篇》	《藝術與生活》（1921）
片上伸	《階級藝術的問題》	《文學評論》（1922.2）
片上伸	《「否定」的文學》	《文學評論》（1923.5）
青野季吉	《藝術的革命與革命的藝術》	《轉換期的文學》（1923.3）
青野季吉	《現代文學的十大缺陷》	《轉換期的文學》（1926.5）
昇曙夢	《最近的戈理基》	《改造》第 10 卷第 6 號（1928）

概要說來，在《表現主義》中，片山孤村介紹了「表現主義」的起源，「表現
主義」的世界觀、人生觀、社會觀、藝術觀，以及「表現主義」在文學史上
的意義，即一反 18 至 19 世紀文藝「歸於自然」的口號，而高呼「歸於靈魂」
的主張。在《關於藝術的感想》中，有島武郎認為近代「科學底精神」所孕

〔註180〕魯迅：《譯文序跋集·〈壁下譯叢〉小引》，《魯迅全集》（第十卷），人民文學
　　　　出版社，2005 年，第 306～307 頁。

育和造就的物質文明，在一戰爆發後受到了持非戰論者和「表現主義」論者的質疑和反抗，同此相類地還有「未來派」、「立體派」等，這些流派雖有差異，但有一個共同特點，就是都不滿於先前藝術的立腳點——受近代科學精神侵染的「印象主義」，而都趨向於推崇個性，並且，這些精神思潮波及到極其廣泛的領域，如哲學、國家和個人的關係、傳統和生活的關係等等。除此之外，有島武郎指出「表現主義」的勃興還體現在新興階級（第四階級）藝術的萌生，他認為隨著藝術思潮從「印象主義」轉到「表現主義」，新興階級（第四階級）藝術可能成為新的發展趨向，然而最終可否實現，關鍵在於是否具有了藝術表現的自覺，因為「非其人，是不會生出其人的東西來的」。在《宣言一篇》中，有島武郎指出，作為學說的「科學底的社會主義」同「第四階級本身的社會主義」二者是不同的，即便階級鬥爭成為時代的核心問題，但這一問題的解決還須依靠作為第四階級的勞動者自身的覺醒和反抗，換言之，其他階級無力可助。在《階級藝術的問題》中，片上伸闡述了他對第四階級藝術的系列看法：其一，正視既存第四階級藝術的真實面貌，指出第四階級出身的人成為藝術家僅限於例外，實際上，「屬於第四階級者的生活，其被用作題材者，乃是用哀憐同情的眼光來看的結果，全不出人道主義底傾向的」，主張「第四階級的藝術之從新提倡，即志在否定這使那樣的例外，能夠作為例外而發生的生活全體的組織，打破這承認著人道主義底作風之發生的生活全體的組織」；其二，認為「無產階級的藝術」「不會僅止於單是表現階級底反感和爭鬥的意志」，而是在「能為一切人們之所有的社會裏」，享有「全人類的自由」；其三，主張既然「無產階級的藝術」徹底地將藝術發生成立的條件「置之自由的合理底的社會裏」，那麼就應當對「有產階級的藝術」的發生成立的條件、內容和形式等給予否定和排斥；其四，強調「無產階級的藝術」確是要否定先前的藝術，但戰鬥的成功至少必須能夠孕育「新的自由而淳樸的創造的萌芽」；其五，反駁有島武郎的觀點和態度，即承認無產階級勃興是必然趨勢，也苦惱於有產階級的不安和寂寞，但又認為有產階級只能遙遙觀望無產階級的抗爭。在《「否定」的文學》中，片上伸著重探討了俄國文學又瀕臨死亡而轉向蘇生的根由，即在於以「否定」為出發點，通過投注「否定之力」轉而獲得「生存之力」。在《藝術的革命與革命的藝術》中，青野季吉認為無產階級的藝術運動，作為一階級的運動，而非一主義的運動，當然可以具有多樣性（Variety），而為了確保無產階級藝術「作為階級藝術運動」

和發揮「革命藝術的意義」，無產階級藝術就須有三個「共通的要素」：第一，「革命底精神」；第二，「非個人主義底精神」；第三，「世界主義底精神」。在《現代文學的十大缺陷》中，青野季吉指謫了日本現代文學的十大缺陷：一是取材極其狹隘，囿於「身邊印象」和「個人經驗」；二是沒有思想；三是樣式陳舊；四是志趣低劣，只圖享樂；五是文學墮落，只知玩弄技巧；六是盲目模倣歐洲文學；七是媚悅大眾，過於商品化；八是作為一大分野的無產階級文學，傾向於歇斯臺里底的焦躁和輕浮；九是情緒上偏於虛無的傾向；十是缺乏「變更世界」的意志。在《最近的戈理基》中，昇曙夢介紹了戈理基（高爾基）的精神、信念、創作，以及他對於俄國文學乃至俄國革命的重大影響。

　　從上述譯文可以窺知，「無產階級藝術」內蘊的某些要素同魯迅本人的理念是耦合的，譬如就青野季吉提出的「無產階級藝術」的「共通的要素」之一──反對狹隘的民族主義和國家主義的「世界主義底精神」，即是其所共有的美好預想。如 1908 年，魯迅在《破惡聲論》中曾批評道：「而吾志士弗念也，舉世滔滔，頌美侵略，暴俄強德，嚮往之如慕樂園，至受厄無告如印度波蘭之民，則以冰寒之言嘲其隕落。」〔註181〕另如魯迅對武者小路實篤在《一個青年的夢中》提出的「非戰論」主張（即「人人都是人類的相待，不是國家的相待，才得永久和平，但非從民眾覺醒不可」）極以為然，〔註182〕而對中國民眾的思想痼疾極為不滿，批駁道：「中國人自己誠然不善於戰爭，卻並沒有詛咒戰爭；自己誠然不願出戰，卻並未同情於不願出戰的他人；雖然想到自己，卻並沒有想到他人的自己」。〔註183〕於是在一番深思後，魯迅決計將《一個青年的夢》譯介到中國來，期想借武者小路實篤所倡導的純樸的人道主義來促進中國民眾的覺醒，即在根本理念上，不單「想到自己」，同時也想到「他人的自己」。

　　由上述翻譯可以推測，經過了這一番「竊火」行動，對於魯迅而言，馬克思主義作為一種思想資源，在豐富了他的認識的同時，也幫助他釐清和堅

〔註181〕魯迅：《集外集拾遺補編·破惡聲論》，《魯迅全集》（第八卷），人民文學出版社，2005 年，第 35 頁。
〔註182〕魯迅：《譯文序跋集·〈一個青年的夢〉譯者序》，《魯迅全集》（第十卷），人民文學出版社，2005 年，第 209 頁。
〔註183〕魯迅：《譯文序跋集·〈一個青年的夢〉譯者序二》，《魯迅全集》（第十卷），人民文學出版社，2005 年，第 212 頁。

定了自己的判斷，使他漸漸認識到無產階級革命是歷史發展的必然趨勢，甚至在一定意義上，無產階級革命就是致力於創造他所向往的不同於「想做奴隸而不得的時代」和「暫時做穩了奴隸的時代」的「第三樣時代」，因而對於作爲無產階級革命之一翼的無產階級革命文學，魯迅也漸漸轉變了態度。所以，即如艾曉明所言的那樣：「魯迅一開始就不是把無產階級文學能否成立的問題當作一個純理論性的問題來探討的。他從中國無產階級文學運動發展的實際狀況出發，從被歷史地形成了的具體的類型出發，由懷疑走到了確信。」〔註184〕因而，魯迅推重俄國文學，是經過謹慎的比照和思考的，並非如英國歷史學家霍布斯鮑姆所說「曾刻意排斥西式典型，卻轉向俄羅斯文學」〔註185〕，恰恰因爲魯迅對同時期西方文學的眞實狀況有著比較清楚的瞭解，如他曾有意揭去西方標準的神秘面紗：

> 在文學上，也一樣，凡是老的和舊的，都已經唱完，或將要唱完。舉一個最近的例來說，就是俄國。他們當俄皇專制的時代，有許多作家很同情於民眾，叫出許多慘痛的聲音，後來他們又看見民眾有缺點，便失望起來，不很能怎樣歌唱，待到革命以後，文學上便沒有什麼大作品了。只有幾箇舊文學家跑到外國去，作了幾篇作品，但也不見得出色，因爲他們已經失掉了先前的環境，不再能照先前似的開口。
>
> ⋯⋯
>
> 再說歐美的幾個國度罷。他們的文藝是早有些老舊了，待到世界大戰時候，才發生了一種戰爭文學。戰爭一完結，環境也改變了，老調子無從再唱，所以現在文學上也有些寂寞。〔註186〕

而且不止於此，魯迅對各種論說進行淘沙取金式的抉剔和進一步的有機提煉，確立了他本人對無產階級藝術的獨到看法。譬如，魯迅將日本外村史郎、藏原惟人輯譯的《蘇俄的文藝政策》重譯爲中文，並連續刊佈於《奔流》的第1卷第1～5期，此書由以下三個部分組成：

〔註184〕艾曉明：《中國左翼文學思潮探源》，北京大學出版社，2007年，第46頁。
〔註185〕〔英〕霍布斯鮑姆著、鄭明萱譯：《極端的年代》（上），江蘇人民出版社，1998年，第286頁。
〔註186〕魯迅：《集外集拾遺・老調子已經唱完》，《魯迅全集》（第七卷），人民文學出版社，2005年，第321～322頁。

　　　　1、關於對文藝的黨的政策——關於文藝政策的評議會的議事
速記錄。（一九二四年五月九日）
　　　　2、觀念形態戰線和文藝——第一回無產階級作家全聯邦大會
的決議。（一九二五年一月）
　　　　3、關於文藝領域上的黨的政策——俄國共產黨中央委員會的
決議。（一九二五年七月一日《眞理》所載）
藏原惟人在《序言》中說，從這些記錄可以發現「無產階級文學本身以及對
於這事的黨的政策，凡有三種不同的立場」：第一，由瓦浪斯基（A.Voronsky）
及托羅茲基（I.Trotsky）所代表的立場：他們「否定獨立的無產階級文學，且
至無產階級文化成立的」；第二，瓦進（I.L.Vardin）及其他「那巴斯圖」（筆
者注：即 Napastu，雜誌名，意爲「在前線」）一派的立場：他們與第三立場
持有者均「主張無產階級的獨裁期，是涉及頗長的時期的，所以在這期間中，
能有站在這階級鬥爭的地盤上的無產階級的階級文學——文化的成立」。但又
「以爲在文藝領域內，是必須有黨的直接的指導和干涉的」；第三，布哈林
（N.Bukharin）、盧那卡斯基（A.Lunachaisky）等的立場：他們「主張由黨這
一方面的人工的干涉，首先就於無產階級文學有害」。〔註187〕然而與藏原惟人
的看法不同，魯迅在《奔流》第 1 卷第 1 期的《編校後記》裏寫道：
　　　　序文上雖說立場有三派的不同，然而約減起來，不過是兩派。
　　即對於階級文藝，一派偏重文藝，如瓦浪斯基等，一派偏重階級，
　　是《那巴斯圖》的人們；Bukharin 們自然也主張支持勞動階級作家
　　的，但又以爲最要緊的是要有創作。〔註188〕
可見，魯迅認爲相形之下瓦浪斯基、托羅茲基一派更偏重維護文藝本身的特
性。對此，朱自清曾提出異議，說他「從《人生諸問題》（Problems of life）及
別人引的《文學與革命》中的話，知道托洛茨基是始終主張革命文學或無產
階級文學的不成立的」。〔註189〕其實魯迅是基於自己的知識背景來評判托羅茲
基一派的主張的，此前他瞭解到托羅茲基主張文藝批評應當從寬。如在 1926
年 3 月 10 日所作的《中山先生逝世後一週年》中，魯迅在闡述何以他尊孫中

〔註187〕參見藏原惟人著、魯迅譯：《蘇俄的文藝政策·序言》，《奔流》月刊第 1 卷第
　　　　1 期，1928 年 6 月 20 日。
〔註188〕魯迅：《編校後記》，《奔流》月刊第 1 卷第 1 期，1928 年 6 月 20 日。
〔註189〕朱自清：《關於「革命文學」的文獻》，天津《大公報·文學副刊》第 60、62
　　　　期，1929 年 3 月 4 日，3 月 18 日。

山爲「一個全體，永遠的革命者」時，曾轉述了托洛斯基在《文學與革命》中對「革命藝術」所作的界定：「即使主題不談革命，而有從革命所發生的新事物藏在裏面的意識一貫著者是；否則，即使以革命爲主題，也不是革命藝術。」〔註190〕另如1926年7月7日，在《馬上日記之二》中魯迅曾提到，較之於「純馬克斯流的眼光」，「托羅茲基（Trotsky）的文藝批評」倒不至於過於「森嚴」。〔註191〕再如1926年7月1日，魯迅在給胡斅所譯勃洛克長詩《十二個》而寫的「後記」中，稱讚托洛茨基《勃洛克論》表現出了深厚的文藝造詣：「在中國人的心目中，大概還以爲托羅茲基是一個暗嗚叱吒的革命家和武人，但看他這篇，便知道他也是一個深解文藝的批評者。」〔註192〕但魯迅並未滯留於原先的認識，反倒注意結合革命的實際來評判托洛茨基的主張，於是在《奔流》第1卷第3期的《編校後記》裏，魯迅明確指出：

> 托羅茲基是博學的，又以雄辯著名，所以他的演說，恰如狂濤，聲勢浩大，噴沫四飛。但那結末的豫想，其實是太過於理想底的——據我個人的意見。因爲那問題的成立，幾乎是並非提出而是襲來，不在將來而在當面。文藝應否受黨的嚴緊的指導的問題，我們且不問；我覺得耐人尋味的，是在「那巴斯圖」派因怕主義變質而主嚴，托羅茲基因文藝不能孤生而主寬的問題。諸多言辭，其實不過是裝飾的枝葉。這問題看去雖然簡單，但倘以文藝爲政治鬥爭的一翼的時候，是不容易解決的。〔註193〕

綜上可見，受到「革命文學家」的攻擊後，魯迅轉而投注大量精力探尋無產階級革命、無產階級文學等諸多問題，由此拓展了也深化了他的認知視閾。眾所周知，瞿秋白認爲1927年之後的魯迅思想，「反映著一般被蹂躪被侮辱被欺騙的人們的彷徨和憤激，他才從進化論最終的走到了階級論，從進取的爭求解放的個性主義進到了戰鬥的改造世界的集體主義」。〔註194〕但是，一般而言，個體精神世界的發展壯大，不是在於反覆操習業已了然的常規知識，

〔註190〕魯迅：《中山先生逝世後一週年》，北京《國民新報》「孫中山先生逝世週年紀念特刊」，1926年3月12日。

〔註191〕魯迅：《馬上日記之二》，《世界日報·副刊》，1926年7月19日、23日。

〔註192〕魯迅：《集外集拾遺·〈十二個〉後記》，《魯迅全集》（第七卷），人民文學出版社，2005年，第313頁。

〔註193〕魯迅：《編校後記》，《奔流》月刊第1卷第3期，1928年8月20日。

〔註194〕瞿秋白：《〈魯迅雜感選集〉序言》，《瞿秋白文集·文學編》（第三卷），人民文學出版社，1989年，第110頁。

而是在於勇敢採納異質因子更新思想基底，因爲個體精神世界的演進邏輯並非是「A→B」式的線性機械轉換，而是原有的思想域度因爲納入了新鮮的因子從而更加趨向圓滿。尤其對於魯迅而言，魯迅之所以爲魯迅，不在他掌握了或歸附了某種先進的思想，而正如胡風所說的那樣，不同於「那些思想運動者只是概念地抓著了一些『思想』，容易記住也容易丟掉，而魯迅卻把思想變成了自己的東西」〔註195〕。

第四節　以「工農大衆」爲總向度的聯合

　　雖然在「國民革命」逆轉後，魯迅尚不明晰未來中國將走向何方，但他認識到，哪方握有革命武裝，那麼便將擁有了操控中國命運的大權：

　　　　不遠總有一個大時代要到來。現在創造派的革命文學家和無產階級作家雖然不得已而玩著「藝術的武器」，而有著「武器的藝術」的非革命武學家也玩起這玩意兒來了，有幾種笑迷迷的期刊便是這。他們自己也不大相信手裏的「武器的藝術」了罷。那麼，這一種最高的藝術——「武器的藝術」現在究竟落在誰的手裏了呢？只要尋得到，便知道中國的最近的將來。〔註196〕

魯迅所謂的「非革命武學家」也玩起「藝術的武器」，意指國民黨當局出版的一些刊物。其實，魯迅在廣州時就對國民黨文人組織的「革命文學社」所辦的刊物極爲不滿，「革命文學社」自稱「集合純粹中國國民黨員」五百餘人，實際主持者多爲叛離共產黨者，如主要撰稿人孔聖裔、馮金高、許培幹等，都登報宣告退出共產黨，「自後誓爲純粹的國民黨員」。這般人竭力爲國民黨效忠〔註197〕，對共產黨則大加撻伐。1927 年 3 月 27 日，孔聖裔主編的《這樣做》創刊，意在同共產青年所辦的《做什麼？》唱反調，如孔聖裔以「努力革命文化的宣傳」爲幌子，誣衊共產主義宣傳是「濃霧」、共產黨是「狡狐」，

〔註195〕參見胡風：《關於魯迅精神的二三基點》，《胡風評論集》（中），人民文學出版社，1984 年，第 9～10 頁。

〔註196〕魯迅：《「醉眼」中的朦朧》，《語絲》第 4 卷第 11 期，1928 年 3 月 12 日。

〔註197〕如在《這樣做》創刊號《編後的幾句話》中，孔聖裔等人宣稱其「最重要的兩個責任」是：「一方面極力發揚本黨的主義，使民衆對於本黨主義有徹底的認識，一方面要站在本黨的立場上發揮本黨的理論，以確定一般革命青年的人生觀，使盡瘁努力於本黨工作。」《編後的幾句話》，《這樣做》創刊號，1927 年 3 月 27 日。

叫囂「衝破迷朦前途的濃霧，殺絕狠毒、陰險的狡狐！」〔註198〕魯迅當時隱約覺察到革命陣營內部的不和諧，他對《這樣做》很感不滿，很氣憤報紙造謠他與該刊存有瓜葛，後來在《怎麼寫——夜記之一》中曾披露說，「當初將日報剪存，大概是想調查一下的」，另外，他還特地買了兩本《這樣做》（第5期及第 7、8 期合刊），拿來同《做什麼？》對照，結果發現是「大相反對的兩種刊物」。〔註199〕待國民黨的反革命面目暴露後，魯迅明確批駁那般國民黨文人，「是在一方的指揮刀的掩護之下，斥罵他的敵手的」。〔註200〕後來，他還把《這樣做》第三期以後的封面——「畫一個少年軍人拿旗騎在馬上，裏面『嚴辦！嚴辦！』」——作為反例展示出來，又把林俠子《東風》的「附白」〔註201〕舉為「革命文學」的特點，並指出「現在在南邊，只剩了一條『革命文學』的獨木小橋」，而它是「視指揮刀的指揮而轉移的」。〔註202〕顯然，魯迅所批駁的「革命文學」實際上就是國民黨文人的「國民革命文學」。值得注意的是，當時國民黨尚佔優勢，但魯迅仍然敢於批駁當局的種種做法，如其在 1927 年 9 月 24 日所作的《小雜感》中曾感歎說：「恐怕有一天總要不准穿破布衫，否則便是共產黨」；「凡為當局所『誅』者皆有『罪』」。〔註203〕由上可見，魯迅覺察到中國處於民族危難和革命轉折的關頭，而他對當政的國民黨已然不滿。

一個不容迴避的史實是，雖然「五四」新文化運動時期西方思想已經對儒家傳統的歷史觀有所衝擊，但直到 1930 年代，馬克思主義的唯物史觀才對儒家的幻象史觀構成致命的挑戰。因為馬克思主義理論雖然從 1919 年開始傳入中國，但早期馬克思主義者對唯物史觀的瞭解相當膚淺，直到 1927 年「社會史論戰」之後，馬克思主義的社會歷史觀才得到了廣泛的認同，結果人民群眾參與創造歷史的唯物史觀壓倒了個體展示道德優劣的儒家史觀，歷史唯物主義成為中國知識分子重塑中國之過去、現在和未來的主導觀念，隨之「個體」的聲音被「大眾」的浪潮所吞沒，「中等社會」領導的革命也落至了「下

〔註198〕孔聖裔：《創刊語》，《這樣做》創刊號，1927 年 3 月 27 日。

〔註199〕魯迅：《怎麼寫——夜記之一》，《莽原》半月刊第 18、19 期合刊，1927 年 10 月 10 日。

〔註200〕魯迅：《革命文學》，《民眾旬刊》第 5 期，1927 年 10 月 21 日。

〔註201〕林俠子《東風·附白》，《這樣做》第 7、8 期合刊，1927 年 6 月 20 日。

〔註202〕魯迅：《扣絲雜感》，《語絲》週刊第 154 期，1927 年 10 月 22 日。

〔註203〕魯迅：《小雜感》，《語絲》週刊第 4 卷第 1 期，1927 年 12 月 17 日。

等社會」。〔註204〕尤其是在「清黨」之後，無產階級革命逐漸掀高了浪潮。起初，共產黨人倣仿俄國革命，亦將重心用在奪取城市的領導權，如南昌起義、廣州起義、秋收起義分別以南昌、廣州、長沙為戰略目標，但俄國革命的經驗在中國的實際境遇中並不能完全奏效。於是在經歷了 1927 年的失敗之後，1928 年春，共產黨人決計將留存下來的武裝革命力量轉向農村。〔註205〕雖然，「同城市相比，農村是落後的。但農村包圍城市的道路卻歷史地成為中國民主革命走向勝利之路。這條道路最初雖然表現為失敗後的退卻，然而它包含著國情對於革命的制約，因此，它最終又成為一種自覺的選擇。毛澤東是第一個代表這種自覺選擇的人。他在這個時期的一系列著作中最早闡發了國情與革命，說明了馬克思主義的一般和個別、普遍與具體。半殖民地半封建的中國，微弱的資本主義經濟和嚴重的地方農業經濟並存。這種經濟不平衡造成軍閥割據的政治不平衡。由於經濟不平衡，自給自足的農村經濟可以提供革命割據的物質基礎；由於政治不平衡，處於統治階級矛盾間隙的農村可以成為革命首先勝利的地方。中國獨特的政治和經濟基礎，提供了武裝的中國革命從農村包圍城市的可能性和必然性。因此，從城市向農村的退卻又是一種歷史的進軍。在這種進軍的過程裏，以土地革命為內容結成了工農的武裝聯盟。由此，民主革命獲得了農民階級前所未有的自覺支持。正是這種支持，使革命在十年內戰中屢僕屢起，瀕絕而又復生。由於共產黨的領導，新式的農民戰爭不同於舊式的農民起義；由於農民參加了革命，土地革命戰爭又比

〔註204〕如陳旭麓研究指出：「『五四』以後，新的宇宙觀、人生觀一齊湧來，新的一代改革者科學地認識和闡明了下層群眾在社會進步中的作用，『下等社會』的力量得到了真正的發揮。這就是共產黨領導的工農大眾革命。」陳旭麓：《近代中國社會的新陳代謝》，上海人民出版社，1992 年，第 275～276 頁。

〔註205〕「一九二七年『四・一二』政變，標誌著現代中國歷史的一個轉折點。從那一天起，國民黨的政策重新回到了一九二四年一月國民黨改組前的那種狀態。孫中山的聯俄、聯共、扶助農工三大政策突然中斷執行。同樣也從這一天開始，形勢迫使中國共產黨人清算陳獨秀的軟弱路線領導，奉行武裝鬥爭的強硬路線。一九二七年四月十二日後，共產黨人在上海和其他大城市所遭受的一系列長達數年的失敗，成為中共轉變政策的決定因素，從以組織城市工人為主要任務轉為在農村進行武裝土地革命。他們形成了先佔廣大農村再逐個吃掉城市的軍事戰略。過了好久，正是這一戰略，他們堅持應在全世界推行以取得世界革命的勝利。」〔美〕盛岳著、奚博銓等譯：《莫斯科中山大學和中國革命》，北京：東方出版社，2004 年，第 134～135 頁。

辛亥革命具有更強韌的生命力和深厚的社會基礎。」〔註206〕

魯迅知悉中國的狀況，尤其是中國農村的狀況，他惴惴於懷的是最廣大的底層民眾，這不同於一般的革命的知識分子，他關切的是超越了一己「小世界」的「大中國」的人生，茅盾在《魯迅論》中發抒的感慨恰切地表明了這一點：

> 我們跟著單四嫂子悲哀，我們愛那個懶散苟活的孔乙己，我們忘記不了那負著生活的重擔麻木著的閏土，我們的心為祥林嫂而沉重，我們以緊張的心情追隨著愛姑的冒險，我們鄙夷然而又憐憫又愛那阿Q……總之，這一切人物的思想生活所激起於我們的情緒上的反映，是憎是愛是恨，都混為一片，分不明白。我們只覺得這是中國的，這正是中國現在百分之九十九的人們的思想和生活，這正是圍繞在我們的「小世界」外的大中國的人生！〔註207〕

茅盾所謂的「我們的『小世界』」，即是指革命的知識分子的世界，一般而言，「革命的知識分子為指導工人運動而深入工廠，為推進革命而從軍，他們的世界並不狹小。但也存在這樣的情況，就是由於佔領他們的頭腦陣地的只是激進的革命理論，反而看不見民眾了。即使是看得見農民、工人和士兵，也未必就看得見單四嫂子、孔乙己、閏土、祥林嫂……之類的人物。而正是後一種人，佔據了中國民眾的百分之九十九」。〔註208〕與革命的知識分子隔膜於「大中國的人生」不同，魯迅以其深切的體味和卓越的表現，由個體的創痛而聯想到了民族的創痛、乃至人類的創痛。因此，在受到無產階級革命感染後，魯迅對毛澤東所領導的中國共產黨的革命鬥爭也深以為然〔註209〕。

於是，不同於1920年代中期，魯迅當時持以「迂遠而且渺茫的意見」，視文學為滋養人之道德品性的重要依持，同社會現實保持一定的間距，以為從事文藝活動的要旨是準備「思想革命」的戰士，「待到戰士養成了」，然後「再決勝負」；此時，魯迅從知識階級的啟蒙立場轉向正視「大眾」的心智狀

〔註206〕陳旭麓：《近代中國社會的新陳代謝》，上海人民出版社，1992年，第411～412頁。
〔註207〕方璧（茅盾）：《魯迅論》，《小說月報》第18卷第11期，1927年11月10日。
〔註208〕〔日〕竹內實著、程麻譯：《茅盾對魯迅的評價與理解》，《中國現代文學評說》，中國文聯出版社，2002年，第371～372頁。
〔註209〕關於此，同魯迅交往密切的馮雪峰曾寫過詳致的回憶。參見馮雪峰：《黨給魯迅以力量》，《一九二八至一九三六年的魯迅‧馮雪峰回憶魯迅全編》，上海文化出版社，2009年，第218～219頁。

態。這種轉變是魯迅對革命及相關問題長期思索後的抉擇，如民眾同革命的隔膜、革命者犧牲的價值等，是魯迅關注革命伊始就令他糾結的問題，早先在《藥》、《風波》、《阿 Q 正傳》等作品魯迅對此或多或少已有映像，數年後魯迅依舊反詰民眾自私和麻木，歎惋革命者犧牲的意義，1928 年 4 月 10 日，魯迅在《太平歌訣》和《鏟共大觀》中分別寫道：

> 看看有些人們的文字，似乎硬要說現在是「黎明之前」。然而市民是這樣的市民，黎明也好，黃昏也好，革命者們總不能不背著這一夥市民進行。雞肋，棄之不甘，食之無味，就要這樣地牽纏下去。五十一百年後能否就有出路，是毫無把握的。〔註210〕

> 我臨末還要揭出一點黑暗，是我們中國現在（現在！不是超時代的）的民眾，其實還不很管什麼黨，只要看「頭」和「女屍」。只要有，無論誰的都有人看，拳匪之亂，清末黨獄，民二，去年和今年，在這短短的二十年中，我已經目睹或耳聞了好幾次了。〔註211〕

就上述兩段引文，丸山升曾指出：「這裡反映了並不存在如果革命家捨身為民眾流血受苦，民眾就必須感謝支持的義理。民眾歸根到底只去判斷具體的各件事實對自己是否有利，而且任何人都無法對此加以非難。換言之，即便民眾看上去再怎麼『無智慧』、『不關心』，中國革命也只能和現存的這些民眾一起甚而借助他們的力量前進。看不到這一點，或者離開這一點的『革命』和『革命家』都將受到嚴重的教訓。可以說，這是魯迅歷經挫折，最終在心中孕育而生的信念。」〔註212〕確如所言，可以說，當魯迅瞭解到歷史是一個逐步發展、曲折前進的過程，瞭解到任何個體都不能不顧時代和歷史的局限，所以，他慎重地區分政治實踐者的主觀動機與其行動的客觀效用，區分團體活動的偏狹與其所有的進步意義，換言之，也就是將馬克思主義的科學質素有機地融貫到中國的無產階級革命運動中，將無產階級文藝鬥爭的原則性和策略性有機地統一起來，繼而從歷史的全盤出發來考量和釐定現實的切面。

而且不限於對民眾的認識，魯迅對如何正視並辨證地分析現實的革命，

〔註210〕魯迅：《太平歌訣》，《魯迅全集》（第四卷），人民文學出版社，2005 年，第104 頁。

〔註211〕魯迅：《鏟共大觀》，《魯迅全集》（第四卷），人民文學出版社，2005 年，第107 頁。

〔註212〕〔日〕丸山升著、王俊文譯：《「革命文學論戰」中的魯迅》，《魯迅‧革命‧歷史：丸山升現代中國文學論集》，北京大學出版社，2005 年，第 57 頁。

如何堅定革命的信念，如何表現真切的革命等問題，已經有了清醒而又理智的認識。如「左聯」成立前夕，1930 年 2 月 8 日，魯迅在《〈潰滅〉第二部一至三章譯者附記》中談到他在翻譯《潰滅》過程中的些許感想，其中有這樣一段：

> 革命有血，有污穢，但有嬰孩。這「潰滅」正是新生之前的一滴血，是實際戰鬥者獻給現代人們的大教訓。雖然有冷淡，有動搖，甚至於因為依賴，因為本能，而大家還是向目的前進，即使前途終於是「死亡」，但這「死」究竟已經失了個人底的意義，和大眾相融合了。所以只要有新生的嬰孩，「潰滅」便是「新生」的一部分。中國的革命文學家和批評家常在要求描寫美滿的革命，完全的革命人，意見固然是高超完美之極了，但他們也因此終於是烏托邦主義者。〔註213〕

顯然，與革命文學家和批評家簡單地從「烏托邦主義」的革命觀念出發，要求表現「美滿的革命」和「完全的革命人」不同，魯迅強調不能脫開混雜著血、污穢、新生命的實際革命，而且還要堅定為了大眾而鬥爭的革命目的。此後不久，魯迅作文《非革命的急進革命論者》，進一步闡發了他對革命的看法。在此文的開篇，魯迅指出：「倘說，凡大隊的革命軍，必須一切戰士的意識，都十分正確，分明，這才是真的革命軍，否則不值一哂。這言論，初看固然是很正當，徹底似的，然而這是不可能的難題，是空洞的高談，是毒害革命的甜藥。」〔註214〕在魯迅看來，如此形而上學地理解革命，非但同革命的實際狀況不相符合，而且還有礙於革命的進行。與此相對，魯迅以一種發展的眼光辨證地看待革命：

> 每一革命部隊的突起，戰士大抵不過是反抗現狀這一種意思，大略相同，終極目的是極為歧異的。或者為社會，或者為小集團，或者為一個愛人，或者為自己，或者簡直為了自殺。然而革命軍仍然能夠前行。因為在進軍的途中，對於敵人，個人主義者所發的子彈，和集團主義者所發的子彈是一樣地能夠制其死命；任何戰士死傷之際，便要減少些軍中的戰鬥力，也兩者相等的。但自然，因為

〔註213〕L（魯迅）：《〈潰滅〉第二部一至三章譯者附記》，《萌芽月刊》第 1 卷第 4 期，1930 年 4 月 1 日。

〔註214〕魯迅：《非革命的急進革命論者》，《萌芽月刊》第 1 卷第 3 期，1930 年 3 月 1 日。

> 終極目的的不同，在行進時，也時時有人退伍，有人落荒，有人頹
> 唐，有人叛變，然而只要無礙於進行，則愈到後來，這隊伍也就愈
> 成爲純粹，精銳的隊伍了。〔註215〕

可見，魯迅認爲倘若能夠堅守革命的「終極目的」，那麼革命隊伍就會愈來愈
「純粹」和「精銳」。不難發現，不同於以往，魯迅言下已然流露著對革命組
織的認同和確信。除此之外，在 1931 年 1 月 17 日所作的《〈毀滅〉後記》中，
魯迅很是肯定作品對襲擊隊隊長萊奮生的刻畫，既讚賞萊奮生的過人之處，
同時又特意強調萊奮生的凡人秉性：「萊奮生不但有時動搖，有時失措，部隊
也終於受日本軍和科爾郆克軍的圍擊，一百五十人只剩了十九人，可以說，
是全部毀滅了。突圍之際，他還是因爲受了巴克拉諾夫的暗示。這和現在世
間通行的主角無不超絕，事業無不圓滿的小說一比較，實在是一部令人掃興
的書。」但在魯迅看來，這才是世間眞有的事實，只是很少被描寫出來，因
爲通常的情況是，「平和的改革家之在靜待神人一般的先驅，君子一般的大眾
者，其實就爲了懲於世間有這樣的事實」。〔註216〕另外，魯迅在談了譯完《毀
滅》的印象後寫道：「遺漏的可說之點，自然還很不少的。因爲文藝上和實踐
上的寶玉，其中隨在皆是，不但泰茄的景色，夜襲的情形，非身歷者不能描
寫，即開槍和調馬之術，書中但以烘托美諦克的受窘者，也都是得於實際的
經驗，決非幻想的文人所能著筆的。」〔註217〕

　　所以，魯迅的「左轉」乃是基於他自己的探尋和思考，即如丸山升所指
出的那樣，「魯迅『從進化論發展到階級論』，但這並不是意味著從進化到革
命、或者從非革命到革命的變化，而是就他對中國革命、變革的承擔者和實
現過程的認識的變化而言。」〔註218〕李歐梵也認爲：「魯迅向左轉的途程中是
包含著一種對文學和革命的關係的逐漸再認識的。當他在 1926 至 1927 年『國
民革命』的高潮中開始研究這個問題時，強調革命的政治衝擊，以爲文學能
起的作用極少。在長期的考慮後他改變了看法，1930 年以後主張文學應當促

〔註215〕魯迅：《非革命的急進革命論者》，《萌芽月刊》第 1 卷第 3 期，1930 年 3 月 1
　　　　日。
〔註216〕魯迅：《譯文序跋集・〈毀滅〉後記》，《魯迅全集》（第十卷），人民文學出版
　　　　社，2005 年，第 366 頁。
〔註217〕魯迅：《譯文序跋集・〈毀滅〉後記》，《魯迅全集》（第十卷），人民文學出版
　　　　社，2005 年，第 367 頁。
〔註218〕〔日〕丸山升著、王俊文譯：《辛亥革命與其挫折》，《魯迅・革命・歷史：丸
　　　　山升現代中國文學論集》，北京大學出版社，2005 年，第 42 頁。

進革命，方法是暴露並反對當前社會和政治的惡勢力。這種變化了的看法導致出對政治的重新評價：不再像在北京時那樣以爲政治只是骯髒把戲，卻含有一種崇高的、悲劇的意義。」〔註219〕陳丹青也說道：「當『封建餘孽』魯迅先生晚期靠攏左翼，摹寫『無產階級專政』這句話，不是出於政治信仰，而是再三目擊『無產階級』青年肝腦塗地，被槍斃。」〔註220〕這些論斷指出了魯迅思想轉變的一個重要特點，可以簡要地概括爲：魯迅經歷了「無情的自我鬥爭」，捨棄了「民粹主義的或小生產者的觀點」，否定了「資產階級人道主義、個性主義和歷史唯心主義」，〔註221〕最終選擇了一種倫理學〔註222〕意義上的承擔，在策略上由早年矯枉過正地攻擊轉而爲大膽地讓步，即雖然明白大眾僅僅關心自己生活的安逸與舒適，但真正的革命者也只能在這樣的現實境況中懷持著「意圖倫理」而有限地踐行「責任倫理」。〔註223〕

　　在魯迅翻譯馬列文藝理論的同時，馮雪峰也從日文翻譯了《新俄的文藝政策》，並且吸取蘇共文藝政策的精髓於 1928 年 9 月撰寫了《革命與智識階級》一文，具體說來，馮雪峰從中國革命的進程以及當時所處階段的特點出發，分析了知識分子在「五卅」後發生動搖和分化的深層原因，指出智識階

〔註219〕李歐梵：《關於文學和革命》，《鐵屋中的吶喊》，河北教育出版社，2000 年，第 140 頁。

〔註220〕陳丹青：《魯迅是誰？》，《笑談大先生》，廣西師範大學出版社，2011 年，第 75 頁。

〔註221〕李澤厚：《略論魯迅思想的發展》，《中國近代思想史論》，北京三聯書店，2008 年，第 472～473 頁。

〔註222〕關於「倫理學」，巴恩斯的解釋是：「通常，倫理學這個概念總是同下列觀念聯繫在一起：義務的觀念、有必要認識到行爲會導致一定後果、從更長遠的目標來考慮會對當下的衝動起到克制作用，等等。因而倫理學就是一種個人施於他自己內心的控制作用。」〔美〕黑澤爾.E.巴恩斯著，萬俊人、蘇賢貴、朱國鈞、劉光彩譯：《冷卻的太陽：一種存在主義倫理學》，中央編譯出版社，1999 年，第 9 頁。

〔註223〕馬克斯·韋伯在講述政治和道德的關係時曾稱，一切有倫理取向的行爲要麼受「意圖倫理」（「信念倫理」）的支配，要麼受「責任倫理」的支配，而他認爲這二者「不是截然對立的，而是互爲補充的」，並且，「唯有將兩者結合在一起，才構成一個真正的人──一個能夠擔當『政治使命』的人。參見馬克斯·韋伯著、馮克利譯：《學術與政治》，北京三聯書店，2005 年，第 107、116 頁；林毓生曾援引「意圖倫理」和「責任倫理」來闡釋中國人事同政治交融相交融狀態中的個體行爲。參見〔美〕林毓生：《魯迅思想的特質及其政治觀的困境》，《中國傳統的創造性轉化》（增訂本），北京三聯書店，2011 年，第 510～512 頁。

級追隨革命時所出現的兩種情形：

> 其一，他決然毅然的反過來，毫無痛惜地棄去個人主義的立場，
> 投入社會主義，以同樣的堅信和斷然的勇猛去毀棄舊的文化與其所
> 依賴的社會。其二，他也承受革命，嚮往革命，但他同時又反顧舊
> 的，依戀舊的；而他又懷疑自己的反顧和依戀，也懷疑自己的承受
> 與嚮往，結局他徘徊著，苦痛著──這種人感受性比較銳敏，尊重
> 自己的內心生活也比別人深些。〔註224〕

在馮雪峰看來，創造社、太陽社成員滿懷激情趕赴革命的做法近乎第一種情
形，對其提倡「無產階級文學」和確立「辨證法的唯物論」，馮雪峰給予了充
分的肯定，但他又認為對第二種情形的智識階級應當「盡可以極大的寬大態
度對之」，於是尖銳地批評了創造社、太陽社成員抨擊魯迅的激進做法，並指
出「革命必須歡迎與封建勢力繼續鬥爭的一切友方的勢力，革命自己也必須
與封建勢力繼續鬥爭」。此外，馮雪峰還總結說：「實際上，魯迅看見革命是
比一般的智識階級早一二年，不過他也常以『不勝遼遠』似的眼光對無產階
級的，但無論如何，我們找不出空隙，可以斷言魯迅是詆謗過革命的。魯迅
自己，在藝術上是一個冷酷的感傷主義者，在文化批評上是一個理性主義者，
因此，在藝術上魯迅抓住了攻擊國民性與人間的普遍的『黑暗方面』，在文明
批評方面，魯迅不遺餘力地攻擊傳統的思想──在『五四』『五卅』期間，智
識階級中，以個人論，做工做得最好的是魯迅；但他沒有在創作上暗示出『國
民性』與『人間黑暗』是和經濟制度有關的，在批評上，對於無產階級只是
一個在旁邊的說話者。所以魯迅是理性主義者，不是社會主義者。到了現在，
魯迅做的工作是繼續與封建勢力鬥爭，也仍在向來的立場上，同時他常常反
顧人道主義。」〔註225〕客觀而言，馮雪峰的這篇文章在創造社、太陽社成員
轉變對魯迅看法的過程中起了有效的促進作用，1929 年李何林在其編著《中
國文藝論戰・序言》中對該文也給予了高度評價，認為此文「對於這一次中
國文藝界所起的波動以及知識階級在中國革命現階段上所處的地位，都下一
個持平而中肯的論判，實在是一篇這一次論戰的很公正的結語」。〔註226〕

〔註224〕畫室（馮雪峰）：《革命與知識階級》，《無軌列車》創刊號，1928 年 9 月 25
日。

〔註225〕畫室（馮雪峰）：《革命與智識階級》，《無軌列車》創刊號，1928 年 9 月 25
日。

〔註226〕李何林：《中國文藝論戰・原版序言》，李何林編：《中國文藝論戰》，陝西人

　　國共分裂之後，中國共產黨認識到中國革命真正能夠依靠的力量惟有中國的廣大勞苦大眾，在軍事戰線上是如此，在文藝戰線上也是如此，於是，為了助進無產階級革命運動，中國共產黨在軍事戰線上進行鬥爭的同時，也積極組建和開展文化鬥爭戰線。1929 年秋，共產黨委派省委宣傳部的李富春指示創造社、太陽社等左翼激進文人停止攻擊魯迅，關於當時的詳細情況，陽翰笙回憶說：「一九二九年秋天，大概是九月裏，李富春同志跟我談了一次話。……李富春同志說：你們的論爭是不對頭的，不好的。你們中有些人對魯迅的估計，對他的活動的積極意義估計不足。魯迅是從『五四』新文學運動中過來的一位老戰士，堅強的戰士，是一位老前輩，一位先進的思想家。他對我們黨員個人可能又批評，但沒有反對黨。對於這樣一位老戰士、先進的思想家，站在黨的立場上，我們應該團結他，爭取他。你們創造社、太陽社的同志花那麼大的精力來批評魯迅，是不正確的。這是第一點。第二點，我約你來談話，是要你們立即停止這場論爭，如再繼續下去，很不好。一定立即停止論爭，與魯迅團結起來。第三點，請你們想一想，像魯迅這樣一位老戰士、一位先進的思想家，要是站到黨的立場方面來，站在左翼文化戰線上來，該有多麼巨大的影響和作用。……我當時就表示完全接受李富春同志的意見，接受黨的批評。李富春同志和我談話後兩天，我見到了潘漢年，他說他已經得到了這樣的通知。於是我們倆經過商量，先開個黨員會，傳達李富春同志的指示。當時決定找的人是：夏衍、馮雪峰、柔石，創造社方面的馮乃超、李初梨，太陽社方面的錢杏邨、洪靈菲，另外還加上潘漢年和我，一共九個人，這些都是當時黨內負責人。……就在這次會上決定：創造社、太陽社所有的刊物一律停止對魯迅的批評，即使魯迅還批評我們，也不要反駁，對魯迅要尊重。再一個決定，就是派三個同志去和魯迅談一次話，告訴魯迅，黨讓停止這次論爭，並批評了我們不正確的做法。……去的三個人是：馮雪峰、夏衍、馮乃超。馮乃超本來寫過文章批評魯迅，但他們私人關係並不壞，這次算是代表創造社去見魯迅的。魯迅見到了他們還是很高興的，笑容滿面的。魯迅對於年輕人的做法，是諒解的，表示願意團結起來。」〔註 227〕

　　　　民出版社，1984 年，第 11～12 頁。
〔註 227〕陽翰笙：《中國左翼作家聯盟成立的經過》，《風雨五十年》，人民文學出版社，1986 年，第 133～135 頁。

　　隨後大概在 1929 年 10、11 月間，「文委」（中宣部文化工作委員會）書記潘漢年找馮雪峰，讓他去同魯迅商談成立「左聯」事宜，馮雪峰回憶說：「他同我談的話，有兩點我是記得很清楚的：一，他說黨中央希望創造社、太陽社和魯迅及在魯迅影響下的人們聯合起來，以這三方面人為基礎，成立一個革命文學團體。二，團體名稱擬定為『中國左翼作家聯盟』，看魯迅有什麼意見，『左翼』兩個字用不用，也取決於魯迅，魯迅如不同意用這兩個字，那就不用。我去同魯迅商談的經過，我也記得很清楚的：魯迅完全同意成立這樣一個革命文學團體；同時他說『左翼』二字還是用好，旗幟可以鮮明一點。」〔註228〕接著 1929 年底，魯迅、沈端先、鄭伯奇、馮乃超、彭康、沈起予、華漢、蔣光慈、錢杏邨、洪靈菲、柔石、馮雪峰十二人被商定為「左聯」基本構成人員，這十二人在「左聯」成立前開過一兩次會，討論綱領、章程和其他事情。〔註229〕其中 1930 年 2 月 16 日魯迅等十二人聚集召開的那次會議（「上海新文學運動者底討論會」）比較詳致地探討了一些問題，該會「以『清算過去』和『確定目前文學運動底任務』為討論題目」，認為以往的文學運動「有重要的四點應當指謫：（一）小集團主義乃至個人主義，（二）批判不正確，即未能應用科學的文藝批評的方法及態度，（三）過於不注意真正的敵人，即反動的思想集團以及普遍全國的遺老遺少，（四）獨將文學提高，而忘卻文學底助進政治運動的任務，成為為文學的文學運動。其次對於目前文學運動的任務，認為最重要者有三點：（一）舊社會及其一切思想的表現底嚴厲的破壞，（二）新社會底理想底宣傳及促進新社會底產生，（三）新文藝理論的建立」。並且，與會人員一致認識到「有將國內左翼作家團結起來，共同運動的必要」，因此確定了此後文學運動的任務，隨即成立「中國左翼作家聯盟」籌備委員會。〔註230〕關於「籌備委員會」，陽翰笙回憶稱由魯迅、潘漢年、錢杏邨、夏衍、馮乃超、馮雪峰、柔石、洪靈菲、李初梨、蔣光慈、鄭伯奇、陽翰笙十二人組成，會上推舉馮乃超起草「左聯」的「綱領」，還決定了「左聯」的

〔註228〕馮雪峰：《一九二八至一九三六年間上海左翼文藝運動兩條路線鬥爭的一些零碎參考材料》，《一九二八至一九三六年的魯迅‧馮雪峰回憶魯迅全編》，上海文化出版社，2009 年，第 250 頁。

〔註229〕參見馮雪峰：《一九二八至一九三六年間上海左翼文藝運動兩條路線鬥爭的一些零碎參考材料》，《一九二八至一九三六年的魯迅‧馮雪峰回憶魯迅全編》，上海文化出版社，2009 年，第 250～251 頁。

〔註230〕《上海新文學運動者底討論會》，《萌芽月刊》第 1 卷第 3 期，1930 年 3 月 1 日。

組織機構以及成立大會的具體流程。〔註231〕馮乃超在其所起草的「左聯」綱領中提出了「無產階級革命文學」口號，據馮雪峰回憶，「當時魯迅是贊成的，別人也都沒有提過不同意見」。〔註232〕

1930 年 3 月 2 日，「左聯」盟員在上海召開成立大會，會上魯迅發表了題為《對於左翼作家聯盟的意見》的講演，著意強調了如下幾個要點：認清現實、清醒定位、擴大戰線、補充實力、「韌」性鬥爭，值得注意的是，這些要點面向不同但又相互關聯，最終的核心指向「工農大眾」這個總目的，如其所言：

> 我以為聯合戰線是以有共同目的為必要條件的。……我們戰線不能統一，就證明我們的目的不能一致，或者只為了小團體，或者還其實只為了個人，如果目的都在工農大眾，那當然戰線也就統一了。〔註233〕

在此，魯迅明確強調當以「工農大眾」這個「共同目的」來構建「聯合戰線」。其實，據馮雪峰回憶，在 1930 年 2 月 16 日召開的那次會議上，「魯迅就簡要地說過他在成立大會上又一次強調說的關於聯合戰線──即『聯合戰線是以有共同目的為必要條件的……』那一條十分重要的根本性的意見。」〔註234〕

可以說，隨著時光遷移，在歷久的觀瞻和思索後，魯迅將早先徹底清除敷衍、根本革新意識的主張落實為以「工農大眾」為「共同目的」來最大限度地統一思想，藉以最大程度地支持革命，換言之，即將「徹底革新」的目標落實到「持續變革」的過程中。並且，魯迅知悉「左聯」內部普遍的休戚與共，實際上只能是個體精神層面的抽象嚮往，即便「左聯」具有強大的感召力，但「個體」葆有的多樣特性反而易消解群體的合力，此前魯迅就認識到：「各個人思想發達了，各人的思想不一，民族的思想就不能統一，於是命

〔註231〕陽翰笙：《中國左翼作家聯盟成立的經過》，《風雨五十年》，人民文學出版社，1986 年，第 136 頁。

〔註232〕馮雪峰：《一九二八至一九三六年間上海左翼文藝運動兩條路線鬥爭的一些零碎參考材料》，《一九二八至一九三六年的魯迅·馮雪峰回憶魯迅全編》，上海文化出版社，2009 年，第 252 頁。

〔註233〕魯迅：《對於左翼作家聯盟的意見》，《萌芽月刊》第 1 卷第 4 期，1930 年 4 月 1 日。

〔註234〕馮雪峰：《一九二八至一九三六年間上海左翼文藝運動兩條路線鬥爭的一些零碎參考材料》，《一九二八至一九三六年的魯迅·馮雪峰回憶魯迅全編》，上海文化出版社，2009 年，第 252 頁。

令不行，團體的力量減少，而漸趨滅亡。」〔註235〕因此，魯迅特意強調各具特性「左聯」成員應當注意將個體的力量統一彙集到「共同目的」，〔註236〕因爲「遊勇」雖自由但缺乏戰鬥意氣，「聯合戰線」雖有戰鬥意氣但淹沒個性，如何校正「遊勇」和「聯合戰線」各自的偏弊，只有「共同目的」才能有效協調二者之間的緊張，進而有望達成有限度的統一。況且「共同目的」不僅有助於聚斂散佈的力量，還有助於轉生出某種理念或信仰，而「當群體是受某種高遠的理念的激勵而行動時，它便會表現出極高的『道德』」，也就是說，「群體要想成爲歷史變遷的主角，它必須多多少少『爲信仰而戰』」。〔註237〕

　　需要注意的是，魯迅在「左聯」成立大會上的「講演」，匯聚著他從變遷世事中萃取而來的眞切教訓。例如，1922 年 7 月 1 日，《新青年》出至第 9 卷第 6 號休刊，新青年社亦因內部分歧而解散，魯迅雖然也感到《新青年》的趨勢傾向於分裂，實則還是極爲感傷，此後他作的《彷徨》在戰鬥意氣上就比《吶喊》冷淡了許多。另如「五卅」之後，魯迅鼓勵青年勇毅地負起歷史的重擔，「在不得已而空手鼓舞民氣時，尤必須同時設法增長國民的實力，還要永遠這樣的幹下去」，而同時他也預想到可能出現的危機：「但足以破滅這運動的持續的危機，在目下就有三樣：一是日夜偏注於表面的宣傳，鄙棄他事；二是對同類太操切，稍有不合，便呼之爲國賊，爲洋奴；三是有許多巧人，反利用機會，來獵取自己目前的利益」。〔註238〕再如反思「五四」知識分

〔註235〕魯迅：《關於知識階級》，上海《國立勞動大學週刊》第 5 期，1927 年 11 月 13 日。

〔註236〕魯迅的理路近同於馬克思的主張，即一方面，「人們是自己的觀念、思想等等的生產者，但這裡所說的人們是現實的、從事活動的人們，他們受著自己的生產力的一定發展以及與這種發展相適應的交往（直到它的最遙遠的形式）的制約。意識在任何時候都只能是被意識到了的存在，而人們的存在就是他們的實際生活過程。……我們的出發點是從事實際活動的人」；而與此同時，「某一階級的個人所結成的、受他們反對另一階級的那種共同利益所制約的社會關係，總是構成這樣一種集體，而個人只是作爲普通的個人隸屬於這個集體，只是由於他們還處在本階級的生存條件下才隸屬於這個集體；他們不是作爲個人而是作爲階級的成員處於這種社會關係中的。」〔德〕馬克思：《德意志意識形態》，《馬克思恩格斯選集》（第一卷），人民出版社，1972 年，第 30、82～83 頁。

〔註237〕馮克利：《民主直通獨裁的心理機制》，〔法〕古斯塔夫·勒龐著、馮克利譯：《烏合之眾：大眾心理研究·中譯者序》，中央編譯出版社，2005 年，第 15 頁。

〔註238〕魯迅：《忽然想到（十）》，《民眾文藝週刊》第 24 號，1925 年 6 月 16 日。

子風雲流變，魯迅就曾強調知識階級應當明晰自己的身份立場，警惕將自己抬升爲「一種特別的階級」〔註239〕，「講演」中魯迅又再次強調：「知識階級有知識階級的事要做，不應特別看輕，然而勞動階級決無特別例外地優待詩人或文學家的義務」〔註240〕。所以，正如瞿秋白所言：「魯迅從進化論進到階級論，從紳士階級的逆子貳臣進到無產階級和勞動群眾的眞正的友人，以至於戰士，他是經歷了辛亥革命以前直到現在的四分之一世紀的戰鬥，從痛苦的經驗和深刻的觀察之中，帶著寶貴的革命傳統到新的陣營裏來的。」〔註241〕「寶貴的革命傳統」便是：第一，「最清醒的現實主義」；第二，「『韌』的戰鬥」；第三，「反自由主義」；第四，「反虛僞的精神」。可以說，瞿秋白點出了魯迅的根本出發點，即在人道主義的指引下代言勞苦大眾的苦痛與憤懣。不止於此，「講演凝聚了一個深刻的思想家對社會新舊勢力較量和文學者在較量中種種變異的長期觀察，以及對當時左聯內部需要警惕的人事及思想上潛伏著危機的關切和焦慮。它的思想告誡性大於政治宣傳性。」〔註242〕亦即鑒於現實的鬥爭需要，魯迅的「講演」置重在未雨綢繆地爲「左聯」的健康成長保駕護航，實際上可被譽爲「左聯的主要的綱領」〔註243〕。

由上可見，隨著時光從 1920 年代流駛至 1930 年代，社會思潮從「個人主義」轉升爲「非個人主義」（或者「集體主義」），魯迅也在反思「五四」及其後的風雲流變中，逐漸明瞭社會脈動的方向，確信老舊中國必須經歷全盤的、深切的、持久的社會革命、思想革命，任何局部的、表層的、短暫的改

〔註239〕 魯迅：《關於知識階級》，上海《國立勞動大學週刊》第 5 期，1927 年 11 月 13 日。

〔註240〕 魯迅：《對於左翼作家聯盟的意見》，《萌芽月刊》第 1 卷第 4 期，1930 年 4 月 1 日。

〔註241〕 瞿秋白：《〈魯迅雜感選集〉序言》，《瞿秋白文集·文學編》（第三卷），人民文學出版社，1989 年，第 115 頁。

〔註242〕 楊義：《魯迅與左聯三章》，《魯迅研究月刊》，2010 年第 10 期。

〔註243〕 馮雪峰回憶指出：「說到在成立大會上通過的馮乃超起草的這個綱領，據我瞭解，除了所提出的『無產階級革命文學』這個口號外，在群眾中也確實不曾起過大的影響。成爲左聯的主要的綱領，在當時和以後都在群眾中發生重大和深遠的影響的，是魯迅的講話──《對於左翼作家聯盟的意見》。魯迅在這講話裏提出了當時左翼文學運動的根本問題和迫切任務，同時又都是聯繫著當時的實際情況，針對當時左翼文學界內部存在的問題而提出的。」馮雪峰：《一九二八至一九三六年間上海左翼文藝運動兩條路線鬥爭的一些零碎參考材料》，《一九二八至一九三六年的魯迅·馮雪峰回憶魯迅全編》，上海文化出版社，2009 年，第 252 頁。

良都不能完全地徹底地清除積久積多的社會痼疾，因此，他慎重地區分政治實踐者的主觀動機與其行動的客觀效用、團體活動的偏狹與其所有的進步意義，在經歷了長久的觀瞻和思慮後，最終決計支持意在進行全般的社會革命和思想革命的無產階級革命和無產階級革命文學運動。〔註244〕

〔註244〕這正如竹內好所曾指出的那樣，「與其認為只有魯迅才始終正確，處在中庸的位置，矯正著中國文壇的偏向，還不如認為魯迅和中國文壇共同搖擺更接近真實。與其在魯迅那裡尋找所設定的目的意識，即把他造就成一個先覺者，倒不如認為他發生了轉換更為妥當。」〔日〕竹內好：《魯迅》，竹內好著，孫歌編，李冬木、趙京華、孫歌譯：《近代的超克》，北京三聯書店，2005年，第110頁。

第二章　魯迅與「新月派」的對峙

　　魯迅與「新月派」的筆墨交鋒，最初主要表現在他與梁實秋關於批評的態度、文學的階級性和翻譯等問題的論戰，關於這些問題學界已多有探討。但事實上，魯迅和「新月派」論戰所關涉的重要意義不限於此，客觀而言，較之梁實秋，魯迅和胡適的分歧影響更為重大深遠。眾所周知，「五四」時期，魯迅和胡適同為革新營壘中人，但二人的思想理念並不盡同，從學理上來說，魯迅基於自身的歷史感悟和現實體驗，並不簡單遵奉任何單一的理論主義，非但如此，他對各種流行的學說予以批判的審視，相形之下，胡適一直堅持「實驗主義」。大革命失敗後，魯迅對國民黨的血腥屠殺和專制統治給予了激烈的批判，胡適也對國民黨鉗制輿論、扼殺民主自由提出了公開的聲討，而魯迅通過探尋將「唯物辨證法」的科學因子納入了自己的思想域度，認為應當通過鬥爭來反抗國民黨的黑暗統治，但胡適一直遵奉「實驗主義」的哲學理念，反對「階級鬥爭」，主張「階級互助」，即通過一點一滴的改良來改變中國社會面貌，結果，魯迅和胡適分道揚鑣乃至漸行漸遠幾乎站到了對立面。

第一節　體制之內與體制之外

　　梁實秋的文學批評論認為「常態的人性與常態的經驗」是文學批評的「最後的標準」，或者說，「純正之『人性』乃文學批評唯一之標準」，原因便是在他看來，「人性的質素是普遍的，文學的品味是固定的」，「無論各時各地的風土，人情，地理，氣候，是如何的不同，總有一點普遍的質素」。除此之外，梁實秋認為「一切的偉大的文學都是傾向一個公同的至善至美的中心，距離

中心較遠的便是第二第三流的文學,最下乘的是和中心背道而馳的」,文學批評便是「判斷」(梁實秋本人曾解釋說,「考希臘文『批評』一字,原是判斷之意,並不涵有攻擊破壞之意。判斷有兩個步驟,判與斷。判者乃分辨選擇的工夫;斷者乃等級價值之確定。其判斷的標準乃固定的普遍的。其判斷之動機乃為研求真理不計功利。)文學品味距離中心的程度。〔註1〕此後,梁實秋一再強調文學是表現超越階級的「最基本的人性的藝術」,如其在《文學是有階級性的嗎?》中曾言:「文學的國土是最寬泛的,在根本上和在理論上沒有國界,更沒有階級的界限。一個資本家和一個勞動家,他們的不同的地方是有的,遺傳不同,教育不同,經濟的環境不同,因之生活狀態也不同,但是他們還有同的地方。他們的人性並沒有兩樣,他們都感到生老病死的無常,他們都有愛的要求,他們都有憐憫與恐怖的情緒,他們都有倫常的觀念,他們都企求身心的愉快。文學就是表現這『最基本的人性的藝術』。」〔註2〕後來,梁實秋在《論「第三種人」》中還曾申說道:「在資產上論,人有貧富之別,而在人性上論,根本上沒有多大分別。『性相近,習相遠』,這話是不錯的。勤苦誠實,是勞動者的美德,資產階級亦視為美德;欺詐取巧,是買辦的劣點,工人也不是絕對沒有。喜怒哀樂的常情,並不限於階級。文學的對象就是這超階級而存在的常情,所以文學不必有階級性;如其文學反映出多少的階級性,那也只是附帶的一點色彩,其本質固在於人性之描寫而不在於階級的表現。」〔註3〕簡而言之,梁實秋只是在強調和推演抽象的概念,所宣講的不過是一種新古典主義的文學「復歸」論,譬如其所言的「公同的至善至美的中心」,在不同的時空、不同的情況以及不同的人物身上,便會有不同的表現。但梁實秋在秉持人性論文學觀的同時,卻不無矛盾地宣稱:「人的聰明才力既不能平等,人的生活當然是不能平等的,平等是個很美的幻夢,但是不能實現的」;「好的作品永遠是少數人的專利品。大多數永遠是蠢的,永遠是與文學無緣的。」〔註4〕

　　魯迅一針見血地指出梁實秋的上述論調是「矛盾而空虛的」,如就梁實秋

〔註1〕　梁實秋:《文學批評辯》,《晨報副刊》,1926 年 10 月 27 日、28 日。

〔註2〕　梁實秋:《文學是有階級性的嗎?》,《新月》第 2 卷第 6、7 號合刊,1929 年 9 月 10 日。

〔註3〕　梁實秋:《論「第三種人」》,《偏見集》,南京中正書局,1934 年。

〔註4〕　梁實秋:《文學是有階級性的嗎?》,《新月》第 2 卷第 6、7 號合刊,1929 年 9 月 10 日。

推崇純正的人性、宣稱作者的階級和作品無關、批評無產文學理論將階級束縛在文學上，魯迅回駁道：「文學不借人，也無以表示『性』，一用人，而且還在階級社會裏，即斷不能免掉所屬的階級性，無需加以『束縛』，實乃出於必然。」顯然與梁實秋意見截然相反，魯迅認為人性是不同的，因為不同個體所經歷的具體事務是不同的，所以文學是有階級性的：「文學有階級性，在階級社會中，文學家雖自以為『自由』，自以為超了階級，而無意識底地，也終受本階級的階級意識所支配，那些創作，並非別階級的文化罷了。」〔註5〕所以在魯迅看來，梁實秋申說什麼「永久不變的人性」實無多大意義，當時中國社會的首要之務是打破束縛人性的各種枷鎖，他曾反諷地說道：「自中國，從道士聽論道，從批評家聽談文，都令人毛孔痙攣，汗不敢出。然而這也許倒是中國的『永久不變的人性』罷。」〔註6〕當然，梁實秋的超越階級的人性論文學觀也並非沒有道理，但在當時那樣的社會體制中，梁實秋等人身居富裕階層，享用社會剩餘財富，不但能夠有緣接觸文學，還可以享受種種常人無法企及的種種優待，所以他自然傾向於維護既有的社會體制。關於此一個可供參照的事例是，梁實秋在《盧梭論女子教育》極為推崇盧梭關於女子教育的言論，認為其是「盧梭的自然主義中最健全的一部」，原因在於盧梭的此論承認男女不平等是「自然的不平等」。〔註7〕就梁實秋的言論，魯迅明言點出值得質疑的兩點：「一者，因為即使知道說『自然的不平等』，而不容易明白真『自然』和『因積漸的人為而似自然』之分。二者，因為凡有學說，往往『合吾人胃口者則容納之，且從而宣揚之』也。」〔註8〕確如魯迅所言，梁實秋所謂的男女之間的「自然的不平等」，實則並非真正自然的男女生理、心理差異，而是習俗傳統積澱而成的貌似「自然」的「文化心理」，如梁實秋所援引盧梭論女子的「服從心」、「柔和的性格」等，即就是夫為妻綱的變相演繹，而這恰巧投合梁實秋的「胃口」。

正因為既有的社會體制是比較合乎梁實秋的「胃口」的，所以，儘管梁實秋對當局的某些做法懷有異議，但他非但不反對而且想方設法維護國民黨的階級統治。例如，針對國民黨的思想統制，梁實秋曾撰文《論思想統一》，

〔註5〕　參見魯迅：《「硬譯」與「文學的階級性」》，《萌芽月刊》第1卷第3期，1930年3月1日。

〔註6〕　魯迅：《文學和出汗》，《語絲》第4卷第5期，1928年1月14日。

〔註7〕　梁實秋：《盧梭論女子教育》，《晨報副刊》，1926年12月15日。

〔註8〕　魯迅：《盧梭和胃口》，《語絲》第4卷第4期，1928年1月7日。

強調思想自由：「思想只對自己的理智負責，換言之，就是只對真理負責；所以武力可以殺害，刑法可以懲罰，金錢可以誘惑，但是卻不能掠奪一個人的思想。別種自由可以被惡勢力所剝奪淨盡，惟有思想自由是永遠光芒萬丈的。一個暴君可以用武力和金錢使得有思想的人不能發表他的思想，封書鋪，封報館，檢查信件，甚而至於加以『反動』的罪名，槍斃，殺頭，夷九族！但是他的思想本身是無法可以撲滅，並且愈遭阻礙將來流傳的愈快愈遠。」所以，梁實秋認為思想「不能統一」也「不必統一」，否則，便會出現這樣的結果：

> 凡是要統一思想，結果必定是把全國的人民驅到三個種類裏面去：第一類是真有思想的人，絕對不附和思想統一的學說，這種人到了萬不得已的時候只得退隱韜晦著書立說，或竟激憤而提倡革命。第二類是受過教育而沒有勇氣的人，口是心非的趨炎附勢，這一類人是投機分子，是小人。第三類是根本沒有思想的人，頭腦簡單，只知道盲從。
>
> 這三類人，第一類的是被淘汰了，剩下的只是投機分子和盲從的群眾。試問一個人群由這樣的人來做中堅，可多麼危險？〔註9〕

平心而論，梁實秋指責國民黨處心積慮地統一思想，實是逆人類歷史發展而行的反動做法，也的確是為了維護一種道義。如就國民黨全國宣傳會議議決的「創造三民主義的文學」和「取締違反三民主義之一切文藝作品」，梁實秋反駁說：「以任何文學批評上的主義來統一文藝，都是不可能的，何況是政治上的一種主義？」然而，梁實秋表面上力倡「思想自由」、批駁「衛道翼教」，但對於國民黨當局，他所要求的不過是最低限度的「容忍」：

> 我們現在要求的是：容忍！我們要思想自由，發表思想的自由，我們要法律給我們以自由的保障。我們並沒有什麼主義傳授給民眾，也沒有什麼計劃要打破現狀，只是見著問題就要思索，思索就要用自己的腦子，思索出一點道理來就要說出來，寫出來，我們願意人人都有思想的自由，所以不能不主張自由的教育。〔註10〕

這裡，梁實秋申明「沒有什麼主義傳授給民眾，也沒有什麼計劃要打破現狀」，他的意見僅僅止於不滿當局的「思想統一」，除此之外，不但沒有任何忤逆當

〔註9〕 梁實秋：《論思想統一》，《新月》第2卷第3號，1929年5月。
〔註10〕 梁實秋：《論思想統一》，《新月》第2卷第3號，1929年5月。

局的想法，而且還藉「文藝本身就是目的」來對抗正受當局剿殺的左翼文學，如其所言：「鼓吹階級鬥爭的文藝作品，我是也不贊成的，實在講，凡是宣傳任何主義的作品，我都不以為有多少文藝價值的，文藝的價值，不在做某項的工具。文藝本身就是目的。」〔註11〕

　　魯迅看穿了梁實秋「異議」背後的「忠誠」，他在《新月社批評家的任務》中指出，雖然「新月派」批評家口頭上宣稱維護「思想自由」，實則為當權者效力，「揮淚以維持治安」，所以在國民黨實行文化壓制的情形中，「新月派」卻「獨能超然於嘲罵和不滿的罪惡之外」，但新月社的批評家雖然「盡力地維持了治安」，但所要的「思想自由」卻是不能實現的妄想。〔註12〕另外，在與《新月社批評家的任務》同時發表的《流氓的變遷》一文中，魯迅揭出舊小說中所描寫的那些替天行道的強盜，實際上也往往是維持治安的奴才。〔註13〕要之，在魯迅看來，「新月派」雖然「以硬自居」，實則「其軟如棉」：

　　　　《新月》一出世，就主張「嚴正態度」，但於罵人者則罵之，譏人者則譏之。這並不錯，正是「即以其人之道，還治其人之身」，雖然也是一種「報復」，而非為了自己。到二卷六七號合本的廣告上，還說「我們都保持『容忍』的態度（除了『不容忍』的態度是我們所不能容忍以外），我們都喜歡穩健的合乎理性的學說」。上兩句也不錯，「以眼還眼，以牙還牙」，和開初仍然一貫。然而從這條大路走下去，一定要遇到「以暴力抗暴力」，這和新月社諸君所喜歡的「穩健」也不能相容了。

　　　　這一回，新月社的「自由言論」遭了壓迫，照老辦法，是必須對於壓迫者，也加以壓迫的，但《新月》上所顯現的反應，卻是一篇《告壓迫言論自由者》，先引對方的黨義，次引外國的法律，終引東西史例，以見凡壓迫自由者，往往臻於滅亡：是一番替對方設想的警告。

　　　　所以，新月社的「嚴正態度」，「以眼還眼」法，歸根結蒂，是專施之力量相類，或力量較小的人的，倘給有力者打腫了眼，就要

〔註11〕梁實秋：《論思想統一》，《新月》第 2 卷第 3 號，1929 年 5 月。

〔註12〕魯迅：《新月社批評家的任務》，《萌芽月刊》第 1 卷第 1 期，1930 年 1 月 1 日。

〔註13〕魯迅：《流氓的變遷》，《萌芽月刊》第 1 卷第 3 期，1930 年 3 月 1 日。

破例，只舉手掩住自己的臉，叫一聲「小心你自己的眼睛！」〔註14〕儘管魯迅對梁實秋等人的批評過於苛刻，但他源出於真切體驗的判斷卻是無法駁倒的：一則，在國民黨的強權統治之下，思想根本無法自由產生，除了御用思想之外，其他思想都被視為異端，不但受到剿滅，甚至思想者本人也難以存身；二則，國民黨雖然無法禁止自由思想，但是為了維護專制統治，卻可以用金錢雇傭思想奴僕，宣揚法西斯主義思想，混淆民眾的視聽。事實也確如魯迅所言，在國民黨的強權統治和金錢奴役下，梁實秋所謂的「思想自由」也是非常脆弱的，儘管他只限於反對國民黨的「思想統一」，但其「忠告」之情並不被當局認可和領受。後來，魯迅還借《紅樓夢》中的焦大喻指「新月派」的用心良苦：「三年前的新月社諸君子，不幸和焦大有了相類的境遇。他們引經據典，對於黨國有了一點微詞，雖然引的大抵是英國經典，但何嘗有絲毫不利於黨國的惡意，不過說：『老爺，人家的衣服多麼乾淨，您老人家的可有些兒髒，應該洗它一洗』罷了。不料『荃不察余之中情兮』，來了一嘴的馬糞：國報同聲致討，連《新月》雜誌也遭殃。但新月社究竟是文人學士的團體，這時就也來了一大堆引據三民主義，辨明心跡的『離騷經』。現在好了，吐出馬糞，換塞甜頭，有的顧問，有的教授，有的秘書，有的大學院長，言論自由，《新月》也滿是所謂『為文藝的文藝』了。」〔註15〕

值得注意的是，不同於梁實秋等人宣揚從天而降的自由主義，魯迅強調的是真正的個人自由，而且為了捍衛這種自由，1930 年 2 月，他曾參與發起「自由運動大同盟」。對於魯迅等人成立「自由運動大同盟」，梁實秋在《答魯迅先生》中曾諷刺道：

> 我預料將來來到魯迅先生等發起的自由運動大同盟的旗幟之下的人，一定是很多的，我應該預祝這個大同盟成功！但是「新月社的人們」發表幾篇爭自由的文章頗引起一些人的評論，以為我們是不夠徹底，還是小資產階級的要求歐美式的自由的勾當，比不得馬克思、列寧等等的遺教來得爽快。有人譏誚我們要求的不過是思想自由，有人譏誚我們只是在紙上寫文章而並不真革命。這些譏誚，我們都受了。講我自己罷，革命我是不敢亂來的，在電燈杆子上寫

〔註14〕 魯迅：《「硬譯」與「文學的階級性」》，《萌芽月刊》第 1 卷第 3 期，1930 年 3 月 1 日。

〔註15〕 何家幹（魯迅）：《言論自由的界限》，《申報·自由談》，1933 年 4 月 22 日。

「武裝保護蘇聯」我是不幹的，到報館門前敲碎一兩塊價值五六百元的大塊玻璃我也是不幹的。現時我只能看看書寫寫文章。我們爭自由，只是在紙上爭自由。好了，現在另有所謂「自由運動大同盟」了，「議決事項甚多」，甚多者，即不只發宣言一樁事之謂也。他們「奮鬥」起來恐怕必定可觀，魯迅先生恐怕不會專在紙上寫文章來革命。雖然宣言裏開宗明義要爭的還是思想自由，所謂「偉大的時代」恐怕也許是真要來罷？〔註16〕

需要言明的是，在國共分裂後和國民黨當政並實施白色恐怖大肆捕殺共產黨人的局勢下，梁實秋的明箭暗箭在客觀上會置魯迅及左翼作家的生命於危險的境地，相形之下，魯迅的批評並不會危及梁實秋的性命。而對於梁實秋「批評」話語中所潛含著的「惡果」，魯迅是有著清醒的認知的，他在《「喪家的」「資本家的乏走狗」》一文中曾予以挑明，指出梁實秋在《答魯迅先生》中很巧妙地插進電杆上寫「武裝保護蘇聯」、敲碎報館玻璃等語句，客觀上會很容易誘導國民黨來對他施加「一點恩惠」，而他認為此種「批評」法比「劊子手」還「下賤」。〔註17〕然而，梁實秋仍舊操持著這種「批評」法，在《魯迅與牛》一文的末尾，還理直氣壯地用引文指涉魯迅維護共產主義、支持共產黨：

其實魯迅先生何必要我「影射」。有草可吃的地方本來不過就是那幾家，張家，李家，趙家，要吃草還怕人看見，太「乏」了！《萌芽》月刊第五號第一二六頁有這樣的一段：

魯迅先生……將舊禮教否定了……將國家主義罵了，也將無政府主義，好政府主義，改良主義……等勞什子都罵過了，然而偏偏只遺下了一種主義和一種黨沒有嘲笑過一個字，不但沒有嘲笑過，分明的還在從旁支持著它。

這「一種主義」大概不是三民主義罷？這「一種政黨」大概不是國民黨罷？〔註18〕

所以，為了儘量避免顯在的危險，在「自由運動大同盟」成立的隨後半年中，魯迅在受邀發表講演時，均談的是文藝和美學問題，如《繪畫雜論》《美術上

〔註16〕梁實秋：《答魯迅先生》，《新月》第 2 卷第 9 號，1929 年 10 月。

〔註17〕參見魯迅：《「喪家的」「資本家的乏走狗」》，《萌芽月刊》第 1 卷第 5 期，1930 年 5 月 1 日。

〔註18〕梁實秋：《魯迅與牛》，《新月》第 2 卷第 11 號，1930 年 1 月 10 日。出版衍期。

的寫實主義問題》《象牙塔與蝸牛廬》《美的認識》等。關於這些講演，魯迅在致章廷謙的信中曾表態說：「近來且往學校的文藝團體演說幾回，關於文學的。我本不知『運動』的人，所以凡所講演，多與該同盟格格不入，然而有些人已以為大出風頭，有些人則以為十分可惡，謠諑謗罵，又復紛紜起來。半生以來，所負的全是挨罵的命運，一切聽之而已，即使反將殘剩的自由失去，也天下之常事也。」〔註19〕雖然魯迅自稱不知「運動」，其實在另一種意義上，他以其獨特的策略和方式，抵抗著國民黨政府的專制統治，捍衛著自由、民主和人權。1930 年 5 月，「中國自由運動大同盟」因遭受嚴重的壓迫而無法展開活動，不得不自行解散，魯迅本人也曾因此遭到國民黨政府的通緝，一度被迫離家避難。儘管「自由運動大同盟」存在的時間極為短暫，但如馮雪峰所說，不可否認的一點是，魯迅參加的意義和影響極其重大：「魯迅先生參加『中國自由運動大同盟』，在當時是相當震動社會的；在他本人，這也就是參加了一次實際戰鬥，因為他雖然只出席開了一次會，在宣言上面簽了一個名，但他是抱著嚴肅的態度和戰鬥的決心去參加的，同時這是他公開地宣佈他站在中國共產黨方面了。」〔註20〕

　　毫無疑問，魯迅和「新月派」都追求自由，也都是「在紙上爭自由」，但他們的根本差異就在於反對還是維護既存社會秩序。在魯迅看來，中國社會必須加以改造，無產階級鬥爭在當時具有客觀性、正當性和合理性，如就梁實秋抹殺階級性的論說，他反駁道：「但梁先生卻中了一些『什麼馬克斯』毒了，先承認了現在許多地方是資產制度，在這制度之下則有無產者。不過這『無產者本來並沒有階級的自覺』。是幾個過於富同情心而又態度偏激的領袖把這個階級觀念傳授了給他們」，要促起他們的聯合，激發他們爭鬥的欲念。不錯，但我以為傳授者應該並非由於同情，卻因了改造世界的思想。況且『本無其物』的東西，是無從自覺，無從激發的，會自覺，能激發，足見那是原有的東西。原有的東西，就遮掩不久，即如格里萊阿說地體運動，達爾文說物進化，當初何嘗不或者幾被宗教家燒死，或者大受保守者攻擊呢，然而現在人們對於兩說，並不為奇者，就因為地體終於在運動，生物確也在進化的

〔註19〕 魯迅：《書信・300321・致章廷謙》，《魯迅全集》（第十二卷），人民文學出版社，2005 年，第 225 頁。

〔註20〕 馮雪峰：《黨給魯迅以力量》，《一九二八至一九三六年的魯迅・馮雪峰回憶魯迅全編》，上海文化出版社，2009 年，第 215 頁。

緣故。承認其有而要掩飾爲無，非有絕技是不行的。」〔註21〕所以與「新月派」的「忠告式」批評不同，魯迅堅決抵制蔣介石的獨裁統治，在他看來，「黨國」的實質即是「黨即國家」，這不但與封建專制的「朕即國家」一脈相承，而且也是「法西斯統治」的照搬移植。因爲蔣介石所推崇的一個黨的國家、一個人的國家，在做法上非常近同於希特勒的「納粹主義」（NAZISMUS），而且德國納粹黨（全名爲「德國國家社會主義工人黨」）分化的歷程——希特勒並不相信社會主義，當面對要「國家」還是要「社會」的分歧時，社會主義者便遭到排擠甚至人身迫害——同國共分裂極爲相似。實際上，魯迅對希特勒的法西斯統治是極力反對的，如他就曾批評羅家倫竟然選定希特勒的《我的奮鬥》爲商務印書館的「星期標準書」。〔註22〕

　　因而在某種程度上可以說，魯迅和梁實秋的爭辯，已然超越了純粹的文學歧異，歸根而言是源自於政治傾向的對立，而且所關涉的意義相當重大，甚至關乎著中國社會的未來走向。事實上，梁實秋也意識到他和魯迅的論爭不容輕視，例如就魯迅翻譯的「俄國共產黨中央委員會」議決的《文藝政策》，梁實秋敏銳地感覺到這是「普羅文學運動的一件大事」，「譯成中文之後是爲了要中國普羅文學運動家來奉行的」，並指出其主旨是：「無產階級必須擁護自己的指導底位置，使之堅固，還要加以擴張……在文藝的領域上的這位置的獲得，也應該和這一樣，早晚成爲事實而出現。」於是爲了抵制左翼作家對於「指導底位置」的要求，梁實秋在《新月》上發文《所謂「文藝政策」者》，特意指出「上海的普羅文學運動家所執行的是俄國的文藝政策」。〔註23〕由此可見，梁實秋當年和魯迅論爭時，雖然表面上僅僅是文藝園地中的觀點交鋒，但他多少覺察到這種論爭已關涉到「國家大事」的「嚴重」的發展，而他反對有些左翼人士執行俄國的文藝政策乃至政治政策。

第二節　實驗主義與唯物辨證法

　　雖然梁實秋認爲「新月派」同人的具體觀點各異，並不認同「新月派」

〔註21〕　魯迅：《「硬譯」與「文學的階級性」》，《萌芽月刊》第 1 卷第 3 期，1930 年 3 月 1 日。

〔註22〕　參見何幹（魯迅）：《大小奇蹟》，《海燕》第 1 期，1936 年 1 月。

〔註23〕　參見梁實秋：《所謂「普羅文學運動」》，《梁實秋文集》（第三卷），鷺江出版社，2002 年，第 152～153 頁。

之名：「『新月派』這一頂帽子是自命爲左派的人所製造的，後來也就常被其他的人所使用。」〔註24〕但在魯迅看來，「新月派」背後的政治傾向是一致的：「新月社的聲明中，雖說並無什麼組織，在論文裏，也似乎痛惡無產階級式的『組織』，『集團』這些話，但其實是有組織的，至少，關於政治的論文，這一本（《新月》第2卷第6、7號合本）裏都互相『照應』」〔註25〕。魯迅的判斷基本上是準確的，實際上，「新月派」中的各位儘管志趣各異，但政治立場是近乎一致的，而胡適更被他們視作「領袖」，如梁實秋儘管不承認「新月派」之名，卻也尊胡適爲「領袖」：「『新月』一班人毫無組織，不能算是幫派。胡先生聲名蚤立，而且在我們這一輩中齒德俱隆，不奉他爲魁首，也自然是領袖。」〔註26〕所以論及「新月派」的態度，胡適的意見值得重點審視。

1930年4月12日，「新月派」同人將當年討論的總題擬定爲「我們怎樣解決中國的問題？」，當時有人提議，在討論分題之前發表一篇引論，概述一下他們關於中國問題的「一個根本的態度」，最終推舉胡適執筆作論。次日，胡適便作了《我們走那條路》，表述了「新月派」同人對中國問題的「根本態度」。胡適認爲當時中國應當剷除打倒的「五個大仇敵」依次爲：貧窮、疾病、愚昧、貪污、擾亂，並補充說：「這五大仇敵之中，資本主義不在內，因爲我們還沒有資格談資本主義。資產階級也不在內，因爲我們至多有幾個小富人，那有資產階級？封建勢力也不在內，因爲封建制度早已在二千年前崩壞了。帝國主義也不在內，因爲帝國主義不能侵害那五鬼不入之國。」〔註27〕魯迅對胡適等人的判斷不以爲然，認爲胡適不過是玩「一套『五鬼鬧中華』的把戲」——「這世界上並無所謂帝國主義之類在侵略中國，倒是中國自己該著『貧窮』，『愚昧』……等五個鬼，鬧得大家不安寧」。〔註28〕

儘管胡適並非如魯迅所言，以爲「世界上並無所謂帝國主義之類在侵略中國」，但胡適認爲中國問題的根源在中國內部，如其曾言：「帝國主義爲什

〔註24〕 梁實秋：《憶「新月」》，《梁實秋文集》（第三卷），鷺江出版社，2002年，第55頁。

〔註25〕 魯迅：《「硬譯」與「文學的階級性」》，《萌芽月刊》第1卷第3期，1930年3月1日。

〔註26〕 梁實秋：《〈新月〉前後》，《梁實秋文集》（第三卷），鷺江出版社，2002年，第96～97頁。

〔註27〕 胡適：《我們走那條路》，《新月》第2卷第10號，1929年12月10日。實際出版推遲。

〔註28〕 何家幹（魯迅）：《出賣靈魂的秘訣》，《申報·自由談》，1933年3月26日。

麼不能侵害美國和日本？為什麼偏愛光顧我們的國家？豈不是因為我們受了這五大惡魔的毀壞，遂沒有抵抗的能力了嗎？故即為抵抗帝國主義起見，也應該先剷除這五大敵人。」〔註29〕而與胡適不同，魯迅認為帝國主義、資產階級、封建勢力等都是中國的仇敵。基於這樣的判斷，魯迅諷刺胡適關於太平洋會議任務而發表的新聞談話——「日本軍閥在中國暴行所造成之仇恨，到今日已頗難消除」，「而日本決不能用暴力征服中國」，「日本只有一個方法可以征服中國，即懸崖勒馬，徹底停止侵略中國，反過來征服中國民族的心。」——乃是「預備向『日本朋友』上條陳」，幫助日本非但買到「中國的肉體」，而且同時征服「中國的靈魂」。〔註30〕可以說，魯迅追求的是一種能夠徹底拋卻任何奴役的和平，因而反對胡適等人所期求的或短暫或扭曲的和平。

　　後來胡適對「革命」和「演進」有了更理智的認識，承認「革命」優於「演進」：「革命和演進本是相對的，比較的，而不是絕對相反的。順著自然變化的程序，如瓜熟蒂自落，如九月胎足而產嬰兒，這是演進。在演進的某一階段上，加上人功的促進，產生急驟的變化；因為變化來的急驟，表面上好像打斷了歷史上的連續性，故叫做革命。其實革命也都有歷史演進的背景，都有歷史的基礎。……革命和演進只有一個程度上的差異，並不是絕對不相同的兩件事。變化急進了，便叫做革命；變化漸進，而歷史上的持續性不呈露中斷的現狀，便叫做演進。但在方法上，革命往往多含一點自覺的努力，而歷史演進往往多是不知不覺的自然變化。因為這方法上的不同，在結果上也有兩種不同：第一，無意的自然演變是很遲慢的，是很不經濟的，而自覺的人功促進往往可以縮短改革的時間。第二，自然演進的結果往往留下許多久已失其功用的舊制度和舊勢力，而自覺的革命往往能多剷除一些陳腐的東西。在這兩點上，自覺的革命都優於不自覺的演進。」〔註31〕

　　但是胡適並不贊同當時中國的「革命」，認為主要失誤是方法運用不當。胡適認為「革命的根本方法在於用人功促進一種變化」，而「所謂『人功』有和平與暴力的不同」，但武力暴動「在紛亂的中國卻成了革命的唯一的方法」，渾渾噩噩地亂「革」一氣，結果「人人自居於革命，而革命永遠是『尚未成

〔註29〕　胡適：《我們走那條路》，《新月》第 2 卷第 10 號，1929 年 12 月 10 日。實際
　　　　　出版推遲。
〔註30〕　何家幹（魯迅）：《出賣靈魂的秘訣》，《申報・自由談》，1933 年 3 月 26 日。
〔註31〕　胡適：《我們走那條路》，《新月》第 2 卷第 10 號，1929 年 12 月 10 日。實際
　　　　　出版推遲。

功』，而一切興利除弊的改革都擱起不做不辦」，致使「革命」完全失掉了「用人功促進改革的原意」。〔註 32〕胡適對當時中國國情的分析不無道理，事實上，頻仍的「武力暴動」的確使中國數十年都限於混亂之中。因而，胡適更為肯定「和平的人功促進」，即「宣傳鼓吹，組織與運動，使少數人的主張逐漸成為多數人的主張，或由立法，或由選舉競爭，使新的主張能替代舊的制度」，強調「最要緊的一點是我們要用自覺的改革來替代盲動的所謂『革命』」。〔註 33〕值得注意的是，瞿秋白在 1924 年就揭露了「實驗主義」的本質：

> 實驗主義只能承認一些實用的科學知識及方法，而不能承認科學的真理。實驗主義的特性就在於否認一切理論的確定價值。他是歐洲資本主義社會的實用哲學，尤是「美國主義」。實驗主義竭力綜合整理現代市儈的心理，暗地裏建築成一個系統──雖然他自己是否認一切哲學系統的。

> 市儈所需要的是「這樣亦有些，那樣亦有些」：一點兒科學，一點兒宗教，一點兒道德，一點兒世故人情，一點兒技術知識，色色都全，可是色色都不徹底。這樣才能與世周旋。可是決不可以徹底根究下去；不然呢，所得的結論，便是徹底改造現存制度，而且非用革命方法不可──那多麼可怕呵！現狀是可以改造的，卻不必根本更動現存的制度，只要瑣瑣屑屑，逐段應付好了。所以實驗主義是多元論，是改良派。〔註 34〕

此外，瞿秋白還指出，「實驗主義」否認「絕對的現實」和「客觀的現實」，完全是「唯心論的宇宙觀」，以為一切「真實」只為「思想的方便」（Expedient）而設，一切「正義」亦都只為「行為的方便」而設。〔註 35〕實際上，胡適對「革命」與「演進」的判斷的確受到「實驗主義」的影響。眾所周知，胡適推崇杜威的「實驗主義」（Experimentalism），認為「自從中國與西洋文化接觸以來，沒有一個外國學者在中國思想界的影響有杜威先生這樣大的」，甚至於「在最近的將來幾十年中，也未必有別個西洋學者在中國的影響可以比杜威

〔註32〕 胡適：《我們走那條路》，《新月》第 2 卷第 10 號，1929 年 12 月 10 日。實際出版推遲。
〔註33〕 胡適：《我們走那條路》，《新月》第 2 卷第 10 號，1929 年 12 月 10 日。實際出版推遲。
〔註34〕 瞿秋白：《實驗主義與革命哲學》，《新青年》季刊第 3 期，1924 年 8 月 1 日。
〔註35〕 瞿秋白：《實驗主義與革命哲學》，《新青年》季刊第 3 期，1924 年 8 月 1 日。

先生還大的」。〔註36〕即便遊歷蘇聯期間，胡適曾一度對蘇俄的政治實驗極感興趣，但主要也是緣於蘇俄的政治實驗符合杜威也符合他本人倡導的實驗主義。因為在哲學思想上獨尊實驗主義，所以胡適對唯物辨證法等其他思想一直持反對態度，當陳獨秀介紹唯物辨證法時，胡適就予以反對〔註37〕。1930年，胡適在《介紹我自己的思想》中說道：

> 從前陳獨秀先生曾說實驗主義和辨證法的唯物史觀是近代兩個最重要的思想方法，他希望這兩種方法能合作一條聯合戰線。這個希望是錯誤的。辨證法出於海格爾的哲學，是生物進化論成立以前的玄學方法。實驗主義是生物進化論出世以後的科學方法。這兩種方法所以根本不相容，只是因為中間隔了一層達爾文主義。達爾文的生物演化學說給了我們一個大教訓：就是教我們明瞭生物進化，無論是自然的演變，或是人為的選擇，都由於一點一滴的變異，所以是一種很複雜的現象，決沒有一個簡單的目的地可以一步跳到，更不會有一步跳到之後可以一成不變。辨證法的哲學本來也是生物學發達以前的一種進化理論；依他本身的理論，這個一正一反相毀相成的階段應該永遠不斷的呈現。但狹義的共產主義者卻似乎忘了這個原則，所以武斷的虛懸一個共產共有的理想境界，以為可以用階級鬥爭的方法一蹴即到，既到之後又可以用一階級專政方法把持不變。這樣的化複雜為簡單，這樣的根本否定演變的繼續便是十足的達爾文以前的武斷思想，比那頑固的海格爾更頑固了。」〔註38〕

事實上，胡適不僅贊同達爾文主義的進化論，而且視進化論為實驗主義的重要理論依據。以十九世紀科學發展為參照，胡適認為實驗主義具有兩個根本觀念，一是「科學試驗室的態度」（The Laboratory attitude of mind），即認為「一切『真理』都是應用的假設；假設真不真，全靠他能不能發生他所應該發生的效果」；二是「歷史的態度」（The Genetic method），就是用歷史演進的觀點

〔註36〕 胡適：《杜威先生與中國》，《胡適文集》（第二卷），北京大學出版社，1998年，第 279 頁。

〔註37〕 關於陳胡二人就實驗主義與唯物辨證法的論戰，可參看陳獨秀《科學與人生觀·序》、胡適《答陳獨秀先生》、陳獨秀《答適之》等文章，另可參看人生觀論戰的論文集《科學與人生觀》。

〔註38〕 胡適：《介紹我自己的思想》，《胡適文集》（第五卷），北京大學出版社，1998年，第 508 頁。

來觀察研究對象的來源，考究研究對象的演化，也就是對達爾文生物進化觀的具體應用。〔註 39〕故而胡適以進化論爲界標，贊同實驗主義而反對唯物辨證法。

隨著社會運動的發展和哲學思想的進步，眾多持唯物辨證法立場者對胡適所推崇的實驗主義給予了批評。胡秋原從學理上指出，胡適和其他實驗主義者既不明白達爾文主義：「達爾文進化論並不是完全如博士所說的『一點一滴的變異』，胡博士這樣斷章取義地來歪曲達爾文主義，閹割達爾文主義，已經太苦了，然而霹靂一聲，德・佛理斯的突變論出，什麼人也知道那『一點一滴的』進化以外還有突然變異，而自然歷史上的一切事實，無不證明那可惡的辨證法哲學之眞實，胡先生假造的根據，捏造的護符，已經瞞不著眞理先生的檢查，只得撲通倒地了，這才要叫博士叫苦連天哩」；也根本不懂黑格爾辨證法的眞義：「無論如何，黑格爾哲學中沒有一點折中主義的原子，這是毫無可疑的功績」。而在胡秋原看來，唯物辨證法和生物進化論並不衝突：「達爾文主義與馬克思主義是十九世紀的兩大發現，這兩種學說不僅不相衝突，而且是必須結合起來（再加上哥白尼的太陽系統說），才能構成一個整個的科學宇宙觀。不待言，每個唯物史觀者都對於達爾文抱著無限的敬意……恩格斯在馬克思墓畔的演說中實在最簡潔地說出這兩大思想家的意義了：『達爾文發現了生物界發達之法則，同樣，馬克思發現人類社會上發展的法則了。』」〔註 40〕胡秋原的批評基本上是公允的，因爲胡適對達爾文主義與唯物辨證法之間關係的理解的確存有訛誤，一則，達爾文的生物進化論就是用辨證思維代替形而上學思維而產生的重大發現，就是達爾文極其有力地打擊了形而上學的自然觀，證明了整個有機界，植物和動物，因而也包括人類在內，都是延續了幾百萬年的發展過程的產物；二則，唯物辨證法是馬克思綜合費爾巴哈的唯物論和黑格爾的辨證法而提出的科學方法，它產生於生物進化論提出之後。

除胡秋原外，彭述之不僅將實驗主義定性爲「美國資產階級精神的反映」，只重「實際的利益」，是一種抽象化的「拜金主義」，而且認爲實驗主義主張「一點一滴的演變」的用意，只是爲了奉行美國式的「改良主義」：「可見實驗主義者此種混淆『演進與革命』的區分，其用意不外是企圖根本否認

〔註39〕 胡適：《實驗主義・引論》，《新青年》第 6 卷第 3 號，1919 年 4 月。
〔註40〕 胡秋原：《貧困的哲學》，《讀書雜誌》第 1 卷第 3 期，1931 年 6 月 1 日。

『革命』，而證明只有『演進』即只有『改良』，這對於已經統治全社會的資產階級，特別是已經差不多統治全世界的美帝國主義的資產階級，當然是十分有利益的。」〔註41〕較之彭述之，雷仲堅更明確地推論道：「他（胡適）與他國的改良主義者一樣，都假借達爾文主義的旗幟，來作他們反對社會主義的護符。」〔註42〕此外，王禮錫也指出，胡適的實驗主義否認突變，不過是脫離社會實際狀況的「非科學的」方法論：「他絕不瞭解貧與富，疾病與健康等等之對立。他絕不瞭解美國地下工人和煤油大王之間的生活的懸隔。他絕不瞭解在這些世界中帝國主義和殖民地半殖民地怎樣在發展他們的矛盾，在帝國主義國家中，資產階級與無產階級怎樣在發展他們的矛盾。他絕不瞭解也絕不願瞭解這些矛盾將怎樣用突變——革命的方式去解決！所以實驗主義的科學方法論是非科學的；實驗主義的科學方法是不能解決問題的，他只能引導假的思想的入於迷途。」〔註43〕

　　雖然魯迅並未直接批評胡適的實驗主義，但他對唯物辨證法等已經了然。如1928年2月5日，魯迅在內山書店購得日文版的恩格斯《社會主義從空想到科學的發展》，而恩格斯在該書中分析馬克思主義的三大來源（分別為德國古典哲學、英國古典政治經濟學和空想社會主義）時，就清晰而又概要地梳理了進化論、辨證法、共產主義等理論思想。〔註44〕除此之外，魯迅亦閱讀了其他關於唯物辨證法的書籍，而他對唯物辨證法是給予認同的，還曾推薦徐懋庸閱讀《唯物辨證法講話》和《史的唯物論》。〔註45〕

第三節　蘇聯模式抑或英美憲政？

　　1922年，胡適作文《五十年來之世界哲學》，其中第七部分「五十年的政治哲學的趨勢」由高一涵代作。高一涵認為「自一八八○年以後，社會主義

〔註41〕彭述之：《評胡適之的實驗主義與改良主義》，《讀書雜誌》第2卷第1期，1932年1月30日。

〔註42〕雷仲堅：《辨證法及進化論在歷史上及理論上之比較的研究——評胡適博士論辨證法》，《新社會雜誌》第1卷第2期，1931年4月。

〔註43〕王禮錫：《思想方法論》，《讀書雜誌》第2卷第1期，1932年1月30日。

〔註44〕參見〔德〕恩格斯：《社會主義從空想到科學的發展》，〔德〕馬克思、恩格斯著，中共中央馬克思恩格斯列寧斯大林著作編譯局譯：《馬克思恩格斯全集》（第十九卷），人民出版社，1963年。

〔註45〕參見魯迅：《書信‧331220‧致徐懋庸》，《魯迅全集》（第十二卷），人民文學出版社，2005年，第526頁。

已經盛行」，並呈現爲「激烈」與「穩健」兩型：「激烈的社會主義如馬克思（Karl Marx）一派，極力的主張階級戰爭；穩健的社會主義如英國 Fabians，又極力的主張改革。這兩派的主張雖然不同，但是有一個共同之點：就是都想把經濟生活完全放在國家或社會的支配之下」。〔註46〕嚴格說來，高一涵、胡適所謂的「穩健的社會主義」其實並非「社會主義」，而是「自由主義」的「社會化」。雖然「社會主義」和「自由主義」的「社會化」最終「都想把經濟生活完全放在國家或社會的支配之下」，但兩者的具體實現路徑是截然不同的，「社會主義」欲徹底打破原有的制度框架，並導向共產主義，而「自由主義」的「社會化」主張維繫原有的制度框架、反對階級鬥爭。然而，胡適一直視「自由主義」的「社會化」爲「社會主義」，後來還將其命名爲「新自由主義」或「自由的社會主義」：「……採用三百年來『社會化』（Socializing）的傾向，逐步擴充享受自由幸福的社會。這方法，我想叫他做『新自由主義』（New Liberalism）或『自由的社會主義』（Liberal Socialism）。」〔註47〕

爲了踐行「新自由主義」，胡適甚至行動起來組一政黨：「我想，我應該出來作政治活動，以改革內政爲主旨，可組一政黨，名爲『自由黨』。充分的承認社會主義的主張，但不以階級鬥爭爲手段。」〔註48〕究其原因，胡適認爲「自由主義」的「社會化」乃是世界發展的大勢所趨。1934 年底，胡適對20 世紀的世界發展大勢曾做過如下的概括：「這個新發展的最可注意之點在於無產階級的政治權力的驟增，與民主政治的社會化的大傾向」，「前者的表現實例，有蘇俄的無產階級專政，有英國的勞工黨的兩度執政」，而「一切『社會』的立法，都是民主政治社會化的表現」。並且在胡適看來，前者將是後者的發展趨向，如其所言：「大戰之後，這個趨勢繼續發展，就使許多民治國家呈現社會主義化的現象」；「凡能放大眼光觀察世變的人，都可以明白 18、19世紀的民主革命，和 19 世紀中葉以後的社會主義運動，並不是兩個相反的潮流，乃是一個大運動的兩個相連貫又相補充的階段；乃是那個民治運動的兩個連續的大階段」。〔註49〕

〔註46〕胡適：《五十年來之世界哲學》，《胡適文存 二集》，合肥：黃山書社，1996年，第 277 頁。

〔註47〕胡適：《歐遊道中寄書·五》，《胡適文集》（第四卷），北京大學出版社，1998年，第 47 頁。

〔註48〕胡適：《胡適日記全編》（第四卷），安徽教育出版社，2001 年，第 239 頁。

〔註49〕胡適：《一年來關於民治與獨裁的討論》，《胡適文集》（第十一卷），北京大學

　　胡適之所以主張在社會運動中應當提倡「階級互助」而反對「階級鬥爭」，原因是胡適認為，階級鬥爭「無形中養成一種階級的仇視心，不但使勞動者認定資本家為不能並立的仇敵，並且使許多資本家也覺得勞動者真是一種敵人」，不止於此，「這種仇視心的結果，使許多建設的救濟方法成為不可能，使歷史上演出許多本不須有的慘劇」。〔註50〕因此，當徐志摩等人問及可有「那比較平和比較犧牲小些」的方法時，時在歐遊途中的胡適答複道，應當「避免『階級鬥爭』的方法，採用三百年來『社會化』的傾向……」〔註51〕不可否認，希望實現無產階級的自由與解放，這也是胡適期想的美好理念。胡適曾言：「歷史上的自由主義傾向是漸漸擴充的。先有貴族階級爭自由，次有資產階級爭自由，今則為無產階級爭自由。」〔註52〕但是，較之於蘇俄式激烈的階級鬥爭，胡適更贊同美國式漸進的社會改革，他曾明言道：「我可以武斷地說：美國是不會有社會革命的，因為美國天天在社會革命之中。這種革命是漸進的，天天有進步，故天天是革命。」他得出這樣的論斷，一是基於美國富豪繳納的稅額提升了社會福利，二是企業所有制的股份化，使得「人人都可以做有產階級，故階級戰爭的煽動不發生效力」。〔註53〕加之胡適認為，法國革命和俄國革命「表面上可算是根本解決了，然而骨子裏總逃不了那枝枝節節的具體問題；雖然快意一時，震動百世，而法國與俄國終不能不應付那一點一滴的問題」〔註54〕。所以，胡適懷持著美好的政治理念，反對激烈的階級鬥爭，主張從上而下來推進改革，逐步實現英美式的憲政。〔註55〕1926

　　　　出版社，1998年，第512頁。

〔註50〕　胡適：《問題與主義・四論問題與主義》，《胡適文集》（第二卷），北京大學出版社，1998年，第277頁。

〔註51〕　胡適：《歐遊道中寄書・五》，《胡適文集》（第四卷），北京大學出版社，1998年，第47頁。

〔註52〕　胡適：《胡適日記全編》（第四卷），安徽教育出版社，2001年，第239頁。

〔註53〕　胡適：《漫遊的感想・三　一個勞工代表》，《胡適文集》（第四卷），北京大學出版社，1998年，第33頁。

〔註54〕　胡適：《這一周・一》，《胡適文集》（第三卷），北京大學出版社，1998年，第401頁。

〔註55〕　「如果說清末民初30年間，經康有為、嚴復和胡適、陳獨秀這兩代人的努力，在一部分文化人中間，確實形成了一套以救世為宗旨，以歐美和日本為榜樣，深具樂觀意味的思想話語，那麼，由於20年代以後中國社會內外環境諸種要素的持續作用，這套話語還逐漸生長為一個新的文化傳統主幹。」王曉明、陳思和：《知識分子的新文化傳統與當代立場》，《當代作家評論》，1997年第2期。

年，胡適在遊歷英國期間曾拜訪羅素，羅素當時對於 Dictatorship（專政）的意見令胡適感到詫異。在 10 月 17 日的日記中，胡適記到：「奇怪的很，他說蘇俄的 Dictatorship（專政）辦法是最適用於俄國和中國的。他說，這樣的農業國家之中，若採用民治，必鬧的稀糟，遠不如 Dictatorship 的法子。我說，那我們愛自由的人卻有點受不了。他說，那只好我們自己犧牲一點了。」然後，胡適又添了一句：「此言也有道理，未可全認為不忠恕。」〔註56〕其實當時胡適的朋友任鴻雋就對其看法表示質疑，任鴻雋在致胡適的信中寫道：「依我的觀察，迷信『底克推多』是由不信『德謨克拉西』來的，而現時俄國式的勞農專制，正與美國式的『德謨克拉西』決勝於世界的政治舞臺。」〔註57〕

　　一定意義上，即如孫郁所說：「胡適不能說是沒有獨立精神的人，但他卻不能像魯迅那樣走向黑暗的深谷，與陳腐的權貴徹底決裂。胡適的獨立意志的表達方式，常常是利用現政權的縫隙，或者說利用已有的社會機體，進行漸進的變革。」〔註58〕而問題在於，一則國民黨當局代表的是資產階級的利益，同中國社會底層的勞苦大眾是相互對立的，胡適期想通過扶持國民黨當局來漸進地推行改革，其實高估了中國當時掌權者的能量氣度；二則中國社會底層的勞苦大眾還掙扎在生存線上，更何談民主、自由。因而，胡適主張的英美式憲政的政治理念雖然美好，但脫開了中國社會的實際狀況，實則僅僅停留於純學理層面的籀繹推演。

　　魯迅了然當時「所住的是怎樣的國度」，縱然在帝國主義的政治和經濟侵略日益加劇之際，國民黨當局卻忙於殺害共產黨，而上海華界飄蕩的是留聲機戲和打牌聲。為了讓世人明白當時中國的社會實況，1928 年，當共產黨備受打壓之際，他曾剪貼了這樣一則南洋兄弟煙草公司的「特別啟事」：

> 凡事可做，共黨莫為。打倒共黨，就是革命底成功。只要不是共黨，一切都可來。新國家主義者也好，舊國家主義者也好，西山派主義者也好，無政府主義者也好。今日之中國，包羅萬象，但 C.P.Being the Exception，莫說 C.P.該死，C.P.的本身就是一個炸彈，危險危險，商務印書館也危險呢。南洋兄弟煙草公司也危險呢。煙

〔註56〕胡適：《胡適日記全編》（第四卷），安徽教育出版社，2001 年，第 394 頁。
〔註57〕任鴻雋：《任鴻雋致胡適》，《胡適來往書信選》（上），中華書局，1979 年，第 411 頁。
〔註58〕孫郁：《魯迅與胡適的兩種選擇》，謝泳編：《胡適還是魯迅》，北京：中國工人出版社，2003 年，第 297 頁。

盒紙殼內層裏，印有 C.P.兩字是多麼危險啊！登報聲明以免誤會，
實不容再緩矣。再不快一點，刀架到頭上來了。〔註59〕

因爲 Communist Party（共產黨）的縮寫爲 C.P.，Commercial Press（商務印書
館）的縮寫也爲 C.P.，該煙草公司的包裝紙上也印有 C.P.，故而商務印書館、
南洋煙草公司都處於危險之中，於是爲了自保，該煙草公司特意登了一則這
樣的「特別啓事」。由這樣一則「特別啓事」可見，世人非但不反抗國民黨當
局的暴行，反而爲求苟安，對共產黨唯恐避之而不及。

　　魯迅和胡適都承認階級對立，但不同於胡適主張「階級互助」，魯迅贊同
和支持「階級鬥爭」。眾所周知，魯迅也信奉進化論，贊同「一點一滴的變異」，
但是他並不因此而否定「突然變異」，而當他認識到，只有順應世界無產階級
革命發展的大潮，支持無產階級反抗資產階級，才能根本改變中國面貌後，
他更堅定「改革最快的是火與劍」〔註60〕的想法。因而，不同於胡適推重英
美式的憲政，魯迅視蘇俄爲無產階級解放的楷模，贊同蘇俄式的無產階級專
政。1932 年，對於一位記者的「警告」──「蘇聯是無產階級專政的，智識
階級就要餓死」，魯迅反駁道：「無產階級專政，不是爲了將來的無階級社會
麼？只要你不去謀害它，自然成功就早，階級的消滅也就早，那時就誰也不
會『餓死』了。」〔註61〕正因爲贊同無產階級專政的用意和趨向，因而魯迅
對無產階級專政持擁護和捍衛的態度，這可較爲鮮明地見於魯迅對「吉訶德
主義」的批駁。

　　對於盧那察爾斯基的劇作《解放了的堂‧吉訶德》（瞿秋白譯），魯迅在
1933 年 10 月 28 日所作的「後記」中指出，其優點在於「極明白的指出了吉
訶德主義的缺點，甚至於毒害」，即劇作第一場所展現的，吉訶德「用謀略和
自己的挨打救出了革命者，精神上是勝利的；而實際上也得了勝利，革命終
於起來，專制者入了牢獄；可是這位人道主義者，這時忽又認國公們爲被壓
迫者了，放蛇歸壑，使他又能流毒，焚殺隱掠，遠過於革命的犧牲。」亦即
當革命之際，吉訶德偏忘卻曾經遭受的壓迫，倒說「新的正義也不過是舊的
正義的同胞姊妹」，認爲革命者也是魔王，等同於先前的專制者。針對吉訶德

〔註59〕　《南洋兄弟煙草公司特別啓事》，轉引自魯迅：《〈剪報一斑〉拾遺》，《語絲》
　　　　　第 4 卷第 37 期，1928 年 9 月 10 日。
〔註60〕　魯迅：《書信‧250408‧致許廣平》，《魯迅全集》（第十一卷），人民文學出版
　　　　　社，2005 年，第 475 頁。
〔註61〕　魯迅：《我們不再受騙了》，《北斗》第 2 卷第 2 期，1932 年 5 月 20 日。

主義的缺點，在第六場中，革命者德里戈反駁道：「是的，我們是專制魔王，我們是專政的。你看這把劍——看見罷？——它和貴族的劍一樣，殺起人來是很準的；不過他們的劍是爲著奴隸制度去殺人，我們的劍是爲著自由去殺人。你的老腦袋要改變是很難的了。你是個好人；好人總喜歡幫助被壓迫者。現在，我們在這個短期間是壓迫者。你和我們來鬥爭罷。我們也一定要和你鬥爭，因爲我們的壓迫，是爲著要叫這個世界上很快就沒有人能夠壓迫。」在魯迅看來，德里戈的言論不僅「解剖得十分明白」，而且「德里戈的嘲笑，憎惡，不聽廢話，是最爲正當的了，他是有正確的戰法，堅強的意志的戰士」。〔註62〕

第四節　「上本位」與「下本位」

　　1927 年，國民黨北伐成功，後來「東北易幟」，全國形式上實現了統一。於是，遵照孫中山的「革命程序論」〔註63〕，1928 年 10 月 10 日，國民黨宣佈進入「訓政」時期，提出「以黨治國」的口號，聲稱「以政權付託於中國國民黨之最高權力機關」，並且，最高監督之權力「仍屬之於中國國民黨」。顯然，國家大權悉歸國民黨掌控，但國民黨卻宣稱「訓政」是「爲求達訓練國民使用政權，弼成憲政基礎之目的」，不止於此，「於必要時，得就於人民之集會、結社、言論、出版等自由權，在法律範圍內加以限制」。通常而言，憲法非但不在限制人民的集會、結社、言論、出版等自由權，而且保護人民的這些自由權。次年 1 月，國民黨中央還頒佈《宣傳品審查條例》，規定凡「反對或違背本黨主義政綱政策及決議案者」，均爲「反動宣傳品」，應予「查禁查封或究辦之」。隨後，書店、出版社、學校遭到查封，進步書刊遭到查禁，自由、民主、人權遭到踐踏。

　　1927 年，胡適從歐洲回到上海，出任中國公學的校長，他對國民黨政府是認同的，不過希望當局能夠容忍言論自由。但是推行「訓政」的南京政府，

〔註62〕　魯迅：《集外集拾遺·〈解放了的堂·吉訶德〉後記》，《魯迅全集》（第七卷），人民文學出版社，2005 年，第 420～422 頁。
〔註63〕　1906 年，孫中山提出「革命程序論」，將中國革命分爲三階段：第一階段爲「軍法之治」，軍隊爲人民破敵，行政權歸軍政府；第二階段爲「約法之治」，軍隊和人民約法三章，軍政府總攬國家大權，人民擁有地方自治權；第三階段爲「憲法之治」，軍政府解除權柄，國事俱按憲法實行。後來，孫中山多次闡發此思想，最終形成了一個「軍政、訓政、憲政」的三段論。

強制推行一黨專政，教條地推行「三民主義」，要求思想統一，完全不能接受批評言論。於是在胡適看來，此種專制統治實爲「五四」新文化運動的倒退，所以在國民黨宣佈進入「訓政」幾個月後，胡適、羅隆基等人以《新月》雜誌爲依託，從出版第 2 卷第 2 號起，發表系列論「人權」的文章，向國民黨的「黨治」提出挑戰。而具體的探討方式，胡適是站在西方文化學者的立場來討論人權，關於此，他在《新文化運動與國民黨》中曾做過如下說明：

> 新文化運動的一件大事業就是思想的解放。我們當日批評孔孟，彈劾程朱，反對禮教，否認上帝，爲的是要打倒一尊的門戶，解放中國的思想，提倡懷疑的態度和批評的精神而已。但共產黨和國民黨合作的結果，造成了一個絕對專制的局面，思想言論完全失了自由。上帝可以否認，而孫中山不許批評。禮拜可以不做，而總理遺囑不可不讀，紀念周不可不做。一個學者編了一部歷史教科書，裏面對於三皇五帝表示了一點懷疑，便引起了國民政府諸公的義憤，便有戴季陶先生主張要罰商務印書館一百萬元！一百萬元雖然從寬豁免了，但這一部很好的歷史教科書，曹錕吳佩孚所不曾禁止的，終於不准發行了！〔註64〕

> 新文化運動的根本意義是承認中國舊文化不適宜於現代的環境，而提倡充分接受世界的新文明。但國民黨至今日還在那裡高唱「抵制文化侵略」！還在那裡高談「王道」和「精神文明」！還在那裡提倡「國術」和「打擂臺」！〔註65〕

因此，基於新文化運動的立場〔註66〕，胡適認爲國民黨是反動的，而他本人

〔註64〕 胡適：《新文化運動與國民黨》，《人權論集》，新月書店，1930 年，第 124 頁。
〔註65〕 胡適：《新文化運動與國民黨》，《人權論集》，新月書店，1930 年，第 126 頁。
〔註66〕 在新文化運動時，「胡適提倡白話文，使白話、語體文成爲學術上、政治上文章的主要形式，其影響是非常重大的」。（張岱年：《論胡適》，《張岱年全集》（第八卷），河北人民出版社，1996 年，第 544 頁。）胡適也因新文化運動而爆得大名，他一再追溯和引據新文化運動，其中實則寓有很強的自況之味。有論者曾指出，胡適的《說儒》隱含地表達了他對很多文化主義的回應，並很有一些文化自況的味道。如「從一個亡國民族的教士階級，變到調和三代文化的師儒；用吾從周的博大精神，擔起了仁以爲己任的絕大使命——這是孔子的新儒教」，所以，「儒的中興，其實是儒的放大」，「孔子的偉大貢獻正在這種博大的擇善的新精神，他是沒有那狹義的畛域觀念的」。文辭背後儼然流蕩著胡適站在二十世紀勾畫東西文化交合的聲響。另如，「到了孔子，他對自己有絕大信心，對他領導的文化教育運動也有絕大信心」，「所以他自己沒

關於人權的意見，不過是「一個負責任的學者說幾句負責任的話，討論一個中國國民應該討論的問題」〔註67〕。胡適的想法很單純，他對於國民黨的批評，不是出於「革命主義者」的立場，而是站在「啓蒙主義者」的角度，〔註68〕不曾摻雜黨派主張或政治意味，故而主要用意不在反對國民黨，而在是抱著新文化運動時介紹「賽恩斯」（科學）的精神來介紹「德謨克拉西」（民主），〔註69〕期想促使國民黨當局推進改革，實行法治與人道主義。關於此，梁實秋回憶的一個事例可供佐證，他說：「胡先生編了一本《宋人話本八種》，由亞東出版，裏面有一篇《海陵王無道荒淫》。巡捕房認為有傷風化，徑予沒收。胡先生很不謂然，特去請教在英國學過法律的鄭天錫先生，知道『沒收』是附帶處分，如果被告沒有罪刑，便不應該發生附帶處分的可能。可見胡先生是非常注意法律程序的。」〔註70〕胡適本人在1929年時曾明確表白了他們的意圖：「我們不想組織政黨，不想取什麼政黨而代之，故對現在已得中國政治權的國民黨，我們只有善意的期望與善意的批評。我們期望它努力做的好。因為我們期望它做的好，故願意時時批評它的主張，組織，和實際的行為。批評的目的是希望它自身改善。」〔註71〕此外，1931年1月18日，胡適還寫信給蔣介石的侍從室主任陳布雷，稱為了求得「一個初步的共同認識」，必須「互相認識」，並託人轉呈已出的《新月》雜誌兩份，一份給陳布雷，一份給

有那種亡國遺民的柔遜取容的心理」，「有教無類，這四個字在今日好像很平常，但在兩千五百年前，這樣平等的教育觀必定是很震動社會的一個革命學說」。所以，雖然是胡適評價孔子，但處處流露著他本人關於新文化運動的自況。（季蒙、程漢：《胡適〈說儒〉疏說》，《讀書》，2013年第6期。）

〔註67〕 胡適：《新文化運動與國民黨》，《人權論集》，新月書店，1930年，第125頁。

〔註68〕 如殷海光曾指出：「如果說胡適先生是昏沉的中國之現代的啓蒙導師，這話並不為過。胡適先生不是一個革命主義者，但卻是一位十足的啓蒙主義者。無論就他的行為看，就他的言論看，都很積極地表現了他在中國啓蒙運動中所起的創導作用。當然，最大的例證，要算白話文運動。」殷海光：《胡適思想與中國前途》，謝泳編：《胡適還是魯迅》，北京：中國工人出版社，2003年，第6頁。

〔註69〕 胡適等人的《人權論集》出版後不久，1933年伍啓元就曾指出：「總觀他們這一次的人權運動，若果說他們是反對國民黨，無寧說他是介紹西洋文明的『德先生』」。伍啓元：《中國新文化運動概觀》，黃山書社，2008年，第118頁。

〔註70〕 梁實秋：《憶「新月」》，《梁實秋文集》（第三卷），鷺江出版社，2002年，第62頁。

〔註71〕 胡適：《我們對於政治的主張》，《胡適文集》（第十一卷），北京大學出版社，1998年，第165頁。

蔣介石。〔註72〕

　　儘管胡適稱其反對「訓政」的「人權運動」出於一片「善意」，但國民黨當局並不予以領受：明令蔣夢麟簽發對胡適的「警告令」，撤去中國公學校長一職；出版《評胡適反黨義近著》，動員國民黨員批判胡適；發密令禁售和銷毀《新月》，查禁《人權論集》。結果，1930 年 11 月，胡適不得不舉家北遷，重回北大任教。然而，儘管胡適此時被國民黨政府視爲政敵，但是不足一年，胡適便成爲國民黨政府的諍友，1931 年 11 月 11 日，胡適接受了宋子文的財政委員會委員一職，作爲教育家代表參加委員會，逐漸進入蔣介石的圈子。胡適這一轉折的根本原因，即如汪榮祖所言，胡適在「革命中國」——汪榮祖認爲辛亥革命至文化大革命間的中國可謂作一個「革命中國」(The revolution of China)——期間選擇與當政者建立關係，目的是想從體制內來改變威權體制，實現民主自由。〔註73〕

　　而與胡適等人立足於「上本位」來從上而下地推進中國改革不同，左翼革命家卻注重立足於「下本位」來從下而上的展開階級鬥爭，推翻國民黨政府，實現眞正的平等和自由。對於胡適等人倡導的「人權運動」，瞿秋白明確地反駁道，胡適所謂的「人權」不過是意欲「粉飾一下反動的統治」，所做的演講等等也仍不過是實行其所主張的「實驗主義」，在實質上類同於孟子等爲權貴服務的政客，借仁義道德之名，行輔助腐敗政權之實，〔註74〕因爲胡適雖要求「自由」，但卻變相地保障著「復辟的自由」或者「屠殺大衆的自由」。〔註75〕一定意義上甚至可以說，在瞿秋白看來，胡適等人就是中國的「假堂吉訶德」〔註76〕。魯迅沒有直接評議「人權運動」，但他卻巧妙地揭露了胡適等爲國民黨獻殷勤的實際意圖，這從劉文典被蔣介石拘禁一事上可窺一斑。

〔註72〕參見胡適：《胡適致陳布雷（稿）》，中國社會科學院近代史研究所中華民國史組編：《胡適來往書信選》（中），中華書局，1979 年，第 40 頁。

〔註73〕參見汪榮祖：《當胡適遇到蔣介石——論自由主義的挫摺》，《北京大學研究生學志》，2012 年第 1 期。

〔註74〕幹（瞿秋白）：《王道詩話》，《申報·自由談》，1933 年 3 月 6 日。

〔註75〕何家幹（瞿秋白）：《透底》，《申報·自由談》，1933 年 4 月 19 日。

〔註76〕1933 年 4 月 11 日，瞿秋白在《眞假堂吉訶德》文中曾言：「中國的江湖派和流氓種子，卻會愚弄吉訶德式的老實人，而自己又假裝著堂·吉訶德的姿態」，實際上，「眞吉訶德的做傻相是由於自己愚蠢，而假吉訶德是故意做些傻相給別人看，想要剝削別人的愚蠢。」參見洛文（瞿秋白）：《眞假堂吉訶德》，《申報月刊》第 2 卷第 6 號，1933 年 6 月 15 日。

胡適在其倡導「人權運動」的首篇文章《人權與約法》中，曾以劉文典事為例提出抗議：

> 又如安徽大學的一個校長，因為語言上頂撞了蔣主席，遂被拘禁了多少天。他的家人朋友只能到處奔走求情，決不能到任何法院去控告蔣主席。只能求情而不能控訴，這是人治，不是法治。〔註77〕

胡適的文字雖然針對的是蔣介石，但魯迅對胡適批蔣的用意並不以為然：

> 安徽大學校長劉文典教授，因為不稱「主席」而關了好多天，好容易才交保出外，老同鄉，舊同事，博士當然是知道的，所以，「我稱他主席」！〔註78〕

在魯迅看來，胡適的批評，與其說是出於反蔣，不如說是為了護蔣。1933年，「中國民權保障同盟會」成立，蔡元培和宋慶齡為正副會長，魯迅和楊杏佛、林語堂等為執行委員，同盟的宗旨是借孫中山的「民權」來對抗蔣介石的專制統治，具體的工作是抗議逮捕共產黨員以及抗議殺害或刑戮不同政見者等。蔣介石不敢對蔡元培、宋慶齡等人動毒手，便指使特務殺害同盟總幹事楊杏佛，藉以警告蔡元培、宋慶齡等人。6月18日，楊杏佛被國民黨特務槍擊而亡，當日魯迅在致曹聚仁的信中無奈地感歎道：「近來的事，其實也未嘗比明末更壞，不過交通既廣，智識大增，所以手段也比較的綿密而且惡辣。然而明末有些士大夫，曾捧魏忠賢入孔廟，被以袞冕，現在卻還不至此，我但於胡公適之之侃侃而談，有些不覺為之顏厚有忸怩耳。但是，如此公者，何代蔑有哉。」〔註79〕可見，魯迅認為胡適同蔣介石談「人權」而置「民權」於不顧，完全是不辨是非善惡而為蔣介石的黑暗統治效力。

在倡導「人權運動」之外，1930年前後，胡適、羅隆基等在《新月》上又重提「好人政府」的主張。1922年，在關於中國社會如何改革的問題上，胡適等人曾主張在上層建立「好人政府」，認為政治改革的「目標」和「唯一下手工夫」分別為：「我們以為現在不談政治則已，若談政治，應該有一個切實的，明瞭的，人人都能瞭解的目標。我們以為國內的優秀分子，無論他們理想中的政治組織是什麼，（全民政治主義也罷，基爾特社會主義也罷，無政

〔註77〕 胡適：《人權與約法》，《新月》第2卷第2號，1929年4月10日。
〔註78〕 佩韋（魯迅）：《知難行難》，《十字街頭》第1期，1931年12月11日。
〔註79〕 魯迅：《書信·330618·致曹聚仁》，《魯迅全集》（第十二卷），人民文學出版社，2005年，第404頁。

府主義也罷）現在都應該平心降格的公認『好政府』一個目標，作爲現在改革中國政治的最低限度的要求」；「今日政治改革的第一步在於好人須要有奮鬥的精神。凡是社會上的優秀分子，應該爲自衛計，爲社會國家計，出來和惡勢力奮鬥。」〔註80〕瞿秋白對「好政府」的主張持有異議，曾經指出：「中國政治的發展，社會裏各種力量的形勢，依社會變易的定律，是否容許好政府式的救中國，也應當考慮一下。」〔註81〕但事實上，「好政府」卻是「新月派」一直提倡的一種醫治「現狀」的藥方。例如，梁實秋曾強調不滿於現狀的人不能僅止於「冷嘲熱諷的發表一點『不滿於現狀』的雜感」，還應該「更進一步的誠誠懇懇去求一個積極醫治『現狀』的藥方」，而他例舉的藥方爲：「三民主義是一副藥，共產主義也是一副藥，國家主義也是一副藥，無政府主義也是一副藥，好政府主義也是一副藥。」〔註82〕

就梁實秋所開列的「好政府主義」藥方，魯迅質疑道：「梁先生所謙遜地放在末尾的『好政府主義』，卻還得更謙遜地放在例外的，因爲自三民主義以至無政府主義，無論它性質的寒溫如何，所開的究竟還是藥名，如石膏，肉桂之類，——至於服後的利弊，那是另一個問題。獨有『好政府主義』這『一副藥』，他在藥方上所開的卻不是藥名，而是『好藥料』三個大字，以及一些嘮嘮叨叨的名醫架子的『主張』。」〔註83〕而與「新月派」主張建立上層的「好人政府」不同，魯迅的著眼點是底層社會的廣大民眾，並且他知曉民眾雖然愚昧，但卻「巧滑」，如其曾言，「體質和精神都已硬化了的人民，對於極小的一點改革，也無不加以阻撓，表面上好像恐怕於自己不便，其實是恐怕於自己不利，但所設的口實，卻往往見得極其公正而且堂皇。」因此，魯迅認爲所謂「改革」並非高談闊論的空中樓閣，因爲「多數的力量是偉大，要緊的，有志於改革者倘不深知民眾的心，設法利導，改進，則無論怎樣的高文宏議，浪漫古典，都和他們無干，僅止於幾個人在書房中互相欣賞，得些自己滿足。假如竟有『好人政府』，出令改革乎，不多久，就早被他們拉回舊道上去了。」所以，魯迅認爲眞正的革命者應當注意改變浸染民眾的「風俗」和「習慣」，他例舉列寧業已認識到改革「風俗」和「習慣」的困難，

〔註80〕　胡適：《我們的政治主張》，《努力週報》第 2 期，1922 年 5 月 14 日。
〔註81〕　瞿秋白：《實驗主義與革命哲學》，《新青年》季刊第 3 期，1924 年 8 月 1 日。
〔註82〕　梁實秋：《「不滿於現狀」，便怎樣呢？》，《新月》第 2 卷第 8 期，1929 年 10 月 10 日。
〔註83〕　魯迅：《「好政府主義」》，《萌芽月刊》第 1 卷第 5 期，1930 年 5 月 1 日。

但魯迅堅持認為，「倘不將這些改革，則這革命即等於無成，如沙上建塔，頃刻倒壞。」

魯迅的上述判斷基於他對中國社會歷史變革和國民性的深刻體認，如他曾提到：「中國最初的排滿革命，所以易得響應者，因為口號是『光復舊物』，就是『復古』，易於取得保守的人民同意的緣故。但到後來，竟沒有歷史上定例的開國之初的盛世，只枉然失了一條辮子，就很為大家所不滿了。」於是，「以後較新的改革，就著著失敗，改革一兩，反動十斤」〔註84〕顯然，魯迅知曉中國文化系統本身具有強勁的穩定性〔註85〕，鑒於此，他告誡有志於改革者：

> 別的事也如此，倘不深入民眾的大層中，於他們的風俗習慣，加以研究，解剖，分別好壞，立存廢的標準，而於存於廢，都慎選施行的方法，則無論怎樣的改革，都將為習慣的岩石所壓碎，或者只在表面上浮游一些時。
>
> 現在已不是在書齋中，捧書本高談宗教，法律，文藝，美術……等等的時候了，即使要談論這些，也必須先知道習慣和風俗，而且有正視這些的黑暗面的勇猛和毅力。因為倘不看清，就無從改革。僅大叫未來的光明，其實是欺騙怠慢的自己和怠慢的聽眾的。〔註86〕

〔註84〕 參見魯迅：《習慣與改革》，《萌芽月刊》第1卷第3期，1930年3月1日。
〔註85〕 關於此，葛兆光和福柯的解釋有助於我們理解魯迅的看法。葛兆光認為：「所謂『天人合一』，其實是說『天』（宇宙）與『人』（人間）的所有合理性在根本上建立在同一個基本的依據上。它實際上是古代中國知識與思想的決定性的支持背景，儘管古代中國關於天象的知識雖然在長時期中並不直接干預思想，但是，作為思想的支持背景，它卻是至關重要的，在這個背景中，延續和籠罩一個文化時代的知識和思想系統被建立起來，它在一段時期內會呈現出絕對的穩定性，在這個根基上，人們運用思考、聯想和表述，知識與思想通過語詞似乎完美地表達著世界的秩序和存在的秩序，因為在一個時代中，知識與思想總是需要而且擁有統一的秩序，但是一旦這種根基被動搖，秩序被攪亂，知識與思想就會失去理解和解釋世界的有效性。」葛兆光：《中國思想史·導論》，復旦大學出版社，2001年，第47頁；福柯曾說，古典類型的知識體系，在其一般的配置上，可以解釋為一種數理原則，一部分類方式和一種生成分析的聯結系統……在其中心，它形成一個圖表，某種知識展現在其中的某個系統中，這就是一種秩序，而人們思想上的各種劇烈爭論，也就在這種有秩序的系統中很自然地得到平息。Michel Foucault: *The Order of Things: An Archaeology of the Human Siences*（《詞與物——人文科學的考古學》），New York: Vintage / Random House, 1973, pp74-75.
〔註86〕 魯迅：《習慣與改革》，《萌芽月刊》第1卷第3期，1930年3月1日。

顯然，魯迅的目光直接投向底層社會的廣大民眾，故而主張「改革」應當從根柢上革新中國的文化傳統和中國的國民性，認為惟有通過新「人」才能創建新的社會。可以說，魯迅注目到葛兆光所謂的「一般知識與思想」，即「最普遍的、也能被有一定知識的人所接受、掌握和使用的對宇宙現象與事物的解釋，這不是天才智慧的萌發，也不是深思熟慮的結果，當然也不是最底層的無知識人的所謂『集體意識』，而是一種『日用而不知』的普遍知識和思想，作為一種普遍認可的知識與思想，這些知識與思想通過最基本的教育構成人們的文化底色，它一方面背靠人們不言而喻的終極的依據和假設，建立起一整套有效的理解，一方面在日常生活中起著解釋與操作的作用，作為人們生活的規則和理由」〔註87〕。

　　綜觀而言，魯迅和梁實秋的論戰，並不止於單純的文藝論爭，而魯迅和胡適的分道揚鑣，也已然超越了對共產黨（「匪」黨）和國民黨（執政黨）的不同傾向，牽涉到哲學理念、政治方向以及立場定位等諸多方面，而二人不同選擇的根本原因在於，他們對歷史進程有著截然不同的理解，魯迅主張通過自下而上的革命，胡適堅持通過自上而下的改良，由此決定了二人不同的立場選擇，要而言之，魯迅自居於「下本位」，胡適立足於「上本位」。

〔註87〕葛兆光：《中國思想史‧導論》，復旦大學出版社，2001 年，第 14 頁。

第三章　魯迅與國民黨御用文人的鬥爭

　　為了維護專制統治，國民黨不但推行軍事「圍剿」，而且實行殘酷的文化統制和「文化剿匪」。對此，魯迅和左翼文藝界採用各種辦法來展開文化反抗，其一是通過多家書店，大量出版宣傳革命和進步思想的刊物和書籍，發揮了各自的戰鬥堡壘作用，雖然這些出版物屢遭封禁，但左翼人士變換名目繼續印行，數量和質量都遠遠超過國民黨的官方宣傳；其二是團結進步人士，扶持進步青年，壯大左翼文藝隊伍；其三是廣泛宣傳馬列主義思想，對抗國民黨的「三民主義」及資產階級思想和學說，與此同時，創作和引介無產階級革命文藝，挫敗「民族主義文學」運動。

第一節　反文化統制和「文化剿匪」

　　國民黨的文化統制在「左聯」成立前就已開始，其所採用的辦法，首先是封閉社團及其出版機構，如 1929 年查封創造社，1930 年查封上海現代書局，1931 年查封北新、群眾、東群等書店，另外也先後封閉了藝術劇社、湖風書店、良友圖書公司、神州國光社、光華書局等；其次是頒佈各種審查條例，審查書籍、電影等；再者就是逮捕、迫害左翼文藝界人士，如 1930 年 3 月，國民黨浙江省黨部就對魯迅下了通緝令，後來魯迅也多次避難，另如 1931 年「左聯」五烈士被逮捕、暗殺。具體就圖書雜誌審查而言，國民黨在 1927 年建立政權後就注意制定和頒佈書刊出版方面的法律法規，例如，1928 年 5 月

14 日，國民黨當局頒佈了《國民政府著作權法》，規定出版物若違反「黨義」或者「其他法律規定」，內政部將拒絕為之註冊；1929 年 1 月 10 日，國民黨第二屆中央執委會通過了《國民黨中宣部宣傳品審查條例》，將「宣傳共產主義及階級鬥爭者」以及「宣傳國家主義、無政府主義及其他主義，而攻擊本黨主義、政綱、政策及決議案者」等等都歸為「反動宣傳品」；1930 年 12 月 16 日，國民政府出臺了《出版法》，規定「新聞紙或雜誌有關於黨義或黨務事項之登載者，並應經由省黨部或等於省黨部之黨部向中央黨部宣傳部聲請登記」。1933 年 10 月 30 日，國民政府教育部頒佈《查禁普羅文藝密令》，附抄作家名單。1934 年 2 月，國民黨中央宣傳部突然發文，以「鼓吹階級鬥爭」的罪名一舉查禁了在上海出版的 149 種文藝及社會科學圖書。此事震動了上海書業界，出於商業利益的考慮，一些書商聯合建議官方實行「事先審查」（出版前審查原稿），以「預懲制」代替「追懲制」。於是在 1934 年 4 月，國民黨當局設立「中國國民黨中央宣傳委員會圖書雜誌審查委員會」，6 月又頒佈了《圖書雜誌審查辦法》，規定所有書刊必須在付印前送審稿本，否則將「予以處分」。在隨後的審查中，檢查官隨意刪改，而且在被刪的地方不留空白。據國民黨中宣部及中央宣傳委員會編審科引發的文件，1929 年至 1934 年間，被禁止發行的書刊約 887 種；1936 年通令禁止的社會科學書刊達 676 種。上海之外，其他各地政府也大肆查禁，僅北平一地，1934 年焚毀的書刊便有 1000 多種。1935 年，《新生》雜誌因刊登《閒話皇帝》一文，觸犯了日本天皇，因為此案「圖書雜誌審查委員會」暫停工作，但是審查事宜仍在進行。

在實行文化統制的同時，國民黨也醞釀推行「文化剿匪」。1933 年 7 月，國民黨政府的第四次軍事「圍剿」被挫敗。7 月 16 日，蔣介石召開廬山會議，策劃第五次軍事「圍剿」。與此同時，國民黨御用文人也支持蔣介石推行希特勒式的獨裁統治，醞釀進行文化界的「圍剿」：8 月 14 日，良玉鼓吹法西斯專制，稱「法西斯主義是 20 世紀的驕子，是政治上一種新的傾向，它使德謨克拉西趨於自然的沒落！」〔註1〕9 月 15 日，董文淵發文批評左翼文藝：「事實擺在面前，已無用強辯，中國的文壇，目前已為不通的歪曲的，牛克司馬克斯主義者所霸住，不是開口列寧，便是閉口司太林，一般盲目的讀者，便隨聲附和的喊道：『破鑼！破鑼！』」〔註2〕9 月 25 日，劉尚均更主張傚仿德國國

〔註1〕 良玉：《德國法西斯的宣傳工作》，《汗血週刊》第 6 期，1933 年 8 月 14 日。
〔註2〕 董文淵：《民族主義文藝論》，《汗血月刊》第 1 卷第 6 期，1933 年 9 月 15 日。

家社會黨的統治方式，「將各種妨害國本的邪謬書籍，一律毀滅，使國人的思想統一」。〔註3〕在蔣介石發動第五次軍事「圍剿」和發重令禁止普羅文學後〔註4〕，國民黨的御用文人也努力展開文化界的「圍剿」工作。10月15日，潘公展指使文化界的劊子手將左翼作家和共產黨並列為「社會萬惡罪魁」：「叫頂好聽的口號而做頂壞事情的，是共產黨的拿手好戲，寫入情入理的作品，而引卑鄙齷齪舉動的，是普羅文藝的作家，⋯⋯所以現社會萬惡罪魁都是這兩種人做出來」。〔註5〕11月6日，潘公展進一步指揮《汗血月刊》和《汗血週刊》聯合發起《徵求「文化剿匪研究專號」稿文啓事》，明確提出了「文化剿匪」的口號，並界定了撰稿範圍：「（一）暴露共產黨的文藝政策；（二）指出普羅作者的作品與生活的矛盾；（三）普羅文藝麻醉青年的現狀與影響；（四）文化剿匪之方案研究；（五）怎樣創立復興民族的新文化；（六）文化統制政策之設計。」〔註6〕此後，國民黨御用文人便遵照這個啓事而展開各方面的「文化剿匪」活動。

由於國民黨查禁左翼書刊和暗殺左翼人士，結果如茅盾所言的那樣，「在一九三一年春，左聯的陣容已經非常零落。人數從九十多降到十二」。〔註7〕對於國民黨的惡劣行徑，魯迅一直極為憤慨。如1931年2月24日，魯迅在致曹靖華的信中慨歎說：「此時對於文字之壓迫甚烈，各種雜誌上，至於不能登我之作品，紹介亦很難。一班烏煙瘴氣之『文學家』，正在大作跳舞，此種情景，恐怕是古今他國所沒有的。」〔註8〕1935年1月6日，魯迅又向曹靖華道及：「上海出版界的情形，似與北平不同，北平印出的文章，有許多在這裡是決不准用的；而且還有對書局的問題（就是個人對書局的感情），對人的問題，並不專在作品有無色彩。我新近給一種期刊作了一點短文，是講舊戲裏的打臉的，毫無別種意思，但也被禁止了。他們的嘴就是法律，無理可說。

〔註3〕　劉尚均：《怎樣安內？》，《汗血週刊》第12期，1933年9月25日。

〔註4〕　10月6日，蔣介石特意電囑南京行政院加緊查禁普羅文學和搜捕左翼作家。《蔣介石重令禁止普羅文學》，《中國論壇》第3卷第1期，1933年11月7日。

〔註5〕　《普羅毒的傳播》，《汗血月刊》第2卷第1期，1933年10月15日。

〔註6〕　《徵求「文化剿匪研究專號」稿文啓事》，《汗血週刊》，11月6日。

〔註7〕　茅盾：《關於「左聯」》，中國社會科學院文學研究所《左聯回憶錄》編輯組編：《左聯回憶錄》（上），中國社會科學出版社，1982年，第151頁。

〔註8〕　魯迅：《書信·310224·致曹靖華》，《魯迅全集》（第十二卷），人民文學出版社，2005年，第258頁。

所以凡是較進步的期刊，較有骨氣的編輯，都非常困苦。今年恐怕要更壞，一切刊物，除胡說八道的官辦東西和幫閒湊趣的『文學』雜誌而外，較好的都要壓迫得奄奄無生氣的。」〔註9〕但儘管置身於「網密犬多」的白色恐怖之中，魯迅卻正視眼前的黑暗，堅決予以反抗，積極支持左翼文藝。〔註10〕如1932年11月28日，他在中國大學講《文藝與武力》時就說道：「自古以來，進步的、革命的文學，必遭反動統治階級的壓迫，他們先用武力征伐，接著用毒素進行麻醉，麻醉不成，又用武力，但武力決不能把進步的、革命的文學消滅，先驅者的血必能培育出更燦爛的花朵。」〔註11〕另如1933年10月7日，他在致胡今虛的信中也曾寫道：「現在○○（引者按：指『左聯』）的各種現象，在重壓之下，一定會有的。我在這三十年中，目睹了不知多少。但一面有人離叛，一面也有新的生力軍起來，所以前進的還是前進」；「弄文學的人，只要（一）堅忍，（二）認真，（三）韌長，就可以了。不必因為有人改變，就悲觀的」。〔註12〕

為了有效開展文藝戰線上的鬥爭，魯迅創設左翼文學的戰鬥平臺，先後編辦了五種「左聯」機關刊物。在「左聯」成立大會上，魯迅就表述了他對革命問題的看法：「革命是痛苦的，其中也必然混有污穢和血，決不是如詩人所想像的那般有趣，那般完美；革命尤其是現實的事，需要各種卑賤的，麻煩的工作，決不如詩人所想像的那般浪漫；革命當然有破壞，然而更需要建設，破壞是痛快的，但建設卻是麻煩的事。」〔註13〕可見，魯迅認為真正的革命應當是「革新的破壞」，即在痛快破壞的同時注重瑣屑的建設。「左聯」成立後，相關工作的開展主要沿著魯迅的建議，並且「主要的還是依靠魯迅先

〔註9〕 魯迅：《書信・350106・致曹靖華》，《魯迅全集》（第十三卷），人民文學出版社，2005年，第335～336頁。

〔註10〕 1934年7月30日，魯迅在給山本初枝的信中曾寫道：「我有生以來，從未見過近來這樣的黑暗，網密犬多，獎勵人們去當惡人，真是無法忍受。非反抗不可。」魯迅：《書信・340730・致山本初枝》，《魯迅全集》（第十四卷），人民文學出版社，2005年，第315頁。

〔註11〕 轉引自孫席珍：《關於北方左聯的事情》，中國社會科學院文學研究所《左聯回憶錄》編輯組編：《左聯回憶錄》（下），中國社會科學出版社，1982年，第502～503頁。

〔註12〕 魯迅：《書信・331007・致胡今虛》，《魯迅全集》（第十二卷），人民文學出版社，2005年，第455～456頁。

〔註13〕 魯迅：《對於左翼作家聯盟的意見》，《萌芽月刊》第1卷第4期，1930年4月1日。

生的戰鬥和領導，依靠他帶領著一批年輕的戰士在衝鋒陷陣地鬥爭的」。〔註14〕在「左聯」前期〔註15〕，魯迅帶領革命青年開闢了如下幾個文化陣地：

期刊名稱	刊行時間	刊行卷期	魯迅參與情況
《萌芽》月刊→《新地》月刊	1930 年 1 月 1 日～1930 年 5 月 1 日；1930 年 6 月 1 日	《萌芽》，第 1 卷第 1-5 期；《新地》，即《萌芽》第 1 卷第 6 期	魯迅主編，馮雪峰、柔石、魏金枝助編
《巴爾底山》旬刊	1930 年 4 月 11 日～1930 年 5 月 1 日	第 1 卷第 1-3 期	魯迅主編
《世界文化》月刊	1930 年 9 月 10 日	創刊號	魯迅參與籌辦和編輯
《前哨》月刊	1931 年 4 月 25 日	紀念戰死者專號	魯迅、茅盾、馮雪峰編輯
《十字街頭》半月刊→旬刊	1931 年 12 月 11 日～1931 年 12 月 25 日；1932 年 1 月 5 日	第 1-2 期（半月刊）；第 3 期（旬刊）	魯迅主編，馮雪峰助編

從《萌芽》到《十字街頭》，在「左聯」成立的最初兩年中，魯迅帶領青年戰士，緊密關注國內外社會和文化動態，切實地擔負起文化領域的戰鬥任務。綜觀上述魯迅編輯或參與編輯的「左聯」機關刊物，一面密切關注現實，剖析和批判各種社會現象和文化現象，翻譯新興文藝理論及作品，積極推行「革新的破壞」；一面培育「革新的破壞者」。上述五個「左聯」機關刊物的撰稿人，除了魯迅、馮雪峰、馮乃超等少數幾人已經知名文壇外，多為剛剛

〔註14〕 馮雪峰：《回憶魯迅》，《雪峰文集》（第四卷），人民文學出版社，1985 年，第164 頁。

〔註15〕 關於「左聯」前後期的劃分，茅盾認為從 1930 年 3 月「左聯」成立到 1931 年 11 月為前期，是「它從左傾錯誤路線影響下逐漸擺脫出來的階段」；從 1931 年 11 月到 1936 年春「左聯」解散為後期，是「它已基本上擺脫了『左』的桎梏，開始了蓬勃發展、四面出擊的階段」。參見茅盾：《「左聯」前期》，《我走過的道路》（中），人民文學出版社，1984 年，第 87 頁。夏衍同意茅盾將「左聯」分為前後兩期，但不同意以 1931 年 11 月，即瞿秋白發表《中國無產階級革命文學的新任務》一文的發表為分界線，他認為「左聯」的轉向成熟應在 1932 年夏秋之間，也就是「淞滬戰爭」失敗之後，主要原因是「一二八」之後，民眾對左派和共產黨的態度明顯改觀，這促使「左聯」開始努力擺脫左傾路線，而對「左聯」之轉變在共產黨內得到合法認可的是哥特 1932 年 11 月 3 日發表的《文藝戰線的關門主義》一文。參見夏衍：《懶尋舊夢錄》，北京三聯書店，1985 年，第 207 頁。本文對「左聯」前後期的劃分遵照夏衍的觀點。

加入革命隊伍的知識青年，這正如馮雪峰所稱，魯迅對「左聯」的領導，「絕對不是由於一種什麼法定的關係，而只是像一個老戰士帶領一批新戰士那樣，自己走在最前面，同時非常親切、具體和周到地照顧和教育著新戰士」〔註16〕，而且「並不以狹隘的尺度和過高的標準去評論他們」〔註17〕。雖然「魯迅為左翼文學陣線所做的堅持不懈的巨大努力，是基於他對文學青年的一種父愛態度，而這種態度，是並未得到充分的理解和回報的。」〔註18〕但在進步青年的慰藉下，以及瞿秋白、馮雪峰、夏衍、丁玲等人的信任和支持下，魯迅堅毅地支撐著文化陣地，帶領著左翼文藝界不斷開闢無產階級革命文學道路，培育優秀的小資產階級青年作家，如魯迅自謙到：「活了五十年，成績毫無」，「惟希望就是在文藝界，也有許多新的青年起來。」〔註19〕

第二節 「民族主義文藝」的「本相」

除了實行文化統制和「文化剿匪」之外，國民黨還自辦刊物進行反共宣傳，王平陵等人曾創辦《前鋒週報》《前鋒月刊》《社會新聞》，提倡「民族主義文藝運動」。1929 年夏，中國和蘇聯因「中東路事件」發生衝突，蘇軍打進了滿洲里，雖然戰場在中國，但斯大林卻指示共產國際發出「保護蘇聯」的號召，當時上海租界的電線杆上就立刻出現了「反對進攻蘇聯」的標語。〔註20〕值得注意的是，陳獨秀對「中東路事件」持有獨特的看法，1929 年 8 月，他在書信中提出了這樣兩個觀點：

（一）未曾用群眾所能瞭解的事實而不僅是我們主觀上的理論，對於中東路問題之本身，加以正確的詳細的解析及打碎國民黨的假面具，能夠使群眾減少民族偏見，不至為國民黨所欺騙而接受我們的宣傳的領導。

〔註16〕 馮雪峰：《回憶魯迅》，《雪峰文集》（第四卷），人民文學出版社，1985 年，第170 頁。

〔註17〕 馮雪峰：《關於知識分子的談話》，《雪峰文集》（第四卷），人民文學出版社，1985 年，第 313 頁。

〔註18〕 李歐梵：《鐵屋中的吶喊》，河北教育出版社，2000 年，第 179 頁。

〔註19〕 魯迅：《書信・300920・致曹靖華》，《魯迅全集》（第十二卷），人民文學出版社，2005 年，第 243 頁。

〔註20〕 參見梁實秋：《所謂「普羅文學運動」》，《梁實秋文集》（第三卷），鷺江出版社，2002 年，第 153 頁。

　　（二）「只是」擁護蘇聯這一口號與宣傳，在事實上只能動員無
產階級最覺悟分子，而未能在實際利害上激動無產階級以外廣大的
群眾，尤其是比較意識落後的群眾，把這些廣大群眾放在鬥爭戰線
之外了。〔註21〕

陳獨秀提出這兩點，據其所言，乃是基於中國的實際問題，如「中國此時是
否有許多群眾還在小資產階級的民族偏見和國民黨的欺騙宣傳之下，沒有解
放出來？」；「在反對國民黨的宣傳上（關於中東路問題的），除了它勾結帝國
主義進攻蘇聯外，是否還要說到它這樣反革命的政策，對於中國有怎樣的結
果？」；「對於中東路問題之本身，是否需要正確的詳細的非我們主觀的而是
群眾所能親切瞭解的解析？」；「除階級的口號外，是否還應該用其他廣泛的
最利害切身的口號，能夠喚起廣大群眾，參加反對進攻蘇聯的鬥爭？」〔註22〕
應當承認，陳獨秀的看法極具預見性。但是王明發文《論撒翁同志對中東路
問題的意見》，完全站在共產國際的立場進行批駁。結果，事實正印證了陳獨
秀的預言。

　　1930 年 6 月，國民黨文化頭目潘公展糾集朱應鵬、王平陵等利用當時的
情勢，發起所謂「民族主義文藝運動」，〔註 23〕出版了《前鋒週報》《前鋒月
刊》等刊物。從《前鋒週報》創刊起，所謂的「民族主義文學家」便將批評
的矛頭指向魯迅及左翼作家。在《前鋒週報》創刊號上，李錦軒發文《魯迅
先生的遠識》，嘲笑魯迅轉向左翼乃是他的「遠識」，原因便在「那未來的革
命文學史上第一把交椅還在等著他坐呢」。〔註 24〕在《前鋒週報》第 2 期上，

〔註21〕　陳獨秀：《陳獨秀書信集》，新華出版社，1987 年，第 461 頁。
〔註22〕　陳獨秀：《陳獨秀書信集》，新華出版社，1987 年，第 461～462 頁。
〔註23〕　一般認為「民族主義文藝運動」是由國民黨當局策劃的，但施蟄存持有異議，
　　　　他曾回憶稱：「民族主義文藝運動其實不是國民黨中宣部倡導的。它的後臺，
　　　　可能是藍衣社。當時上海有幾個誇誇其談的「文學家兼藝術家」，中心人物為
　　　　張若谷、傅彥長、朱應鵬。他們在《申報》副刊上開始寫文章，談文藝，後
　　　　來結集為一本《藝術三家言》，由良友公司出版。不知什麼時候，他們結識了
　　　　黃震遐。黃震遐是筧橋空軍學校的教官，也算一個文學青年，他很崇拜張、
　　　　傅、朱三人，一見如故，他們就經常廝混在一起。有一個時候，每天下午，
　　　　他們坐在北四川路蚰江路口的新雅茶室，高談闊論。黃震遐大約有政治背景，
　　　　民族主義文藝運動可能是他最初奉命發動，而邀約張、傅、朱三人參加，湊
　　　　成一個班子的。」參見施蟄存：《我和現代書局》，《沙上的腳跡》，遼寧教育
　　　　出版社，1995 年，第 60 頁。
〔註24〕　李錦軒：《魯迅先生的遠識》，《前鋒週報》創刊號，1930 年 6 月。

李錦軒又借用「革命文學」論爭中各人互相攻擊的話語編成獨幕劇《混戰》，諷刺左翼文藝陣營。〔註25〕在《前鋒週報》第 3 期上，李錦軒再次發文《最近中國文藝界的檢討》，嘲諷魯迅說：「最有趣的是魯迅了。一位拚命反普羅文藝的主將，居然不上一年工夫，大概看了幾本社會科學的書，便忽然突變起來竟爲普羅作家的領袖了。」事實上，李錦軒的根本用意在鼓吹「以民族主義爲中心意識的文藝」：

> 我們把過去文藝界的一般情形略爲檢討過了。我們只有失望，我們只有痛心，我們沒發現有一篇是爲我們民族的利益而作的作品，我們不曾看見我們偉大的民族精神有絲毫在作品上表現出來。
> 〔註26〕

「民族主義文學家」的這番用意，更明顯地表露在《「民族主義文藝運動」宣言》中，如他們聲稱「藝術作品在原始狀態裏，不是從個人的意識裏產生而是從民族的立場所形成的生活意識裏產生的」，因而「文藝的最高的使命」就是「發揮它所屬的民族精神和意識」，亦即「文藝的最高意義，就是民族主義」；強調「民族主義文藝的充分發展」既須「有待於民族國家的建立」，同時也直接影響著「政治上的民族主義的確立」；號召「形成一個對於文藝的中心意識」，「努力於民族主義文學與藝術的創造」。不難發現，「民族主義文學家」之所以強調「努力於新文藝演進進程中的中心意識的形成」，根本用意在攻擊左翼文藝界主張階級鬥爭，將無產階級文藝「呈現給『勝利不然就死』的血腥的鬥爭」。〔註27〕

針對國民黨當局所鼓吹的「民族主義文藝」，茅盾、瞿秋白等以《文學導報》等刊物爲陣地進行了反擊。如茅盾曾著文《「民族主義文藝」的現形》，專門駁斥《「民族主義文藝運動」宣言》，揭露「民族主義文藝」的「法西斯蒂的本相」，指出「國民黨維持其反動政權的手段，向來是兩方面的：殘酷的白色恐怖與無恥的麻醉欺騙」，所謂「民族主義文藝運動」就是國民黨在「白色恐怖以外的欺騙麻醉的方策」。〔註28〕瞿秋白更一針見血地指出，「民族主

〔註25〕李錦軒：《混戰》，《前鋒週報》第 2 期，1930 年 6 月 29 日。

〔註26〕李錦軒：《最近中國文藝界的檢討》，《前鋒週報》第 3 期，1930 年 7 月 6 日。

〔註27〕參見《「民族主義文藝運動」宣言》，《前鋒週報》第 2、3 期，1930 年 6 月 29 日、7 月 6 日。

〔註28〕茅盾：《「民族主義文藝」的現形》，《文學導報》第 1 卷第 4 期，1931 年 9 月 13 日。

義文藝」是「殺人放火的文學」和「屠夫文學」。除此之外，1930 年 8 月 4 日，「左聯」執行委員會還通過了《無產階級文學運動新的情勢及我們的任務》這個決議，強調「革命的發展，階級鬥爭的劇烈化，使每個革命的作家學習了唯物辨證法，學習了許多運動上實際的經驗，因此清算了文壇的封建關係，手工業式的小團體的組織以至它的意識，而形成統一的無產階級文學運動的總機關左翼作家聯盟。這很明顯的是運動之一步前進。只有取消派和文學上的法西斯蒂組織民族主義文學派的小嘍囉才不能夠從中國無產階級文學運動之歷史的發展來注解『左聯』產生的意義。『左聯』這個文學的組織在領導中國無產階級文學運動上，不允許它是單純的作家同業結合，而應該是領導文學鬥爭的廣大群眾的組織。」〔註 29〕魯迅也極為不滿「民族主義文學家」的種種論調，如在 1930 年 11 月 19 日致崔眞吾的信中曾感歎說：「今年是『民族主義文學』家大活動，凡不和他們一致的，幾乎都稱為『反動』，有不給活在中國之概，所以我的譯作是無處發表，書報當然更不出了。」〔註 30〕所以在《「民族主義文學」的任務和命運》一文中，魯迅對「民族主義文藝」進行了尖銳的揭批，在魯迅看來，「民族主義文學」不過是「因無產階級的勃興而捲起的小風浪」：

先前的有些所謂文藝家，本未嘗沒有半意識或無意識的覺得自身的潰敗，於是就自欺欺人的用種種美名來掩飾，曰高逸，曰放達（用新式話來說就是「頹廢」），畫的是裸女，靜物，死，寫的是花月，聖地，失眠，酒，女人。一到舊社會的崩潰愈加分明，階級的鬥爭愈加鋒利的時候，他們也就看見了自己的死敵，將創造新的文化，一掃舊來的污穢的無產階級，並且覺到了自己就是這污穢，將與在上的統治者同其運命，於是就必然漂集於為帝國主義所宰制的民族中的順民所豎起的「民族主義文學」的旗幟之下，來和主人一同做一回最後的掙扎了。〔註 31〕

由此可見，魯迅認為「民族主義文學」勢必要被歷史的大潮淘汰掉，因為在

〔註 29〕「左聯」執行委員會：《無產階級文學運動新的情勢及我們的任務》，《文化鬥爭》第 1 卷第 1 期，1930 年 8 月 15 日。

〔註 30〕魯迅：《書信・301119・致崔眞吾》，《魯迅全集》（第十二卷），人民文學出版社，2005 年，第 247 頁。

〔註 31〕晏教（魯迅）：《「民族主義文學」的任務和命運》，《文學導報》第 1 卷第 6、7 期合刊，1931 年 10 月 23 日。

他看來，無產階級的勃興和「民族主義文學」所依附的舊階級的覆亡是歷史的必然。秉承著這樣的歷史判斷，魯迅進一步勾繪出「民族主義文學」所進行的「最後的掙扎」：一是「民族主義文學」的「目標」：「消滅無產階級的模範」；二是「民族主義文學」的「特色」：一面自甘被殖民，一面又希圖獲得有限的「友誼」；三是「民族主義文學」的「精義」：表裏兩樣爲殖民者效力的「流氓」；四是「民族主義文學」的「任務」：用種種調子遮掩種種勾當以助使殖民者推進殖民侵略；五是「民族主義文學」的「運命」：終將連同其爲之送喪的殖民者一道而被無產階級革命的風濤所刷洗。〔註32〕

　　值得注意的是，魯迅批判「民族主義文學」，一定意義上也是爲了捍衛無產階級專政範式的蘇俄。例如，「民族主義文學」的代表作《黃人之血》，原是一部歷史題材的詩劇，描寫的是蒙古人征服漢人後，又糾集漢人、契丹人、女眞人去打俄羅斯，而魯迅認爲此作的內容和背後的用意是：「這劇詩的事蹟，是黃色人種的西征，主將是成吉思汗的孫子拔都元帥，眞正的黃色種。所征的是歐洲，其實專在斡羅斯（俄羅斯）──這是作者的目標；聯軍的構成是漢，韃靼，女眞，契丹人──這是作者的計劃；一路勝下去，可惜後來四種人不知『友誼』的要緊和『團結的力量』，自相殘殺，竟爲白種武士所乘了──這是作者的諷喻，也是作者的悲哀」；「這一張『亞細亞勇士們張大』的『吃人的血口』，我們的詩人卻是對著『斡羅斯』，就是現在無產者專政的第一個國度，以消滅無產階級的模範──這是『民族主義文學』的特色」。顯然，在魯迅看來，日本人就是當年的蒙古人，中國人就是當年的漢人，他們合夥要進攻蘇聯。尤其是「九・一八」事變的爆發，更使魯迅增強了他的判斷：「現在日本兵『東征』了東三省，正是『民族主義文學家』理想中的『西征』的第一步，『亞細亞勇士們張大吃人的血口』的開場」。〔註33〕可見，魯迅認爲「民族主義文學」違背了歷史潮流，鼓吹「黃色的無產階級，不該和黃色的有產階級鬥爭，卻該和白色的無產階級鬥爭」。〔註34〕然而，魯迅此時並未看清日本侵佔東三省的眞實意圖。

〔註32〕　參見晏敖（魯迅）：《「民族主義文學」的任務和命運》，《文學導報》第1卷第6、7期合刊，1931年10月23日。

〔註33〕　晏敖（魯迅）：《「民族主義文學」的任務和命運》，《文學導報》第1卷第6、7期合刊，1931年10月23日。

〔註34〕　魯迅：《中國文壇上的鬼魅》，英文刊物《現代中國》，第1卷第5期。

第三節　「滿洲事變」的錯位認知

　　第一次世界大戰後，日本成為世界第三海軍強國，是遠東地區唯一近鄰中國邊界線的大國，為了遏制日本獨吞中國和爭得太平洋上海軍霸權的企圖，1921 年 11 月，美國政府邀請英、日、法、意、中、荷蘭、葡萄牙、比利時諸國代表，同赴華盛頓討論限制軍備和同此相關的太平洋及遠東問題。華盛頓會議共簽訂了三個條約——《四國條約》《五國協定》《九國公約》，在這些條約之外，英美代表團還迫使日本單獨和中國簽署協定，即同意歸還《凡爾賽條約》中德讓與日的膠州領土。迫於英美聯合陣線和世界輿論壓力，日本接受了華盛頓會議商討的結果，由此也暫時排除了日本獨吞中國和抗衡太平洋上英美海軍的威脅。然而，日本的野心並未死滅，只是由於內外種種原因，日本不得已將其暫時封存，如 1923 年，日本遭遇了災難性的大地震，因此不得不擱置軍事冒險計劃；1925 年，英國在新加坡實施修建一流海軍基地的長期計劃，日本的擴張野心受到了影響。然而，1929 年爆發的世界經濟危機，使英國等國家陷於財政危機和政治危機的苦鬥之中，無暇他顧；日本也在 1929 至 1931 年被砍掉了幾乎一半的外貿價值，面臨著嚴重的國內危機。

　　於是，日本開始急速向右轉，自 1931 年始推行軍國主義政策〔註35〕。1931年夏天，日本利用一名日本官員被中國滿洲土匪殺害的事件來煽動輿論，到了 9 月，日軍就開始重新實施華盛頓會議曾經勒令它放棄的進攻。根據結束日俄戰爭的條約規定，日本有權在滿洲駐紮約 15000 名士兵以保衛南滿鐵路，司令部設在瀋陽，士兵的活動範圍限於鐵路區域。9 月 18 日至 19 日夜裏，一支日本巡邏隊在靠近瀋陽的地方發現（或聲稱發現）了一支中國士兵支隊打算炸毀鐵路，於是日本警衛隊迅速集結，雙方發生了一場小規模的戰鬥。隨後，瀋陽的一萬名中國士兵被迫繳械或解散。四日後，日本兵佔領了瀋陽北部 200 英里範圍的所有中國城鎮——有些遠在鐵路區域之外。瀋陽的首腦（張作霖的一個兒子）被迫撤出瀋陽，退居錦州。11 月中旬，日本人佔領了北滿的廣大中國領土。12 月 28 日，日軍攻陷錦州。1932 年 1 月 4 日，日本人到達山海關，完成了對滿洲的征服。對於日本的侵略行動，英國研究者 E.H.卡

〔註35〕霍布斯鮑姆認為，「國家主義和好戰風氣」在日本的出現，「不曾為經濟大蕭條為政治所帶來的最深遠最邪惡的後果」，因此，「第二次世界大戰的柵門，在 1931 年就打開了」。參見〔英〕霍布斯鮑姆著、鄭明萱譯：《極端的年代》（上），江蘇人民出版社，1998 年，第 149 頁。

爾分析稱：「日本佔領滿洲是第一次世界大戰以來最重要的歷史界標之一。在太平洋，它意味著重新開始曾經被華盛頓會議暫停的權力之爭。在整個世界，它預示著回到『強權政治』，自戰爭結束以來，『強權政治』，無論如何在其赤裸裸的形式上曾被擱置起來。自和平協定以後第一次大規模地進行了戰爭（儘管是在警察行動的藉口之下），而且巨大的領土被這個征服者所兼併（儘管是在一個獨立國家的藉口之下）。對國際聯盟來說，它的盟約和它的理想被嘲弄，其後果是不可預測的。很難反對這種結論，即國聯成員國（而且特別是大國，保衛盟約的主要擔子必然落在它們身上）並不準備抵抗由一個強有力的和武裝齊備的國家採取的侵略行動。」〔註36〕

　　日本妄圖鯨吞中國，廢止了「華盛頓條約」，但當時共產黨人以及魯迅對於蘇聯懷持著樂觀的政治想像，以致於未能認清日本的眞實意圖。〔註37〕如「左聯」執行委員會在《無產階級文學運動新的情勢及我們的任務》這個決議的開篇便言：「全世界早已劃分爲兩大營壘。這兩個營壘──一個是垂死的資本主義國家和它領導下的各小國及殖民地半殖民地的反動統治階級，另一個是新興的社會主義國家和它領導下的各資本主義國內無產階級殖民地革命群眾──的對立鬥爭成爲現代歷史的主要特徵。」〔註38〕另如「九‧一八」事變爆發後，「左聯」刊物《文藝新聞》向上海文化界知名人士徵詢「日本佔領東三省的意義」。9月21日，魯迅在《答文藝新聞社問──日本佔領東三省的意義》中表示了如下的看法：

　　　　這在一面，是日本帝國主義在「膺懲」他的僕役──中國軍閥，

〔註36〕〔英〕E.H.卡爾著、徐藍譯：《兩次世界大戰之間的國際關係：1919～1939》，商務印書館，2010年，第137頁。

〔註37〕到了1934年底，中國民眾才普遍認識到「華盛頓條約」被廢止。如1935年2月出版的《中學生》第52期，「卷頭言」《華盛頓條約的末日》中稱：「華盛頓條約的廢止，已在1934年年底正式證實了。日帝國主義的必然要採取這一步，早在一般人的意料之中，所以這消息的公佈並沒有引起國際間的怎樣巨大的驚駭。然而，這個事件的重要性卻是不容忽視的。……一九三五年年頭的第一件大事，大概就是華盛頓條約的廢止。關於這可能的事件對於我國的影響，我們也告訴過諸君：在華盛頓條約被廢止後，像撕去了瘡面的膏藥，我們將見到瘡毒的益加急速蔓延。（注，指帝國主義在我國所種下的毒瘡。）現在事實已經確定了。」《華盛頓條約的末日》，《中學生》第52期，1935年2月。

〔註38〕「左聯」執行委員會：《無產階級文學運動新的情勢及我們的任務》，《文化鬥爭》第1卷第1期，1930年8月15日。

也就是「膺懲」中國民眾，因爲中國民眾又是軍閥的奴隸；在另一面，是進攻蘇聯的開頭，是要使世界的勞苦群眾，永受奴隸的苦楚的方針的第一步。〔註39〕

可見，在魯迅看來，無產階級與資產階級的爭鬥，已然超越了國界、人種，呈現出世界性的發展態勢。其實一定意義上，這也是魯迅對馬克思主義思想的靈活化用。馬克思、恩格斯在《共產黨宣言》中明確強調：「共產黨人同其他無產階級政黨不同的地方，只是：一方面，在各國無產者的鬥爭中，共產黨人特別重視和堅持整個無產階級的不分民族的共同利益；另一方面，在無產階級和資產階級的鬥爭所經歷的各個發展階段上，共產黨人始終代表著整個運動的利益。」〔註40〕1928年2月5日，魯迅在內山書店購得日文版的恩格斯《社會主義從空想到科學的發展》，除此之外，這一年他又先後購買了《共產黨宣言》《論中國革命問題》等著作，並曾感慨馬克思主義的解剖刀實在犀利，因此對於無產階級的抗爭，他是堅決支持的。如1932年5月6日，魯迅在《我們不再受騙了》一文中寫道：

帝國主義是一定要進攻蘇聯的。蘇聯愈弄得好，它們愈急於要進攻，因爲它們愈要趨於滅亡。

我們被帝國主義及其侍從們眞是騙得長久了。十月革命之後，它們總是說蘇聯怎麼窮下去，怎麼兇惡，怎麼破壞文化。但現在的事實怎樣？小麥和煤油的輸出，不是使世界吃驚了麼？正面之敵的實業黨的首領，不是也只判了十年的監禁麼？列寧格勒，墨斯科的圖書館和博物館，不是都沒有被炸掉麼？文學家如綏拉菲摩維支，法捷耶夫，革拉特珂夫，綏甫林娜，唆羅訶夫等，不是西歐東亞，無不讚美他們的作品麼？關於藝術的事我不大知道，但據烏曼斯基（K.Umansky）説，一九一九年中，在墨斯科的展覽會就有二十次，列寧格勒兩次（《Neue Kunst in Russland》），則現在的旺盛，更是可想而知了。〔註41〕

〔註39〕 魯迅：《答文藝新聞社問——日本佔領東三省的意義》，《文藝新聞》第29期，1931年9月28日。

〔註40〕 〔德〕馬克思、恩格斯：《共產黨宣言》，中共中央馬克思恩格斯列寧斯大林著作編譯局譯：《馬克思恩格斯全集》（第四卷），人民出版社，1958年，第479頁。

〔註41〕 魯迅：《我們不再受騙了》，《北斗》第2卷第2期，1932年5月20日。

顯然，魯迅認爲帝國主義統治和無產階級革命是正相反對的，所以他堅決支持無產階級革命，視無產階級專政的蘇聯爲建設新社會的楷模。對於魯迅的論旨，竹內實分析稱：「魯迅的理論是，日本對滿洲的侵略，與其說是對中國，勿寧說是指向蘇聯。這不只是魯迅，實際上是當時的中國共產黨的看法。中國共產黨較之中國民族自身的危機，更把它看做是世界的國際共產主義運動中心的蘇聯的危機，可以看出魯迅也是大體上沿著這條線來理解的。」〔註42〕此言不謬，譬如「九‧一八」事變發生後，中國共產黨發表的宣言稱：「現在日本帝國主義實行佔領中國東三省，不過是帝國主義進攻蘇聯計劃之更進一步之實現。」而更不可忽視的更爲直接的原因是，魯迅對於蘇聯問題的看法在很大程度上受了瞿秋白的影響。

　　1932 年 4 月，魯迅和瞿秋白第一次會面，彼此都感到可遇難求的欣喜。4 月 18 日，瞿秋白作文《日本對於蘇聯的不斷挑釁》，文章指出：

> 日本帝國主義佔領滿洲，設立所謂滿洲「獨立國」——它的主要目的之一，就是進攻蘇聯。中國的滿洲，就要做日本和列強帝國主義攻打蘇聯的軍事根據地；中國國民黨的不抵抗主義因此不但是甘心出賣中國，並且也是幫助帝國主義進攻蘇聯——存心把滿洲奉送給日本帝國主義，以促進反蘇聯戰爭的進行。就是日本帝國主義的佔領上海吳淞，繼續籌備著佔領漢口……主要的目的是親自來進攻中國革命，督促國民黨軍閥的攻打蘇維埃紅軍；這同時也因爲中國工農民眾的革命運動，尤其是蘇維埃運動，不但是眞正抵抗日本列強帝國主義的侵略中國唯一力量，而且是妨礙進攻蘇聯的巨大的力量。英、美、法、德等列強帝國主義在這個問題上完全和日本一致；他們自己之間無論怎樣衝突，而對於蘇聯是一致的進攻的，對於中國的勞動民眾，對於中國的蘇維埃革命，是一致的進攻的。

〔註43〕

受瞿秋白的影響，魯迅對蘇聯問題的把握也存有偏差，實際情形是，「帝國主義要進攻蘇聯」在很大程度上是斯大林有意製造的輿論，並且斯大林指示共

〔註42〕〔日〕竹內實：《中國的三〇年代與魯迅》，竹內實著，奔永彬譯，水急、盧潔校譯：《魯迅遠景》，臺北：自立晚報社文化出版部，1992 年，第 19 頁。

〔註43〕狄康（瞿秋白）：《日本對於蘇聯的不斷挑釁》，《鬥爭》（油印）第 10 期，1932 年 4 月 20 日。

產國際將其傳發給各個分部。中國共產黨作爲共產國際的一個分部，當時也提出了「武裝保衛蘇聯」的口號。〔註44〕而魯迅之所以讚頌蘇聯，因爲在他看來，蘇俄通過階級鬥爭成就了許多「極平常的事實」，即是「將『宗教，家庭，財產，祖國，禮教……一切神聖不可侵犯』的東西，都像糞一般拋掉，而一個簇新的，真正空前的社會制度從地獄裏湧現而出，幾萬萬的群衆自己做了支配自己命運的人」。〔註45〕儘管魯迅對這一情況的判斷存有失誤，但他對以「平等」爲核心的「社會主義」理念無疑懷有眞誠的嚮往。其實不止魯迅，當時比較左傾的作家都擁護和嚮往蘇聯，將其視爲被壓迫民族的朋友，如包括魯迅在內的五十七位作家曾聯名發電文慶賀「中蘇復交」，稱：「蘇聯民衆努力促進社會主義的建設，勇敢地實現人類最高的理想，我們是十二分的欽佩；我們國內一般人民現在也知道蘇聯是和平快樂的國家了。從事文化工作的我們尤其欽佩蘇聯的文化工作者對於社會主義文化的偉大的努力和貢獻。我們相信資本主義的文化已經沒落了，蘇聯的社會主義文化的建立和發展是人類空前的大事業，我們堅決反對一切破壞和阻撓此種大事業的企圖！我們並且相信全中國久受帝國主義文化侵略的被壓迫民衆，正熱烈地需要著蘇聯的和平的創造的新文化以爲努力的借鏡。」〔註46〕

第四節　喚醒沉睡的「奴隸之心」

　　儘管魯迅當時沒有辨清日本侵佔滿洲的眞實企圖，但他並非無視中國本身面臨的危機。1933年3月20日，魯迅作文《止哭文學》，開篇寫道：

　　　　前三年，「民族主義文學」家敲著大鑼大鼓的時候，曾經有一篇
　　《黃人之血》說明了最高而對願望是在追隨成吉思汗皇帝的孫子拔
　　都元帥之後，去剿滅「斡羅斯」。斡羅斯者，今之蘇俄也。那時就有
　　人指出，說是現在的拔都的大軍，就是日本的軍民，而在「西征」
　　之前，尚須先將中國征服，給變成從軍的奴才。〔註47〕

〔註44〕參見朱正：《重讀〈我們不再受騙了〉》，朱正、邵燕祥編著：《重讀魯迅》，東方出版社，2007年，第300～301頁。

〔註45〕魯迅：《「蘇聯聞見錄」序》，《文學月報》第1卷第1號，1932年6月10日。

〔註46〕《中國著作家爲中蘇復交致蘇聯電》，《文學月報》第5、6號合刊，1932年12月15日。

〔註47〕何家幹（魯迅）：《止哭文學》，《申報·自由談》，1933年3月24日。

顯然，魯迅意在揭露「民族主義文學家」以及「民族英雄」順應日本、甘做奴才、妄求苟安的真面目。1933 年 9 月 27 日，魯迅在《漫與》中對「民族主義文學」繼續進行了批判，文末精彩地點出了奴隸和奴才的區別：

> 一個活人，當然是總想活下去的，就是真正老牌的奴隸，也還在打熬著要活下去。然而自己明知道是奴隸，打熬著，並且不平著，掙扎著，一面「意圖」掙脫以至實行掙脫的，即使暫時失敗，還是套上了鐐銬罷，他卻不過是單單的奴隸。如果從奴隸生活中尋出「美」來，讚歎，撫摩，陶醉，那可簡直是萬劫不復的奴才了，他使自己和別人永遠安住於這生活。就因為奴群中有這一點差別，所以使社會有平安和不安的差別，而在文學上，就分明的顯現了麻醉的和戰鬥的不同。〔註48〕

1934 年 11 月 21 日，魯迅在給《現代中國》（China Today）作的《中國文壇上的鬼魅》中又一次指出：

> 一九三一年九月，日本佔據了東三省，這確是中國人將要跟著別人去毀壞蘇聯的序曲，民族主義文學家們可以滿足的了。但一般的民眾卻以為目前的失去東三省，比將來的毀壞蘇聯還緊要，他們激昂了起來。〔註49〕

雖然魯迅以嘲諷的口吻一仍其舊地稱，「日本佔領東三省的意義」是日本帝國主義「膺懲」中國民眾，但又申說，較之於毀壞蘇聯，中國民眾更關心東三省的緊要性。尤其是魯迅親身經歷了「一・二八」戰事，所以實際上他對中國時局充滿了憂慮。

「一・二八」戰爭爆發時，魯迅住在拉摩斯公寓，面對著日本海軍陸戰隊司令部，受到戰火的威脅，於是避居到內山書店三樓；2 月 6 日遷至四川路福州路附近內山書店中央支店；3 月 13 日因海嬰出疹子移入福建路牛莊路口大江南飯店；3 月 14 日曾回寓一次；3 月 19 日回寓，當夜補寫了 1 月 30 日至當日的日記。值得注意的是，魯迅漏記了 1 月 31 日的日記，且在 2 月 1 日至 5 日的日記中連寫了五個「失記」。〔註50〕胡菊人認為這段「空白」同 1932

〔註48〕洛文（魯迅）：《漫與》，《申報月刊》第 2 卷第 10 號，1933 年 10 月 15 日。

〔註49〕魯迅：《中國文壇上的鬼魅》，英文刊物《現代中國》，第 1 卷第 5 期。

〔註50〕魯迅：《日記二十一》，《魯迅全集》（第十六卷），人民文學出版社，2005 年，第 297～299 頁。

年 1 月 28 日爆發的上海事變有關。〔註51〕竹內實進一步分析指出：「像這樣從沒有寫明處去發現微言大義來，是讀中國的文章所採取的態度，在某種意義上說，也是很自然的事。這也就是說，中國的文章，在沒有寫出來的地方正是其意義所在」，因此，他認爲「這只能說是一個難以想像的充滿深刻意義的『空白』」。〔註52〕這種推論有一定的道理，對於一些重要的事務，魯迅有意不予記錄，如 1936 年初，北平學聯派鄒魯風（化名陳蛻）往上海參與全國學聯的籌備工作，經曹靖華介紹，在內山書店拜會魯迅，但因內山書店不便談話，魯迅特地領他到一家咖啡館。〔註53〕對於這件事，魯迅就未記入日記。那麼因「一·二八」戰火而避居的這段「空白」，對魯迅具有怎樣深刻的意義呢？筆者以爲，「一·二八」戰火不僅讓魯迅眞切地體驗到戰爭的危害，而且增強了他對中國時局的憂慮。

然而，「一·二八」戰爭發生後，國民政府卻實行一面抵抗一面交涉的政策，致使中國軍隊敗退，結果於 1932 年 5 月 5 日簽訂了喪權辱國的《淞滬停戰協定》。不久，黃震遐在以「一·二八」戰爭爲題材的小說《大上海的毀滅》中，誇大日本武力，宣揚失敗主義。〔註54〕就黃震遐宣講的謬論，魯迅在《對於戰爭的祈禱》中轉引了兩個片段，藉以點破國民黨戰爭計劃的實質不過是以「失敗」求苟安，而他認爲必須通過革命來改變這種狀況，否則，戰爭的指揮權操控在國民黨的手裏，「則一切戰爭，命裏注定的必然要失敗」。〔註55〕6 月 18 日，魯迅在致臺靜農的信中再度慨歎，「中國人將辦事和做戲太混爲一談」，以致「『抗』得輕浮」，但敵人「殺得切實」。〔註56〕幾天後，在致曹靖華的信中，魯迅又憤慨地批駁道：「上海的小市民眞是十之九是昏聵糊塗，他們好像以爲俄國要吃他似的。文人多是狗，一批一批的匿了名向普羅文學進

〔註51〕胡菊人：《魯迅在三〇年代的生活》，香港《東西風》，1973 年 3 月號。

〔註52〕〔日〕竹內實：《中國的三〇年代與魯迅》，竹內實著，奔永彬譯，水急、盧潔校譯：《魯迅遠景》，臺北：自立晚報社文化出版部，1992 年，第 41 頁。

〔註53〕鄒魯風：《黨最親密的戰友》，參見魯迅博物館等選編：《魯迅回憶錄》（散篇），北京出版社，1999 年，第 900 頁。

〔註54〕黃震遐：《大上海的毀滅》，上海《大晚報》，1932 年 5 月 28 日。

〔註55〕何家幹（魯迅）：《對於戰爭的祈禱——讀書心得》，《申報·自由談》，1933 年 2 月 28 日。

〔註56〕魯迅：《書信·320618·致臺靜農》，《魯迅全集》（第十二卷），人民文學出版社，2005 年，第 311 頁。

攻。」〔註57〕7 月 11 日，魯迅題詩《一·二八戰後作》贈山本初枝女士，詩云：「戰雲暫斂殘春在，重炮清歌兩寂然。我亦無詩送歸棹，但從心底祝平安。」〔註58〕顯然，「一·二八」戰爭對魯迅的觸動是巨大的，但政府、民眾、文人昏聵不堪，鑒於此，魯迅主張擴大聯合陣線〔註 59〕，繼續文化戰線的鬥爭，喚醒沉睡的奴隸之心。

1933 年 8 月 28 日，魯迅在《新秋雜識》中曾援引螞蟻間的攻戰擄掠來映像人世間的侵略奴役：

> 螞蟻中有一種武士蟻，自己不造窠，不求食，一生的事業，是專在攻擊別種螞蟻，掠取幼蟲，使成奴隸，給它服役的。但奇怪的是它決不掠取成蟲，因爲已經難施教化。它所掠取的一定只限於幼蟲和蛹，使在盜窟裏長大，毫不記得先前，永遠是愚忠的奴隸，不但服役，每當武士蟻出去劫掠的時候，它還跟在一起，幫著搬運那些被侵略的同族的幼蟲和蛹去了。〔註60〕

藉此，魯迅提醒國人切勿妄作「愚忠的奴隸」和盲目滿足「爲奴的勝利」，認爲應當做堅決的鬥爭。儘管受著重重壓制，但魯迅相信文藝對涵養人之品性具有重要作用，所以認爲「仗自然是要打的，要打掉製造打仗機器的蟻冢，打掉毒害小兒的藥餌，打掉陷沒將來的陰謀：這才是人的戰士的任務。」〔註61〕1935 年，魯迅爲葉紫的《豐收》、田軍的《八月的鄉村》和蕭紅的《生死場》分別作序，支持這些作品以「奴隸社」的名義出版。《八月的鄉村》描寫了「九·一八」事變爆發後，東北人民在中國共產黨的領導下進行抗日鬥爭，此外也揭露了國民黨的不抵抗政策。1935 年 3 月 28 日，魯迅爲蕭軍的《八月的鄉村》作序，稱讚《八月的鄉村》是「關於東三省被佔的事情的小說」中

〔註57〕 魯迅：《書信·320624·致曹靖華》，《魯迅全集》（第十二卷），人民文學出版社，2005 年，第 313 頁。

〔註58〕 魯迅：《日記二十一》，《魯迅全集》（第十六卷），人民文學出版社，2005 年，第 318 頁。

〔註59〕 魯迅主張擴大文藝戰線，曾致信北平「左聯」成員王志之，建議以緩和的態度對待鄭振鐸和朱自清。參見魯迅：《書信·330510·致王志之》，《魯迅全集》（第十二卷），人民文學出版社，2005 年，第 396 頁。

〔註60〕 魯迅：《準風月談·新秋雜識》，《魯迅全集》（第五卷），人民文學出版社，2005 年，第 286 頁。

〔註61〕 魯迅：《準風月談·新秋雜識》，《魯迅全集》（第五卷），人民文學出版社，2005 年，第 287 頁。

「很好的一部」，「雖然有些近乎短篇的連續，結構和描寫人物的手段，也不能比法捷耶夫的《毀滅》，然而嚴肅，緊張，作者的心血和失去的天空，土地，受難的人民，以至失去的茂草，高粱，蟈蟈，蚊子，攪成一團，鮮紅的在讀者眼前展開，顯示著中國的一份和全部，現在和未來，死路與活路。凡有人心的讀者，是看得完的，而且有所得的」。〔註62〕顯而易見，縱然較之於《毀滅》，《八月的鄉村》並不能算作一部「藝術的傑作」，僅僅成為一種「光榮的記錄」，但魯迅仍舊對其給予了相當的肯定，原因便如李健吾所言：「階級鬥爭，還有民族抗戰，是蕭軍先生作品的兩棵柱石。沒有思想能比二者更切合現代，更切合一個亡省的人的。」〔註63〕此外，魯迅還借用南宋小朝廷的歷史，痛斥了蔣介石及其幫閒正幹著為日本侵略者「征服中國民族的心」的無恥勾當。此時魯迅也預感到該書「也因此當然不容於中華民國」，果如所料，張春橋化名「狄克」，發文《我們要執行自我批判》，批評《八月的鄉村》在內容上、技巧上都存有問題。〔註64〕面對張春橋的攻擊，魯迅作文《三月的租界》，揭露了張春橋為國民黨「獻媚」或者幫國民黨「繳械」的真實用意：

> 　　自然，狄克先生的「要執行自我批判」是好心，因為「那些作家是我們底」的緣故。但我以為同時也萬萬忘記不得「我們」之外的「他們」，也不可專對「我們」之中的「他們」。要批判，就得彼此都給批判，美惡一併指出。如果在還有「我們」和「他們」的文壇上，一味自責以顯其「正確」或公平，那其實是在向「他們」獻媚或替「他們」繳械。〔註65〕

需要注意的是，魯迅在回擊張春橋對《八月的鄉村》的批評的同時，也提醒要分清「我們」與「他們」的界限，亦即要明晰哪一方是真正的敵人。〔註66〕在魯迅看來，相對於蕭軍等被壓迫的民眾進行著「莊嚴的工作」，中華民國的當權者及其幫閒們卻處處表露著「荒淫與無恥」。〔註67〕1935 年 11 月 14 日夜，

〔註62〕魯迅：《且介亭雜文二集·田軍作〈八月的鄉村〉序》，《魯迅全集》（第六卷），人民文學出版社，2005 年，第 296 頁。

〔註63〕參見李健吾：《〈八月的鄉村〉——蕭軍先生作》，《咀華集·咀華二集》，復旦大學出版社，2005 年，第 112、121 頁。

〔註64〕狄克（張春橋）：《我們要執行自我批判》，《大晚報·火炬》，1936 年 3 月 15 日。

〔註65〕魯迅：《三月的租界》，《夜鶯》月刊第 1 卷第 3 期，1936 年 5 月。

〔註66〕魯迅：《三月的租界》，《夜鶯》月刊第 1 卷第 3 期，1936 年 5 月。

〔註67〕魯迅：《且介亭雜文二集·田軍作〈八月的鄉村〉序》，《魯迅全集》（第六卷），

魯迅給蕭紅的《生死場》〔註 68〕作序時，開篇就追述「一・二八」戰爭時，火線中的中國人的「絕跡」，火線外的中國人的隔膜：

> 記得已是四年前的事了，時維二月，我和婦孺正陷在上海閘北的火線中，眼見中國人的因爲逃走或死亡而絕跡。後來仗著幾個朋友的幫助，這才得進平和的英租界，難民雖然滿路，居人卻很安閒。和閘北相距不過四五里罷，就是一個這麼不同的世界，——我們又怎麼會想到哈爾濱。〔註 69〕

而在魯迅看來，《生死場》所展現的「北方人民的對於生的堅強，對於死的掙扎」，不但可以反駁「深惡文藝和功利有關的人」，而且可以攪亂「好像古井中水」的「奴隸的心」，獲得「堅強和掙扎的力氣」。〔註 70〕

　　除了支持左翼青年作家進行戰鬥外，魯迅也竭其所能引介馬列主義文藝理論和蘇俄文藝作品，藉以輔助左翼文藝運動，一個最突出的事例便是他對《譯文》的大力扶植。觀摩當時文壇的狀況，魯迅一再感歎文藝的枯窘，不禁呼籲「甘爲泥土的作者和譯者的奮鬥，是已經到了萬不可緩的時候了，這就是竭力運輸些切實的精神的糧食，放在青年的周圍，一面將那些聾啞的製造者送回黑洞和朱門裏面去。」〔註 71〕當得知青年的視界過於狹小，魯迅認爲「這卻比文壇上之多叭兒更可慮」〔註 72〕，於是盡其所能地投注精力於譯介，期望以此「養成勇敢而明白的鬥士」〔註 73〕。而且，魯迅認爲譯介從長

人民文學出版社，2005 年，第 297 頁。

〔註 68〕關於肖紅的《生死場》之命名，胡風曾言：「肖紅的《生死場》原稿並沒有題目，肖紅和肖軍請魯迅爲《生死場》作序，同時也要我寫一篇序。我在看原稿時，看到書中有兩句話分別提到『生』和『死』，就取來作爲小說的題目，魯迅和兩肖都表示同意，當時我們祖國確實處於生死存亡的關頭。」胡風口述：《關於「左聯」與魯迅關係的若干回憶》，魯迅博物館編：《魯迅研究資料》（第九輯），天津人民出版社，1982 年，第 183～184 頁。

〔註 69〕魯迅：《且介亭雜文二集・蕭紅作〈生死場〉序》，《魯迅全集》（第六卷），人民文學出版社，2005 年，第 422 頁。

〔註 70〕魯迅：《且介亭雜文二集・蕭紅作〈生死場〉序》，《魯迅全集》（第六卷），人民文學出版社，2005 年，第 422、423 頁。

〔註 71〕魯迅：《準風月談・由聾而啞》，《魯迅全集》（第五卷），人民文學出版社，2005 年，第 295 頁。

〔註 72〕魯迅：《書信・340424・致楊霽雲》，《魯迅全集》（第十三卷），人民文學出版社，2005 年，第 84 頁。

〔註 73〕魯迅：《書信・340609・致楊霽雲》，《魯迅全集》（第十三卷），人民文學出版社，2005 年，第 147 頁。

遠來講對中國有益，他就曾勸林語堂「譯些英國文學名作」，「要他於中國有益，要他在中國留存」，而「急進」的林語堂認為魯迅的意見滿帶「暮氣」。〔註74〕並且當時翻譯界混亂不堪，如黃源回憶，「在一九三〇年，翻譯曾經『洪水泛濫』過一時，但被一些投機者不負責任的胡譯、亂譯、瞎譯、趕譯，亂來一通，讀者上了幾回當，更有人講冷話，翻譯馬上便被擯棄，被輕視了。」〔註75〕於是待國民黨的「文化剿匪」稍微鬆動，魯迅就和茅盾商量編辦「一個專門登載譯文的雜誌，提一提翻譯的身份」〔註76〕。1934 年 9 月 16 日，魯迅、茅盾、黎烈文一道創辦了《譯文》月刊，魯迅被推為主編。依照魯迅的建議，《譯文》承繼《奔流》的編排方式，每期後附《編輯後記》，簡略說明譯品的作者及創作情況，而且刊載精美的插畫，正如魯迅在《〈譯文〉創刊號前記》所言：「文字之外多加圖畫。也有和文字有關係的，意在助趣；也有和文字沒有關係的，那就算是我們貢獻給讀者的一點小意思」，因為在他看來「複製的圖畫總比複製的文字多保留得一點原味」。〔註77〕另外，茅盾回憶《譯文》的創辦情況時也說，「魯迅還提出可以多翻印些外國的繪畫和木刻」，而他當時擔心「銷數少，成本太高，書店老闆不願意」，〔註78〕但《譯文》最終的編排還是依照魯迅的建議。而且魯迅選登的插畫注重同刊載的內容、社會的現實相結合，在他看來，只有關注現實的藝術，才有厚重的根基〔註79〕。此外，魯迅等人編辦《譯文》，也著意培育優秀的青年翻譯家，如茅盾致信黃源表明創刊意圖，「這刊物（即《譯文》──引者注）不是一般的讀物，只是供給少數真想用功的人作為『他山之石』的」〔註80〕。

　　因為國民黨的「文化剿匪」以及上海文場的混亂，《譯文》的銷路難以預料，故魯迅等人起初完全不慮報酬進行試辦，魯迅主編了前三期。當時的上

〔註74〕魯迅：《書信・340813・致曹聚仁》，《魯迅全集》（第十三卷），人民文學出版社，2005 年，第 198 頁。

〔註75〕黃源：《魯迅先生與〈譯文〉》，《譯文》新 2 卷第 3 期，1936 年 11 月 16 日。

〔註76〕茅盾：《我走過的道路》（中），人民文學出版社，1984 年，第 236 頁。

〔註77〕魯迅：《〈譯文〉創刊號前記》，《譯文》第 1 卷第 1 期，1934 年 9 月 16 日。

〔註78〕茅盾：《我走過的道路》（中），人民文學出版社，1984 年，第 237 頁。

〔註79〕1935 年 9 月 9 日，魯迅在給李樺的信中寫道：「上海刊物上，時時有木刻插圖，其實刻者甚少，不過數人，而且亦不見進步，仍然與社會離開，現雖流行，前途是未可樂觀的。」魯迅：《書信・350909・致李樺》，《魯迅全集》（第十三卷），人民文學出版社，2005 年，第 539 頁。

〔註80〕茅盾：《書信一集・致黃源》，《茅盾全集》（第三十六卷），人民文學出版社，1997 年，第 111 頁。

海，「文界的腐敗，和武界也並不兩樣」，「掛著好看的招牌，在幫助權力者暗殺青年的心，使中國完結的無聲無臭。」所以，魯迅、茅盾、黎烈文三人用心地翻譯支撐的《譯文》前三期，雖全爲譯作，但也遭到國民黨中央宣傳委員會圖書雜誌審查委員會的刪削，後來雖然重重小心，如因爲紀德左轉，魯迅請黎烈文改譯愛倫堡，但譯作和插畫仍屢遭刪削，此外還遭到文壇他派的攻擊。所以，魯迅也「時時感到寂寞，常常想改掉文學買賣，不做了，並且離開上海」，但仍只是「暫時的憤慨」。〔註81〕此時魯迅雖覺體力不佳，還一度忙於編選《中國新文學大系・小說二集》，但稱此「只是爲了吃飯問題」〔註82〕，而他將主要精力投注在「紹介文學和美術」，認爲這才是於中國於將來更有意義的工作。〔註83〕

　　從第 4 期起，魯迅將《譯文》交與青年編者黃源，但仍傾力扶持，他不但妥善選材認真翻譯，如魯迅自稱「當初在《譯文》投稿時，要有意義，又要能公開，所以單是選材料，就每月要想幾天」〔註84〕。而且積極邀約稿件，如因爲《譯文》比較少論文，他函邀黎烈文譯愛倫堡之作，愛倫堡之《論超現實主義派》（《譯文》第 1 卷第 4 期）和《論莫洛亞與其他》（《譯文》第 2 卷第 1 期）就是黎烈文受魯迅之請而譯介的。另外，魯迅也爲《譯文》薦稿，茅盾譯的《萊蒙托夫》就經魯迅推薦刊於《譯文》第 1 卷第 6 期。還有，對其他編輯事宜，如封面、插圖的選印，魯迅也甚爲關切，多此致信囑託黃源，並主動找尋插畫、翻譯畫題。所以，繼編者黃源說魯迅從未拒絕過他的邀稿，對《譯文》魯迅「好像是必盡的義務似的」〔註85〕。此外，魯迅依舊建議大力扶持新進的翻譯家，黃源回憶說：「我接著自第四卷編起，依著先生所指示的方針做去，先生仍然不斷地譯稿找插圖；茅盾先生也竭力譯稿，做了最有力的支持者，但先生希望中國有許多好的翻譯家，從第四期起我們也就擴大了範圍，多登些優秀的新進翻譯家的稿件。」遵照魯迅的意見，黃源不以魯

〔註81〕　魯迅：《書信・350209・致蕭軍、蕭紅》，《魯迅全集》（第十三卷），人民文學出版社，2005 年，第 380 頁。
〔註82〕　魯迅：《書信・350126・致曹靖華》，《魯迅全集》（第十三卷），人民文學出版社，2005 年，第 360 頁。
〔註83〕　魯迅：《書信・350207・致曹靖華》，《魯迅全集》（第十三卷），人民文學出版社，2005 年，第 375 頁。
〔註84〕　魯迅：《書信・351204・致王冶秋》，《魯迅全集》（第十三卷），人民文學出版社，2005 年，第 597～598 頁。
〔註85〕　黃源：《魯迅先生與〈譯文〉》，《譯文》新 2 卷第 3 期，1936 年 11 月 16 日。

迅爲召集的大旗，注重多刊載新進翻譯家的譯稿，他說魯迅「每期看《譯文》，也特別注意新進者的譯品」〔註86〕。

　　1935 年 9 月 16 日，《譯文》刊行一週年時，生活書店不願繼續發行，迫於無奈只好停刊。隨後，魯迅和茅盾合撰了《〈譯文〉終刊號前記》〔註87〕。屢經辦刊挫折和文壇爭鬥，故魯迅認爲《譯文》停刊只是小事情，但對中國文壇的衰閉狀況充滿了憂慮，如在 1935 年 10 月 20 日致孟十還的信中，魯迅憤慨於中國人評論人的嚴酷，另在 1935 年 10 月 29 日致蕭軍的信中，又不禁感歎作家新作的稀薄，而在魯迅看來，改觀文壇狀況主要還得依靠譯介，故一如既往對譯介作品滿懷熱情，積極設法復活《譯文》。1936 年 3 月 16 日，在魯迅等人的努力下，《譯文》得以復刊。1936 年 3 月 8 日，魯迅爲《譯文》撰寫了「復刊詞」，後來還興奮地談到：「《譯文》現在總算復刊了，輿論仍然不壞，似已銷到五千。近來有一些青年，很有實實在在的譯作，不求虛名的傾向了，比先前的好用手段，進步得多；而讀者的眼睛，也明亮起來，這是一個較好的現象。」〔註88〕在魯迅的支持以及同人的努力下，《譯文》成爲 1930 年代具有重大影響的專門介紹世界文學的刊物。

　　綜上所述，儘管國民黨當局通過各種方式展開嚴密的文化統制和殘酷的「文化剿匪」，「民族主義文學家」也排擠打壓左翼文藝，但是，以魯迅爲代表的左翼文藝陣營卻成功地實現了反擊，既攻破了國民黨當局羅織的文網，也揭穿了「民族主義文學家」的眞面，與此同時，不但使得左翼文藝在政治迫壓和經濟微薄的艱難處境中延續了下來，而且以無產階級革命文藝的實績在當時中國思想文化界產生了重要影響。

〔註86〕黃源：《魯迅先生與〈譯文〉》，《譯文》新 2 卷第 3 期，1936 年 11 月 16 日。

〔註87〕魯迅：《書信·351029·致蕭軍》，《魯迅全集》（第十三卷），人民文學出版社，2005 年，第 570 頁。

〔註88〕魯迅：《書信·360401·致曹靖華》，《魯迅全集》（第十四卷），人民文學出版社，2005 年，第 59 頁。

第四章　魯迅與「第三種人」的論辯

　　新時期以來，在對左翼文化的再檢討中，許多論者對「第三種人」論爭重新進行了探討，綜觀這些評價，儘管議論的側重點不同，但圍繞的核心問題是論爭性質，即論爭應當屬於敵我鬥爭還是文藝問題上的思想鬥爭或學術論爭。然而這種重在定性的研究，即便能得出一二裁斷明確的結論，卻毫無疑問遠離了真切的歷史事實，不過事後之明，實則反而無視或者遮蔽了種種現實可能性。對於這種在先行的框架中看待歷史的研究（反「左」而又不由自主落入「左」的框架的「關門主義」和「機械論」），最早對「第三種人」論爭發表意見的研究者之一的丸山升，就曾指出其所存在的缺陷：「急於過於簡單化、正統化左翼文學運動，批判、否定與此不相關、從此『脫落』的東西，幾乎不關心產生上述矛盾與分歧的左翼文學運動自身」，以及忽視此論爭「在有血有肉有感情的當事者的內心中有何意義」，〔註1〕結果「會忽視具有複雜面貌的歷史的其中的一部分」。因此，丸山升認為研究者首先應當審慎思考「看待歷史的視點問題」。〔註2〕丸山升的意見值得反思，我們確實不能無視或忽略「第三種人」論戰各方的特殊性，否則便無法客觀公正地認識這一論戰本身的意義。受此啟發，筆者試圖通過考辨魯迅對「第三種人」看法的前後變化，藉以追索其在「文藝自由」論辯中的複雜心態。

〔註1〕　〔日〕丸山升著、王俊文譯：《圍繞施蟄存與魯迅的論爭》，《魯迅・革命・歷史：丸山升現代中國文學論集》，北京大學出版社，2005年，第312頁。
〔註2〕　參見〔日〕丸山升著、王俊文譯：《魯迅的「第三種人」觀》，《魯迅・革命・歷史：丸山升現代中國文學論集》，北京大學出版社，2005年，第284頁。

第一節　「文藝自由」與「關門主義」

1931 年 10 月 23 日，針對國民黨御用文人發起的「民族主義文藝運動」，魯迅率先發文《「民族主義文學」的任務和命運》，尖銳地揭露和批判了國民黨的反共反人民的罪惡，首先響應魯迅而討伐「民族主義文藝運動」的是胡秋原。1931 年 12 月 25 日，胡秋原在其主辦的《文化評論》創刊號上刊登了署名「本社同人」的《眞理之檄》，宣稱他們是「自由的知識階級」，「沒有一定的黨見」，只是憑「愛護眞理的信心」而從事社會和文化批評。〔註 3〕與此同時，胡秋原在《文化評論》創刊號上還發文《阿狗論文藝》，一面批評「民族主義文學」，一面攻擊左翼文藝「將藝術墮落到一種政治的留聲機」。〔註 4〕1932 年 5 月，胡秋原又在《讀書雜誌》第 2 卷第 1 期上繼續發文《勿侵略文藝》《錢杏邨理論之清算與民族文學理論之批評》，文中他自命爲「自由人」，宣稱文藝「至死也是自由的」，「藝術不是宣傳」。

對於胡秋原的言論，1932 年 5 月 23 日，瞿秋白以「文藝新聞社」的名義發文《「自由人」的文化運動》，給予了相當嚴苛的批評。〔註 5〕緊隨其後，1932 年 6 月 6 日，時任「文委」書記的馮雪峰以致文藝新聞社公開信的形式，發出戰鬥的號召：「胡秋原在這裡不是爲了正確的馬克思主義的批評而批判了錢杏邨，卻是爲了反普羅革命文學而攻擊了錢杏邨；他不是攻擊錢杏邨個人，而是進攻整個普羅革命文學運動。胡秋原曾以『自由人』的立場，反對民族主義文學的名義，暗暗地實行了反普羅革命文學的任務，現在他是進一步地以『眞正馬克思主義者應當注意馬克思主義的贋品』的名義，以『清算再批判』的取消派的立場，公開地向普羅文學進攻，他的眞面目完全暴露了，他嘴裏不但喊著『我是自由人』，『我不是統治階級的走狗』，並且還喊著『馬克思主義』，甚至還喊著『列寧主義』，然而實際上不是這樣的。這眞正顯露了一切托洛茨基派和社會民主主義派的眞面目！」〔註 6〕但 1932 年 7 月，身爲「左聯」成員的蘇汶（杜衡）卻發文聲援胡秋原，他自稱「第三種人」，嘲諷左翼文藝不要眞理不要文藝，認爲當時許多作家之所以「擱筆」，是因爲「左

〔註 3〕　《眞理之檄》，《文化評論》創刊號，1931 年 12 月 25 日。

〔註 4〕　胡秋原：《阿狗論文藝》，《文化評論》創刊號，1931 年 12 月 25 日。

〔註 5〕　文藝新聞社：《「自由人」的文化運動》，《文藝新聞》第 56 期，1932 年 5 月 23 日。

〔註 6〕　洛揚（馮雪峰）：《致文藝新聞的信》，《文藝新聞》第 58 期，1932 年 6 月 6 日。

聯」批評家態度兇暴和「左聯」霸佔文壇的緣故。對於蘇汶的發難，左翼文壇在同年 10 月、11 月給予了激烈的反駁。面對左翼文人的聲討，蘇汶也先後發文《「第三種人」的出路》、《論文學上的干涉主義》，站在「第三種人」的立場上，指責左翼文學「受某種政治勢力的干涉」，「成了某種政治勢力的留聲機」，強調應當反對「文學上的干涉主義」。〔註7〕對於此番論爭，胡秋原在年末所寫的《浪費的論爭》中作了申辯和批駁。但瞿秋白和馮雪峰等人並不視其為「浪費的論爭」，瞿秋白同馮雪峰商量後代其執筆，作文《並非浪費的論爭》〔註8〕予以回駁。

　　概觀起來，雙方爭論的焦點主要聚集在如下幾個方面：一是文藝能否脫離政治而自由。在左翼人士看來，「一切藝術都是宣傳」，「文藝到處是政治的留聲機」，因此文藝不能離開政治。對此胡秋原表示質疑，他發問道：「例如，塞凡蒂斯，濟茨，繆塞，法郎士，普希金，屠格涅夫，坡，乃至陶潛，嵇康，他們都煽動了什麼，做了那一階級的『政治的留聲機』？」〔註9〕此外，蘇汶認為文藝不但可以離開政治，而且為了確保文藝對人生的永久的、絕對的任務起見，更應該離開政治而自由發展。二是文藝與階級的關係。無產階級文藝理論家認為，文藝歸根結底不是贊助被壓迫階級便是贊助壓迫階級，不是革命便是反革命。馮雪峰曾經指出：「一般所說的『一切的文藝都不能超階級的（這種文藝只能在將來沒有階級的社會裏存在），同時都不是超利害的，又都是直接間接地做階級的鬥爭的武器』的理論，是文藝的歷史所證明了的。」〔註10〕雖然蘇汶也承認「在天羅地網的階級社會裏，誰也擺脫不了階級的牢籠，這是當然的，因此作家也便有意無意地露出了某一階級的意識形態。文學之有階級性者，蓋在於此」。但蘇汶同時認為，若說「泄露某一階級的意識形態就包含一種有目的意識的鬥爭作用」，那麼「一切文學都是有階級性的」這一命題便不能成立。〔註11〕三是「第三種文學」可否保持中立而存在。蘇汶等認為文藝具有絕對的自由，至少創作者在主觀上可以超越階級利害的影

〔註7〕　參見蘇汶：《論文學上的干涉主義》，《現代》第 2 卷第 1 期，1932 年 11 月 1 日。

〔註8〕　洛揚（馮雪峰）：《並非浪費的論爭》，《現代》第 2 卷第 3 期，1933 年 1 月 1 日。

〔註9〕　胡秋原：《浪費的論爭》，《現代》第 2 卷第 2 期，1932 年 12 月 1 日。

〔註10〕　何丹仁（馮雪峰）：《關於「第三種文學」的傾向與理論》，《現代》第 2 卷第 3 期，1933 年 1 月 1 日。

〔註11〕　蘇汶：《「第三種人」的出路》，《現代》第 1 卷第 6 期，1932 年 10 月 1 日。

響。但左翼文學家卻並不這麼認爲，馮雪峰就明確駁斥道：「第三種文學，如果像蘇汶先生現在所表現似的傾向，乃是要超階級鬥爭的、超政治的文學，更具體地明白地說，要在反動統治階級反革命文學和無產階級革命文學之間或之外存在的超革命也超反革命的文學，那麼，這種文學實際上也早已不是真的中立的、真的第三種文學。因爲這樣的文學及其理論，實際上，客觀上，往往仍舊幫助著反動統治階級的，……所以，問題並不在於我們拒絕中立，而是在於它在客觀上並非中立，在於這樣的第三種文學，以及做這樣的第三種人，並非蘇汶先生的作家們（『作者之群』）的出路。但是，第三種文學，如果是『反對舊時代，反對舊社會』，雖不是取著無產階級的立場，但決非反革命的文學，那麼，這種文學也早已對於革命有利，早已並非中立，不必立著第三種文學的名稱了，而這才是目前放在一般作家們（『作者之群』）的面前的正當的路。」〔註12〕四是藝術的價值何在，即「爲藝術而藝術」還是爲鬥爭而藝術。蘇汶、胡秋原等認爲，藝術的價值是獨立的，而左翼文學家認爲藝術的價值是不能脫離社會的客觀現實而獨立存在的。

　　事實上，胡秋原本來不過是說「文藝要自由競爭，非強制或獨佔所能產生繁榮」，而且他所反對的對象是民族文藝。〔註13〕然而，瞿秋白將胡秋原的話語理解爲「他要文學脫離無產階級而自由，脫離廣大的群眾而自由」。嚴格說來，瞿秋白、馮雪峰對胡秋原的批駁並無客觀的依據，甚至有點草木皆兵，將「左聯」之外的任何意見都視作敵對看法，究其原因，即如曾任「左聯」宣傳部長、行政書記的任白戈所言，當時左翼文人對「第三種人」的看法是：「由於國民黨反動派對左翼文化的壓迫一天一天嚴重，他們就公開打出小資產階級的旗幟，聲稱他們既不是資產階級的作家，也不是無產階級的作家，而是小資產階級的作家，算是『第三種人』。他們在國民黨壓迫左翼作家，限制自由創作的情況下，不向國民黨去爭取創作自由，而向左翼方面去爭取創作自由。」〔註14〕但與此相對，在蘇汶等人看來，左翼文人不過是推行「關門主義」，如在《一九三二年的文藝論辯之清算》中，蘇汶曾留下了一句意味

〔註12〕何丹仁（馮雪峰）：《關於「第三種文學」的傾向與理論》，《現代》第2卷第3
　　　　期，1933年1月1日。
〔註13〕胡秋原：《浪費的論爭》，《現代》第2卷第2期，1932年12月1日。
〔註14〕任白戈：《我在「左聯」工作的時候》，中國社會科學院文學研究所《左聯回
　　　　憶錄》編輯組編：《左聯回憶錄》（上），中國社會科學出版社，1982年，第
　　　　378頁。

深長的話：「嚴格地說，截止到現在，中國還沒有名副其實的無產作家的存在，即在『聯盟』之內的作者，也大都只是以『同路人』的資格而存在著吧。『在內』的成爲『儼然的』無產作家，這固然沒有什麼大要緊；要緊的一點是在宗派的鐵門封鎖了『在外』的一切存在。」〔註15〕需要補充的是，中共中央並不贊同左翼文壇的「關門主義」，時任臨時中央政治局常委的張聞天，主管宣傳工作，他在中共中央機關報《鬥爭》上發文《文藝戰線上的關門主義》，明確指出「使左翼文藝運動始終停留在狹窄的秘密範圍內的最大障礙物，卻是『左』的關門主義」，而這種「關門主義」的首要表現──否認「第三種人」和「第三種文學」的存在──是「非常錯誤的極左觀點」，原因是「在中國社會中除了資產階級與無產階級的文學之外，顯然還存在著其他階級的文學，可以不是無產階級的，而同時又是反對地主資產階級的革命的小資產階級的文學，這種文學不但存在著，而且是中國目前革命文學最佔優勢的一種（甚至那些自稱無產階級文學家的文學作品，實際上也還是屬於這類文學的範疇）。排斥這種文學，罵倒這些文學家，說他們是資產階級的走狗。這實際上就是拋棄文藝界的革命的統一戰線，使幼稚到萬分的無產階級文學處於孤立，削弱了同眞正擁護地主資產階級的反動文學做堅決鬥爭的力量」，所以，「革命的小資產階級的文學家，不是我們的敵人，而是我們的同盟者。」〔註16〕張聞天的文章給左翼文化界以很大的震動，夏衍甚至稱讚這篇文章「無疑是上海左翼文化運動開始擺脫左傾教條主義的一個重要標誌」〔註17〕。

　　魯迅在論爭中並沒有發表文章，直到1932年10月10日寫作《論「第三種人」》時，他才重點批駁了「第三種人」的思想意識。如就「第三種人」的欲超出階級而存在，魯迅以爲不過是不切實際的幻想：「生在有階級的社會裏而要做超階級的作家，生在戰鬥的時代而要離開戰鬥而獨立，生在現在而要做給與將來的作品，這樣的人，實在也是一個心造的幻影，在現實世界上是沒有的。」除此之外，魯迅批評胡秋原等「第三種人」披著馬列主義外衣向左翼文壇爭自由，目的不過是想要扼殺左翼文學。與此相對，魯迅肯定托爾斯泰的爲人生的藝術和爲農民的寫作，他說托爾斯泰和弗羅培爾（福樓拜）「都

〔註15〕蘇汶：《一九三二年的文藝論辯之清算》，《現代》第 2 卷第 3 期，1933 年 1 月 1 日。

〔註16〕歌特（張聞天）：《文藝戰線上的關門主義》，《鬥爭》第 30 號，1932 年 11 月 3 日。

〔註17〕夏衍：《懶尋舊夢錄》，北京三聯書店，1985 年，第 214 頁。

是爲現在而寫的，將來是現在的將來，於現在有意義，才於將來會有意義。
尤其是托爾斯泰，他寫些小故事給農民看，也不自命爲『第三種人』，當時資
產階級的多少攻擊，終於不能使他『擱筆』」。〔註18〕值得注意的是，魯迅的
這些意見很受瞿秋白的影響。1932 年 4 月 1 日，瞿秋白在《中國的假革命黨
和中俄復交問題》中指出，因爲國民黨政府的賣國和反動過於露骨、難以掩
蓋（在「上海事變」中用「假抵抗的手段」實行「不抵抗主義」；允許日本設
立滿洲「獨立國」；將中東路的護路權讓渡給滿洲「獨立國」等等），於是一
些「假革命黨」幫著國民黨欺騙民眾，實行巧妙地反對蘇聯和中國蘇維埃運
動的宣傳，如王禮錫、胡秋原等新辦的《國際評論》，主持人物爲「AB 團社
會民主黨」的首領，表面上假裝著「革命的」神氣，甚至於冒充「馬克思主
義派」，以及表面上稱讚蘇聯，主張中俄復交，而本質上是：「假革命黨原來是
反革命的別動隊，現在他們在進攻蘇聯的戰線上，巧妙而忠實的替帝國主義
國民黨服務了！」〔註19〕因此，在瞿秋白看來，胡秋原的藝術理論實際上是：
（一）「變相的藝術至上論」，根本立場是認爲「藝術只應當有高尚的情思，
而不應當做政治的『留聲機』」，其所擁護的並不是「馬克思主義的文藝理論」，
而是貌似「獨立的高尚的文藝」；（二）「虛僞的客觀主義」，或者是「資產階
級的虛僞的旁觀主義」，事實上「否認藝術的積極作用，否認藝術能夠影響生
活」；（三）「反對階級文學的理論」，認爲「階級文藝」是「藝術的叛徒」、「政
治的留聲機」，算不了文藝。要之，胡秋原的「學說」結果變成了「百分之一
百的資產階級的自由主義」，所謂替文學要求「自由」，不過是發揮其「自由
人」的「無黨無派」的對於藝術的「高尚情思」的評價；而且不止於此，最
重要的是胡秋原要「文學脫離無產階級而自由，脫離廣大的群眾而自由」，因
爲「當無產階級公開的要求文藝的鬥爭工具的時候，誰要出來大叫『勿侵略
文藝』，誰就無意之中做了僞善的資產階級的藝術至上派的『留聲機』」。另外，
針對蘇汶所謂的受左翼攻擊而寫不出作品，瞿秋白反駁道：「至於把藝術變成
神聖不可侵犯的作家，儘管放膽的去做作家好了。眞有『愛好藝術』的勇氣
的，眞正能夠死抱住所謂文學的人，什麼也不應當怕的。」〔註20〕

〔註18〕 魯迅：《論「第三種人」》，《現代》第 2 卷第 1 期，1932 年 11 月 1 日。
〔註19〕 范亢（瞿秋白）：《中國的假革命黨和中俄復交問題》，《紅旗週報》第 34 期，
1932 年 4 月 1 日。
〔註20〕 易嘉（瞿秋白）：《文藝的自由和文學家的不自由》，《現代》第 1 卷第 6 期，
1932 年 10 月 1 日。

但有意思的是，魯迅的《論「第三種人」》是由蘇汶轉交《現代》發表的，關於此，施蟄存曾回憶道：

> 當年參加這場論辯的幾位主要人物，都是彼此有瞭解的，雙方的文章措辭，儘管有非常尖刻的地方，但還是作為一種文藝思想來討論。許多重要文章，都是先經對方看過，然後送到我這裡來。魯迅最初沒有公開表示意見，可是幾乎每一篇文章，他都在印出以前看過。最後他寫了總結性的《論「第三種人」》，也是先給蘇汶看過，由蘇汶交給我的。這個情況，可見當時黨及其文藝理論家，並不把這件事作為敵我矛盾處理。我現在回憶起來，覺得當年左翼理論家的觀點雖然不免有些武斷、過左，但在進行批判的過程中，對鬥爭性質的掌握是正確的。〔註21〕

隨後，施蟄存將蘇汶的《論文學上的干涉主義》和魯迅的《論「第三種人」》同時編排在《現代》第 2 卷第 1 期中。而為了順帶結束這場論辯，施蟄存在該期的《社中日記》（九月二十五日）中還曾特意寫了這樣一段「編者按」：

> 蘇汶先生交來《論文學上的干涉主義》。關於這個問題，頗引起了許多論辯，我以為這實在也是目前我國文藝界必然會發生的現狀。凡是進步的作家，不必與政治有直接的關係，一定都很明白我國的社會現狀，而認識了相當的解決方法。但同時每個人都至少要有一些 Egoism，這也是坦然的事實。我們的進步的批評家都忽視了這事實，所以蘇汶先生遂覺得非一吐此久鯁之骨不快了。這篇文章，也很有精到的意見，和爽朗的態度，似乎很可以算是作者以前幾篇關於這方面文字的一個簡勁的結束了。〔註22〕

實際上，魯迅知悉大革命失敗後的小資產階級知識分子，雖則厭惡國民黨實行文化統制，但同時又對無產階級革命感到隔膜乃至於恐懼，而「左翼作家並不是從天上掉下來的神兵，或國外殺進來的仇敵，他不但要那同走幾步的『同路人』，還要招致那站在路旁看看的看客也一同前進」〔註23〕，尤其是當時的中國文壇，實際上出現的只能是小資產階級文藝。因此，魯迅對胡秋原、

〔註21〕 施蟄存：《〈現代〉雜憶》，《沙上的腳跡》，遼寧教育出版社，1995 年，第 32 ～33 頁。
〔註22〕 施蟄存：《社中日記》，《現代》第 2 卷第 1 期，1932 年 11 月 1 日。
〔註23〕 魯迅：《論「第三種人」》，《現代》第 2 卷第 1 期，1932 年 11 月 1 日。

蘇汶非但並無太多反對意見，如當魯迅看到胡秋原所寫的《浪費的論爭》後，他對胡秋原的芥蒂也就釋然了，後來還曾托馮雪峰將一張普列漢諾夫像贈送給胡秋原，又如在 1933 年 6 月 1 日刊出的《爲橫死之小林遺族募捐啓》上，魯迅和杜衡（蘇汶）同在發起人之列，一道爲 1933 年 2 月 20 日被害的日本左翼作家小林多喜二之遺族募捐〔註24〕；而且客觀地講，魯迅對「第三種人」還留有一定的期待，即如林默涵所說：「魯迅……那篇《論「第三種人」》的文章，在理論上毫不妥協，指出作家超階級的不可能，同時又有勸誘他們認識真理之意，而不是簡單地罵。」〔註25〕除了魯迅之外，馮雪峰等人也希望胡秋原、蘇汶等能同左翼作家聯合起來、一道前進，如馮雪峰曾回憶說：「魯迅《論「第三種人」》最後一句：『怎麼辦呢？』是我加的，引用蘇汶的原話，意在給對方留個後路。」〔註26〕除此之外，馮雪峰雖然在《關於「第三種文學」的傾向與理論》中批評了「第三種人」的某些觀點，但與此同時，他卻不但將「第三種人」視爲「友人」：「我們不把蘇汶先生等認爲我們的敵人，而是看做應當與之同盟戰鬥的幫手，我們就應當建立起友人的關係來」；而且希望「第三種文學」能同左翼文學聯合起來：「我們認爲蘇汶先生的『第三種文學』的真正的出路，是這一種革命的，多少有些革命的意義的，多少能夠反映現在社會的真實的現實的文學。他們不需要和無產階級革命文學對立起來，而應當和無產階級革命文學聯合起來的。」〔註27〕因而可以說，魯迅、馮雪峰等人並不因爲「第三種人」主張「文藝自由」而將其拒之門外，反之，他們還敞開了大門，希望其能做左翼文藝陣營的同盟軍。

第二節　「政治上左翼」與「文藝上自由主義」

必須承認的是，「第三種人」所提倡的文藝在當時具有一定的積極意義，如不同於一般寫實主義的外在現實，施蟄存注重處理人和社會內部的客觀內

〔註24〕 郁達夫等：《爲橫死之小林遺族募捐啓》，北平《文藝月報》創刊號，1933 年 6 月 1 日。

〔註25〕 林默涵：《解放後十七年文藝戰線上的思想鬥爭》，《人民文學》，1978 年 5 月號。

〔註26〕 馮雪峰：《馮雪峰同志關於「左聯」等問題的談話》，魯迅研究室編：《魯迅研究資料》（第二輯），文物出版社，1977 年，第 173 頁。

〔註27〕 何丹仁（馮雪峰）：《關於「第三種文學」的傾向與理論》，《現代》第 2 卷第 3 期，1933 年 1 月 1 日。

在現實（inside reality）及其變形，在這個意義上，「現代派」文藝所開拓的空間恰恰是寫實主義無力滲透之處。施蟄存晚年回憶舊事時曾稱，「現代派」（Modernist）就是「第一次世界大戰之後，否定了十九世紀的文學，另外開闢新的路。有的人用新的創作方法，有的人用新的題材。中國的現代派，就是不採用以前舊傳統的。所以左翼的蘇聯小說，也是現代派」。因此，所謂「文學上的 Modernism」是指「第一次世界大戰之後出現的各種各樣新的文學流派，新的文學創作方法，包括採用新的文學題材」。而當年他們那些「現代派」本意就是想開闢與十九世紀文學不同的新路途，於是對「比較左派的理論和蘇聯文學」，也不是「用政治的觀點看」，而將其視作「Modernist 中間的一個 Left Wing（左翼）」，所辦的刊物《無軌列車》《新文藝》以及《現代》等，同樣刊登比較左派的理論和蘇聯社會主義論調的文藝作品，故而將《現代》的立場概括為「政治上左翼，文藝上自由主義」〔註28〕：「在政治立場上，我們是 Left Wing。我們都是共產主義青年團的團員。可是在文藝上，我們不跟他們走」；「我們自己覺得我們是左派，但是左翼作家不承認我們。我們幾個人，是把政治和文學分開的。文學上我們是自由主義。所以杜衡後來和左翼作家吵架，就是自由主義文學論。我們標舉的是，政治上左翼，文藝上自由主義」；「《現代》雜誌的立場，就是文藝上自由主義，但並不拒絕左翼作家和作品。當然，我們不接受國民黨作家。我們幾個人在當時上海文藝界的地位，是很微妙的。因此，共產主義作家對我們也沒辦法批判。但是，我們的創作方法，是他們不能接受的」。〔註29〕

　　然而，在當時那樣的境況中，政治和文學是無法分開的，因為國共兩黨

〔註28〕 正因為此，所以有研究者認為，論及 1930 年代的左翼文學，廣義上還應當包括施蟄存等人的先鋒文學以及蘇汶等人的大眾文學，如李歐梵在考察上海1930 至 1945 年的文學現象時指出：在蔣介石於 1927 年「清洗」共產黨人之後，上海的租界成了形形色色的左翼人士的避風港，這些人包括共產黨的聯絡員、馬克思主義者、托洛茨基主義者和「革命文學」的倡議者，還有「左」傾的先鋒藝術家和作家，像施蟄存、劉吶鷗和戴望舒。在施蟄存等人短命的期刊像《無軌列車》《新文藝》上，「他們把藝術上的先鋒主義等同為政治上的激進」，因此他們都自認為是左翼分子，但不是共產黨員。他們的書店——叫什麼「水沫」和「水沫線」——同時受租界警察和國民黨特務的監視。參見李歐梵：《上海摩登——一種新都市文化在中國 1930～1945》，北京大學出版社，2002 年，第 334 頁。

〔註29〕 施蟄存：《為中國文壇擦亮〈現代〉的火花——答新加坡作家劉慧娟問》，新加坡《聯合早報》，1992 年 8 月 20 日。

在文化戰線上也進行著鬥爭，王平陵就曾說過：「文藝家除非在做夢⋯⋯不然，斷斷地沒有法子可以離開了居留著的現實的時代，躲避那些現實的種種的毒辣的教訓」；「『爲文藝而文藝』的態度，只能當作是文藝的技巧上的訓練，是我們研究文藝的必經的手段，不是文藝的最後的目的」；「如有這樣的作家，在此刻騷擾動蕩著的中國，能把帝國主義者的兇暴和殘忍，反映到文學方面來，或者寫出冰天雪地中的鬥士們那種實際的艱苦的情況，假定寫出的技巧能達到相當的成熟，我們不能不說他是文藝」，「決不能一概誣爲政治的留聲機，無條件的抹殺」。〔註30〕所以，文化戰線的鬥爭是不可或缺、不容忽視的。但是，杜衡等人卻堅決主張文藝創作自由，不願與左翼文人爲伍。例如 1933 年，他們在《中國文藝年鑒》創刊號上刊發了《一九三二年中國文壇鳥瞰》，對 1932 年中國「左翼文壇」做了這樣的「鳥瞰」：1928 年後，曾一度非常激烈的文藝理論紛爭，於此時「消沉」下來，原來「作爲理論爭執的重心點的左翼文壇，到 1931 年前後也無可諱言地是在一種疲憊的狀態之下支持著⋯⋯」，到了 1932 年，理論探討才「重新興起」，中心問題有兩個：「一，就是文藝大眾化的問題；二，就是文藝創作自由的問題」，而「文藝自由」論辯的結果並未真正解決問題：「一方面，左翼文壇雖然自己相信已經把蘇汶說服而滿意，另一方面，蘇汶也不得不姑認爲已經爭到文藝創作自由而順便收場，但糾紛卻仍然有隨時重新引起的可能。」〔註31〕

其實，施蟄存並非不知文學和政治是無法分開的，他晚年的談話可以佐證這一點：「我一直深知政治歸政治，文學歸文學，我也不反對文學爲政治服務，但是必須作家出諸自願。事實上，文學時常不知不覺的在爲政治服務的，一個作家是無法逃離政治氛圍的」。但是，施蟄存與戴望舒、杜衡等人之所以從中國共產主義青年團團員轉到「現代派」作家，原因則是其所說的：「『四一二事變』國共分裂後，我才曉得我們這些小共產黨黨員只有死的分，沒有活的機會。葛利爾恰爾曾經說：『所謂政黨，是指大多數人犧牲，少數人掌權享受。』十八世紀的話，到今天仍然是真理。從此我不再搞政治。戴望舒、杜衡和我都是獨生子，我們都不能犧牲的，所以我們都不搞政治了。」〔註32〕

〔註30〕 王平陵：《「自由人」的討論》，《文藝月刊》第 3 卷第 7 期，1933 年 1 月。
〔註31〕 《一九三二年中國文壇鳥瞰》，杜衡、施蟄存主編：《中國文藝年鑒》，上海現代書局，1933 年。
〔註32〕 施蟄存：《中國現代主義的曙光——答臺灣作家鄭明娳、林耀德問》，臺灣《聯合文學》第 6 卷第 9 期，1990 年。

但杜衡等人終於未能脫開政治的牽絆，不久之後即轉向投靠國民黨，臣服於當權者的政治勢力和話語霸權，鑒於此，魯迅對「第三種人」的態度也急遽改變。在 1933 年 6 月 4 日所作的《又論「第三種人」》中，魯迅指出：「在中國的所謂『第三種人』，卻還複雜得很」〔註33〕；在 1933 年 7 月 19 日寫作《官話而已》時，魯迅已將「第三種人」和「民族主義文藝者」相提並論，對其失去了希望〔註34〕；在 1934 年 4 月 11 日致增田涉的信中，魯迅更明確地判定道：

> 所謂「文藝年鑒社」，實際並不存在，是現代書局的變名。寫那篇《鳥瞰》的人是杜衡，一名蘇汶，他是現代書局出版的《現代》（文藝月刊）的編輯（另一人是施蟄存），自稱超黨派，其實是右派。今年壓迫加緊以後，則頗像御用文人了。

> 因此，那篇《鳥瞰》把與現代書局出版物有關的人都寫得很好，其他的人則多被抹殺。而且還假冒別人寫文章來吹捧自己。在日本很難瞭解這類秘密，就不免把它當作金科玉律了。〔註35〕

後來，在 1934 年 10 月 16 日寫作《準風月談・後記》時，魯迅順筆予以批駁：「然而時光是不留情面的，所謂『第三種人』，尤其是施蟄存和杜衡即蘇汶，到今年就各自露出他本來的嘴臉來了。」〔註36〕此後不久，魯迅在《中國文壇上的鬼魅》中更深入地揭批了「第三種人」幫助「民族主義文學」打壓「革命文學」的伎倆：

> 於是別一方面，就出現了所謂「第三種人」，是當然決非左翼，但又不是右翼，超然於左右之外的人物。他們以為文學是永久的，政治的現象是暫時的，所以文學不能和政治相關，一相關，就失去它的永久性，中國將從此沒有偉大的作品。不過他們，忠實於文學的「第三種人」，也寫不出偉大的作品。為什麼呢？是因為左翼批評家不懂得文學，為邪說所迷，對於他們的好作品，都加以嚴酷而不

〔註33〕魯迅：《又論「第三種人」》，《文學》第 1 卷第 1 號，1933 年 7 月 1 日。

〔註34〕參見何家幹（魯迅）：《不通兩種・附錄・官話而已》，《申報・自由談》，1933 年 2 月 11 日。

〔註35〕魯迅：《書信・340411・致增田涉》，《魯迅全集》（第十四卷），人民文學出版社，2005 年，第 295 頁。

〔註36〕魯迅：《準風月談・後記》，《魯迅全集》（第五卷），人民文學出版社，2005 年，第 412 頁。

正確的批評，打擊得他們寫不出來了。所以左翼批評家，是中國文學的劊子手。

　　至於對於政府的禁止刊物，殺戮作家呢，他們不談，因為這是屬於政治的，一談，就失去他們的作品的永久性了；況且禁壓，或殺戮「中國文學的劊子手」之流，倒正是「第三種人」的永久的文學，偉大的作品的保護者。〔註37〕

對於「第三種人」的這種避重就輕的狡猾做法，魯迅是不以為然的，1935 年12 月，在寫作《「題未定」草（六至九）》時，他就給予了嚴重的蔑視：「數年前的文壇上所謂『第三種人』杜衡輩，標榜超然，實為群丑，不久即本相畢露，知恥者皆羞稱之，無待這裡多說了。」〔註38〕

　　關於魯迅與「第三種人」之間的前後論辯糾葛，以及魯迅為何將施蟄存歸到「第三種人」之列，施蟄存曾回憶說：

　　　　魯迅對「第三種人」的態度，後來才有了改變。大概是由於《莊子》和《文選》的事，由於他懷疑我向國民黨獻策，最後是由於穆時英當了圖書雜誌審查委員，他認為這些都是「第三種人」倒向了反動派，「露出了本相」，從此便對「第三種人」深惡而痛絕之。但是，在一九三六年的答徐懋庸一文中，卻明確地說「杜衡、韓侍桁、楊邨人之流的什麼『第三種文學』。」這是指《星火》的編者了。

〔註39〕

《星火》是杜衡辭去《現代》編務以後，連同韓侍桁、楊邨人合作而辦的一個月刊。關於杜衡參與編輯《現代》《星火》之事，施蟄存回憶稱：「1933 年春，張靜廬聽到一個消息：據說生活書店要創辦《文學》月刊，請茅盾和鄭振鐸主編。還要物色一個做日常工作的人。鄭振鐸推薦傅東華，茅盾推薦杜衡。靜廬一聽到這個消息，就來問我是怎麼一回事。當時『第三種人』的論辯剛告一個段落，我有幾個星期沒見到杜衡，也沒有聽說過這個消息。當天晚上，我就去看杜衡，問他有沒有這回事。他吞吞吐吐地說：有這回事，但他不想幹。又說這事還在商議中。我覺得這件事非常蹊蹺，茅盾怎麼會找杜

〔註37〕　魯迅：《且介亭雜文・中國文壇上的鬼魅》，《魯迅全集》（第六卷），人民文學出版社，2005 年，第 159～160 頁。
〔註38〕　魯迅：《「題未定」草（九）》，《海燕》第 2 期，1936 年 2 月。
〔註39〕　施蟄存：《〈現代〉雜憶》，《沙上的腳跡》，遼寧教育出版社，1995 年，第 33 頁。

衡做助手編刊物？事情的發展，還有使我吃驚的情況。張靜廬忽然建議，要把杜衡請來現代書局當編輯，和我合編《現代》。我給他分析情況，《現代》的編輯工作，恰恰表示《現代》已成為所謂『第三種人』的派性刊物。這一措施對《現代》大為不利。但是，不管怎麼說，靜廬還是很固執，自己去找杜衡談話，同時要我同意。靜廬是書局老闆，杜衡是我的老朋友，對他們，我都不便堅決拒絕。於是，《現代》從 3 卷 1 期起，版權頁上印出我和杜衡合編的字樣了。這件事情的經過，前後不到二星期」〔註40〕；「杜衡加入編輯，我是被迫於某一種形勢，不能不同意。我未嘗不估計到杜衡參加編輯以後，《現代》可能受到影響。因此我和杜衡有一個協議，要使《現代》堅持《創刊宣言》的原則。儘管我們對當時的左翼理論家有些不同意見，但絕不建立派系，絕不和左聯對立，因為杜衡和戴望舒都還是左聯成員。」〔註41〕然而，辭去《現代》編務後，「杜衡和韓侍桁，楊邨人去創辦《星火》月刊，結集一部分青年，提示了他們的目標，拉起了一座小山頭。這個刊物才成為『第三種人』的同人雜誌，有意識地和左聯對立了。直到抗日戰爭期間，韓侍桁在重慶發表了一篇文章，宣稱在團結抗敵的新形勢下，『第三種人』不復存在」。〔註42〕後來，韓侍桁回憶說：「杜衡提出『第三種人』口號時，我還在廣州，根本沒有參與這個事情。到了 1933 年我才寫了幾篇有關『第三種人』的文章……但我有個想法卻為時已久，我認為提無產階級文學不符合實際的。在中國搞無產階級文學的都是知識分子，知識分子又不是無產階級，他們對於無產階級政治只是隔靴搔癢的理解。而在文學方面也沒有一部像高爾基的《母親》那樣有切身體會的作品。我認為在共產黨和國民黨對立的形勢之下，並不是非此即彼，還有另外的道路，小資產階級文學還有發展的可能。所以我贊成『第三種文學』的主張。」〔註43〕無論怎樣，韓侍桁的這種看法在當時小資產階級作家中具有相當的代表性，即曾經出於投機而參與革命，又為了苟安而背叛革命。

〔註40〕施蟄存：《我和現代書局》，《沙上的腳跡》，遼寧教育出版社，1995 年，第 63～64 頁。

〔註41〕施蟄存：《〈現代〉雜憶》，《沙上的腳跡》，遼寧教育出版社，1995 年，第 44 頁。

〔註42〕施蟄存：《〈現代〉雜憶》，《沙上的腳跡》，遼寧教育出版社，1995 年，第 45 頁。

〔註43〕韓侍桁：《我的經歷與交往》，《新文學史料》，1987 年第 3 期。

　　此外，需要補充說明的是，除了《莊子》和《文選》事外，魯迅對施蟄存的判斷其實還夾有戴望舒的影響。雖然施蟄存聲稱：「對於『第三種人』問題的論辯，我一開頭就決心不介入。一則是由於我不懂文藝理論，從來沒寫理論文章。二則是由於我如果一介入，《現代》就成為『第三種人』的同人雜誌。在整個論辯過程中，我始終保持編者的立場，並不自己認為也屬於『第三種人』——作家之群。」〔註44〕但施蟄存與戴望舒過從甚密，曾一起創辦過「文學工場」、「第一線書店」和《無軌列車》雜誌，因而在魯迅的眼中，他們是一類人。1933年3月21日，時在法國留學的戴望舒，參加了法國文藝家協會召開的大會，應《現代》編者施蟄存之約，戴望舒從法國寄回專文《法國通訊——關於文藝界的反法西斯蒂運動》，就國內左翼文壇對「第三種人」的批判提出異議：

　　　　在法國文壇中，我們可以說紀德是「第三種人」，……自從他在一八九一年……起，一直到現在為止，他始終是一個忠實於他的藝術的人。然而，忠實於自己的藝術的作者，不一定就是資產階級的「幫閒者」，法國的革命作家沒有這種愚蒙的見解（或者不如說是精明的策略），因此，在熱烈的歡迎之中，紀德便在群眾之間發言了。……我不知道我國對於德國法西斯蒂的暴行有沒有什麼表示。正如我們的軍閥一樣，我們的文藝者也是勇於內戰的。在法國的革命作家們和紀德攜手的時候，我們的左翼作家想必還是把所謂的「第三種人」當作唯一的敵手吧！〔註45〕

該文發表在1933年6月出版的《現代》第3卷第2期上，並未引起多大的反響，但魯迅注意到戴望舒聲援「第三種人」潛含著一定的負面影響。6月4日，魯迅作文《又論「第三種人」》，申明中國左翼作家並非戴望舒所言的那樣「愚蒙」以及「像軍閥一般的橫暴」，紀德也並不類同於中國的「第三種人」。除此之外，魯迅認為「如果聲音還沒有全被削除的時候，對於『第三種人』的討論，還極有從新提起和展開的必要」，原因是他覺得戴望舒知曉法國革命作家們的「隱衷」——在危急時同「第三種人」攜手或許只是出於一種「精明

〔註44〕施蟄存：《〈現代〉雜憶》，《沙上的腳跡》，遼寧教育出版社，1995年，第33頁。

〔註45〕戴望舒：《法國通信——關於文藝界的反法西斯蒂運動》，《現代》第3卷第2期，1933年3月1日。

的策略」，但他對此不以爲然：「但我以爲單靠『策略』，是沒有用的，有眞切的見解，才有精明的行爲，只要看紀德的講演，就知道他並不超然於政治之外，決不能貿貿然稱之爲『第三種人』，加以歡迎，是不必別具隱衷的。」關鍵是在魯迅看來，實際生活中和文藝創作上均不存在所謂的「第三種人」：

> 所謂「第三種人」，原意只是説：站在甲乙對立或相鬥之外的人。
> 但在實際上，是不能有的。人體有胖和瘦，在理論上，是該能有不胖不瘦的第三種人的，然而事實上卻並沒有，一加比較，非近於胖，就近於瘦。文藝上的「第三種人」也一樣，即使好像不偏不倚罷，其實是總有些偏向的，平時有意的或無意的遮掩起來，而一遇切要的事故，它便會分明的顯現。如紀德，他就顯出左向來了；別的人，也能從幾句話裏，分明的顯出。所以在這混雜的一群中，有的能和革命前進，共鳴；有的也能乘機將革命中傷，軟化，曲解。左翼理論家是有著加以分析的任務的。
>
> 如果這就等於「軍閥」的内戰，那麼，左翼理論家就必須更加繼續這内戰，而將營壘分清，拔去了從背後射來的毒箭！〔註46〕

不可否認，魯迅對「第三種人」的定論式批判（「本相畢露」），壓抑了諸如「文藝自由」之類文學發展的可能性，而這在絕大程度上影響了中國文學後來的格局，但在當時那樣的語境中，魯迅關切的首要問題無疑是中國人怎樣在1930年代的「現在」存活下來，如其在《論「第三種人」》中就明確批評「第三種人」所宣稱的爲將來而創作的想法，強調應當爲現在而寫作，因爲「將來是現在的將來，於現在有意義，才於將來會有意義」。〔註47〕事實上，「現在中國人的生存和發展」一直是魯迅思考的核心問題，一定意義上，這也可稱之爲魯迅的哲學——「生存哲學」〔註48〕。

第三節 「爲藝術而藝術」與「文學是戰鬥的」

實際上，魯迅對「第三種人」等推崇「爲藝術而藝術」者的批駁，不在

〔註46〕魯迅：《又論「第三種人」》，《文學》第1卷第1號，1933年7月1日。
〔註47〕魯迅：《論「第三種人」》，《現代》第2卷第1期，1932年11月1日。
〔註48〕錢理群認爲：「魯迅的哲學是一種『生存哲學』，他關注的始終是人的生存問題，特別是現在中國人當下的生存問題……」錢理群：《與魯迅相遇——北大演講錄之二》，北京三聯書店，2003年，第167頁。

內容取材、形式技巧等文藝創作層面，而在文學家最重要的根基——世界觀層面。雖然魯迅在學理上並不否認「為藝術的藝術」本身的價值，但他認為「為藝術的藝術」並不等同於「忠實於自己的藝術」，在反駁戴望舒時曾指出：

中國的左翼理論家是否真指「忠實於自己的藝術的作者」為全是「資產階級的幫閒者」？據我所知道，卻並不然。左翼理論家無論如何「愚蒙」，還不至於不明白「為藝術的藝術」在發生時，是對於一種社會的成規的革命，但待到新興的戰鬥的藝術出現之際，還拿著這老招牌來明明暗暗阻礙他的發展，那就成為反動，且不只是「資產階級的幫閒者」了。至於「忠實於自己的藝術的作者」，卻並未視同一律。因為不問那一階級的作家，都有一個「自己」，這「自己」，就都是他本階級的一分子，忠實於他自己的藝術的人，也就是忠實於他本階級的作者，在資產階級如此，在無產階級也如此。這是極顯明粗淺的事實，左翼理論家也不會不明白的。但這位——戴先生用「忠實於自己的藝術」來和「為藝術的藝術」掉了一個包，可真顯得左翼理論家的「愚蒙」透頂了。〔註49〕

顯然，魯迅明白「為藝術而藝術」之發生往往是為了矯正文藝界過渡注重群治與淑世的觀念，即其所謂的「對於一種社會的成規的革命」，然而時至「新興的戰鬥的藝術出現之際」，仍然堅持「為藝術而藝術」，那麼就是意欲藉超功利的審美原則而消解理應承擔的道德職責，亦即對不合理的現實世界持消極逃遁的態度。因此，置身於當時那樣一種無法迴避政治鬥爭的生存境況，魯迅不但不反對文學藝術的政治性，而且強調應當加強文學藝術的政治性。曾經在《語絲》上發表譯作並一度和魯迅聯繫密切的韓侍桁，曾憶及魯迅的這一看法：「他（魯迅）說我對人交往上有虛無主義。當時，正是立三路線開始抬頭的時候，我自己的看法是覺得這樣革命使人民更加痛苦，因此沒有信心。魯迅聽說了，批評我說，你不談政治，政治卻要問你。」〔註50〕

所以，對於主張文藝脫離現實，叫囂所謂的「為藝術而藝術」，魯迅一貫持反對態度，與此相對，他始終重視文學對「思想革命」的效用。對魯迅決計踐行自己的理想，加入新文化運動的行列，開始參與《新青年》的活動，周作人回憶如下：

〔註49〕 魯迅：《又論「第三種人」》，《文學》第 1 卷第 1 號，1933 年 7 月 1 日。
〔註50〕 韓侍桁：《我的經歷與交往》，《新文學史料》，1987 年第 3 期。

　　　魯迅對於文學革命即是改寫白話文的問題當時無甚興趣，可是
　　對於思想革命卻看得極重，這是他從想辦《新生》那時代起所有的
　　願望，現在經錢君來舊事重提，好像是在埋著的火藥線上點了火，
　　便立即爆發起來了。這旗幟是打倒吃人的禮教！〔註51〕

1927 年 7 月，在白色恐怖中講演《魏晉風度及文章與藥及酒之關係》時，魯
迅就強調文藝不能超脫政治而存在：「即使是從前的人，那詩文完全超於政治
的所謂『田園詩人』、『山林詩人』，是沒有的。完全超出於人間世的，也是沒
有的。」〔註52〕1927 年 10 月 25 日，在上海勞動大學講演時，魯迅就曾說道：
「現在，比較安全一點的，還有一條路，是不做時評而做藝術家。要為藝術
而藝術。住在『象牙之塔』裏，目下自然要比別處平安。……藝術家住在象
牙塔中，固然比較地安全，但可惜還是安全不到底。」〔註53〕1927 年 12 月，
魯迅在題為《文藝與政治的歧途》的講演中，再次指出「主張離開人生，講
些月呀花呀鳥呀的話，或者專講『夢』專講將來的社會」的文學家，即便「都
躲在象牙之塔裏面」，卻並不能真正離開人間，終於「免不掉還要受政治的壓
迫」。〔註54〕可見，魯迅反對藝術家脫開社會實際，為求一己苟安而躲進「象
牙之塔」，卻宣揚著所謂的「為藝術而藝術」。

　　尤其是後來，面對日漸加劇的內憂外患，魯迅更對一切標舉「為藝術而
藝術」的藝術家舉起了「投槍」。1930 年 3 月 13 日，魯迅在大夏大學作題為
《象牙塔和蝸牛廬》的講演時就曾說道：「象牙塔裏的文藝，將來決不會出現
於中國，因為環境並不相同，這裡是連擺這『象牙之塔』的處所也已經沒有
了；不久可以出現的，恐怕至多只有幾個『蝸牛廬』。……但蝸牛界裏那裡會
有文藝呢，所以這樣下去，中國的沒有文藝，是一定的。」〔註55〕1933 年 3
月 5 日，魯迅在談及自己創作的經驗時，曾寫道：「說到『為什麼』做小說罷，

〔註51〕周作人著、止菴校訂：《魯迅的故家・新青年》，河北教育出版社，2002 年，
　　　　第 355 頁。

〔註52〕魯迅：《魏晉風度及文章與藥及酒之關係》，《北新》半月刊第 2 卷第 2 號，1927
　　　　年 11 月 16 日。

〔註53〕魯迅：《關於知識階級》，上海《國立勞動大學週刊》第 5 期，1927 年 11 月
　　　　13 日。

〔註54〕魯迅：《文藝與政治的歧途》，《新聞報・學海》第 182、183 期，1928 年 1 月
　　　　29 日、30 日。

〔註55〕轉引自魯迅：《二心集・序言》，《魯迅全集》（第四卷），人民文學出版社，2005
　　　　年，第 193 頁。

我仍抱著十多年前的『啓蒙主義』，以爲必須是『爲人生』，而且要改良這人生。我深惡先前的稱小說爲『閒書』，而且將『爲藝術的藝術』，看作不過是『消閒』的新式的別號。所以我的取材，多採自病態社會的不幸的人們中，意思是在揭出病苦，引起療救的注意。」〔註 56〕1935 年 3 月 31 日，魯迅在給徐懋庸《打雜集》作「序」時，就爲雜文作者辯護道：

> 托爾斯泰將要動筆時，是否查了美國的「文學概論」或中國什麼大學的講義之後，明白了小說是文學的正宗，這才決心來做《戰爭與和平》似的偉大的創作的呢？我不知道。但我知道中國的這幾年的雜文作者，他的作文，卻沒有一個想到「文學概論」的規定，或者希圖文學史上的位置的，他以爲非這樣寫不可，他就這樣寫，因爲他只知道這樣的寫起來，於大家有益。農夫耕田，泥匠打牆，他只爲了米麥可吃，房屋可住，自己也因此有益之事，得一點不虧心的餬口之資，歷史上有沒有「鄉下人列傳」或「泥水匠列傳」，他向來就並沒有想到。

而且，魯迅認爲那些在「文學概論」中被譽爲經典的藝術同現實人生相隔絕，不如「雜文的和現在切貼，而且生動，潑剌，有益，而且也能移人情」，因爲它「言之有物」，此外魯迅還明言其「樂觀於雜文的開展，日見其斑斕」：「第一是使中國的著作界熱鬧，活潑；第二是使不是東西之流縮頭；第三是使所謂『爲藝術而藝術』的作品，在相形之下，立刻顯出不死不活相」。〔註 57〕

要而言之，對於不涉現世人生的「消閒」，魯迅是持鄙棄態度的。1927 年 12 月 21 日，在題爲《文藝與政治的歧途》的講演中，魯迅詳細地比較了英國小說在 19 世紀前後的區別：「十八世紀的英國小說，它的目的就在供給太太小姐們的消遣，所講的都是愉快風趣的話。十九世紀的後半世紀，完全變成和人生問題發生密切關係。我們看了，總覺得十二分的不舒服，可是我們還得氣也不透地看下去。這因爲以前的文藝，好像寫別一個社會，我們只要鑒賞；現在的文藝，就在寫我們自己的社會，連我們自己也寫進去；在小說裏可以發見社會，也可以發見我們自己；以前的文藝，如隔岸觀火，沒有什麼切身關係；現在的文藝，連自己也燒在這裡面，自己一定深深感覺到；一到

〔註 56〕 魯迅：《南腔北調集‧我怎麼做起小說來》，《魯迅全集》（第四卷），人民文學出版社，2005 年，第 526 頁。

〔註 57〕 魯迅：《徐懋庸作〈打雜集〉序》，《芒種》半月刊第 6 期，1935 年 5 月 5 日。

自己感覺到，一定要參加到社會去！」〔註58〕可見，魯迅認為 19 世紀以前的歐美文學觀念也與中國舊小說一樣，是消閒的，是供給太太小姐們消遣的，同人生是隔離的。在 1933 年 12 月 25 日所作的《〈總退卻〉序》中，魯迅曾述及傳統小說為何置重消閒：「中國久已稱小說之類為『閒書』，這在五十年前為止，是大概真實的，整日價辛苦做活的人，就沒有工夫看小說。所以凡看小說的，他就得有餘暇，既有餘暇，可見是不必怎樣辛苦做活的了……但是，窮人們也愛小說，他們不識字，就到茶館裏去聽『說書』，百來回的大部書，也要每天一點一點的聽下去。」而且，魯迅敏銳地發現：「小說之在歐美，先前又何嘗不這樣。」〔註 59〕與此相對，對於志在戰鬥的文學，魯迅則給予了高度的認可，這鮮明地表現在他對葉紫的扶持和愛護上。

葉紫（1910～1939），原名俞鶴林，湖南益陽縣月塘鄉人，在毛澤東領導的湖南農民運動蓬勃高漲的年代裏成長起來，其父親、叔父均為農民協會負責人，姐姐也是婦女運動的領導幹部。在革命浪潮的推動下，葉紫曾到武漢軍事學校第三分校學習。不久大革命失敗，葉紫的很多親屬慘遭國民黨屠殺，他本人也遭到「通緝」。1933 年，葉紫加入中國共產黨和「左聯」，曾同友人合編過一期《無名文藝》，後來還同友人合編《中華日報》副刊《動向》。魯迅對《動向》給予了很大的支持，從 1934 年 4 月至 12 月，在此發文 25 篇。〔註60〕1934 年 8 月 3 日，魯迅在給徐懋庸的信中明確寫道：「《動向》中人，主張大抵和我很接近……」〔註 61〕此後，魯迅對葉紫給予了特別的關愛。當時左翼文藝工作者組織創作座談會，一般以具體作品為討論對象，研究其成敗，指出努力方向。魯迅、茅盾等人曾出席指導，魯迅認為文學作品要想發揮戰鬥作用，必須提高藝術表現水平，葉紫等青年作家從討論中獲益匪淺。〔註62〕在 1933 年春天的左翼文藝人士座談會上，葉紫「曾提出了一些在創作實踐當中遭遇到的關於人物和典型的描寫問題來向魯、茅二位先生請教，並徵求大家的意見。魯迅先生最先發表了一些意見，大致和《我怎樣做起小說來》

〔註58〕 魯迅：《文藝與政治的歧途》，《新聞報・學海》第 182、183 期，1928 年 1 月 29 日、30 日。
〔註59〕 魯迅：《南腔北調集・〈總退卻〉序》，《魯迅全集》（第四卷），人民文學出版社，2005 年，第 638 頁。
〔註60〕 參見查國華、蔣心煥：《魯迅和葉紫》，《魯迅研究年刊》，1979 年。
〔註61〕 魯迅：《書信・340803・致徐懋庸》，《魯迅全集》（第十三卷），人民文學出版社。2005 年，第 192 頁。
〔註62〕 參見奚如（吳奚如）：《悼葉紫同志》，《救亡日報》，1939 年 10 月 30 日。

那篇文章裏頭所說的差不了多少」。最後，葉紫「還提出並報告了他打算或正在寫作的短篇小說的題名和內容」。〔註63〕後來葉紫陸續寫出了那些短篇，大部分被收在《豐收》集裏。1935 年 3 月，《豐收》作為《奴隸叢書》之一，以「奴隸社」的名義出版，假託「上海容光書局」發行。1935 年 1 月 16 日，魯迅為《豐收》作「序」，文章在兩相比照中明晰地映襯出「第三種人」的真面目。

一是脫開中國社會實際，標舉「為藝術而藝術」〔註64〕的文藝觀：「地球上不只一個世界，實際上的不同，比人們空想中的陰陽兩界還利害。這一世界中人，會輕蔑，憎惡，壓迫，恐怖，殺戮別一世界中人，然而他不知道，因此他也寫不出，於是他自稱『第三種人』，他『為藝術而藝術』」。〔註65〕與此相反，魯迅充分肯定葉紫所寫的「極平常的事情」：

> 這裡的六個短篇，都是些太平世界的奇聞，而現在卻是極平常的事情。因為極平常，所以和我們更密切，更大有關係。作者還是一個青年，但他的經歷，卻抵得太平天下的順民的一世紀的經歷，在轉輾的生活中，要他「為藝術而藝術」，是辦不到的。但我們有人懂得這樣的藝術，一點用不著誰來發愁。〔註66〕

二是投合國民黨的文化統制：「『第三種人』教訓過我們，希臘神話裏說什麼惡鬼有一張床，捉了人去，給睡在這床上，短了，就拉長他，太長，便把他截短。左翼批評就是這樣的床，弄得他們寫不出東西來了。現在這張床真的擺出來了，不料卻只有『第三種人』睡得不長不短，剛剛合式。」這裡，魯迅指出「第三種人」所謂的希臘神話中的「普洛克路斯忒斯之床」，並非「左翼批評」，而恰恰是「第三種人」所效力的成立於 1934 年 6 月的國民黨「中

〔註63〕 參見任鈞：《憶葉紫——略記他在上海時的一段生活》，《文學月報》第 1 卷第 6 期，1940 年 6 月 15 日。

〔註64〕 英國左翼作家福克斯指出，19 世紀的藝術家想要抗拒那個硬把他們無論如何不能接受的準繩加之他們身上的世界，故而有的建立象牙塔，在塔的尖端掛起「為藝術而藝術」的錦旗，其實是為了抗議那種除了金錢外不承認藝術有任何價值的文化。「為藝術而藝術」是對於藝術買賣的絕望的答覆，所以稱它為絕望，是因為象牙是從來不適宜於建造堡壘的。〔英〕福克斯著、何家槐譯：《小說與人民》，北京三聯書店，2012 年，第 41 頁。

〔註65〕 魯迅：《且介亭雜文二集・葉紫作〈豐收〉序》，《魯迅全集》（第六卷），人民文學出版社，2005 年，第 227 頁。

〔註66〕 魯迅：《且介亭雜文二集・葉紫作〈豐收〉序》，《魯迅全集》（第六卷），人民文學出版社，2005 年，第 228 頁。

央宣傳委員會圖書雜誌審查委員會」。縱然負有這般的重壓，但魯迅堅決地申明左翼文學的立場：「但我們卻有作家寫得出東西來，作品在摧殘中也更加堅實。不但爲一大群中國青年讀者所支持，當《電網外》在《文學新地》上以《王伯伯》的題目發表後，就得到世界的讀者了。這就是作者已經盡了當前的任務，也是對於壓迫者的答覆：文學是戰鬥的！」〔註67〕

　　魯迅對《豐收》的肯定，在當時具有極大的影響力。如唐瓊評價《豐收》集時，也尤爲強調該作驚醒世人：「文學是寫實的，戰鬥的！」〔註68〕除此之外，魯迅對《豐收》的評價，既相當的精到，又滿懷著愛護。1940 年 2 月 12日，李健吾在《葉紫的小說》中平正地指出了葉紫小說的鬥爭特性和藝術欠缺：「他的內容，無論詳略，永遠是鬥爭的，有產與無產相爲對峙，假如無產這方面失敗了，他給無產留下象徵的希望。在眞實的敘寫之中，我們常常感到勉強與誇張。決定他觀察的角度的，不是一個藝術家的心情，而是態度和理論。」〔註69〕顯然，知悉葉紫生活和思想實情的魯迅，用意更在關愛和扶植葉紫那樣貧病交加而又堅持戰鬥的文藝青年。

　　綜上所述，「第三種人」本身具有進步性，而他們也視左翼文學爲現代派中的一涇流脈，故而雙方完全有可能聯合起來。魯迅對於「第三種人」起初也是認同的，所以他和左翼文藝界的其他批判者不盡相同，他在字裏行間流露著微妙的複雜的情愫，要之，他不贊同左翼文學界的「關門主義」，爲「第三種人」敞開了大門，希望其能和左翼文藝陣營一道抵抗國民黨的專制統治。但「第三種人」卻執意堅持「爲藝術而藝術」，試圖藉以在左右翼之間保持中立。對於「爲藝術的藝術」本身的價值，魯迅在學理上並不否認，但他認爲在文學和政治根本無法分離的時代，宣揚「爲藝術而藝術」不過是爲求苟安而意欲躲進「象牙之塔」，實際上是不可能的，非但難以保持中立，反倒會屈從於威迫而轉爲國民黨當局的幫手。而在魯迅看來，爲了驅除國民黨的黑暗統治，文學者在當時的任務便是對於壓迫者應當進行堅決的戰鬥。

〔註67〕魯迅：《且介亭雜文二集·葉紫作〈豐收〉序》，《魯迅全集》（第六卷），人民文學出版社，2005 年，第 228 頁。

〔註68〕唐瓊：《〈豐收〉——葉紫短篇小說集》，《第一線》第 1 卷第 2 號，1935 年 10月 1 日。

〔註69〕李健吾：《葉紫的小說》，《咀華集·咀華二集》，復旦大學出版社，2005 年，第 129～130 頁。